Fjodor Michailowitsch Dostojewski, geboren am 11. Oktober 1821 in Moskau, ist am 9. Februar 1881 in Petersburg gestorben.
Was wäre die Welt ohne Dostojewski? Welcher bedeutende Schriftsteller unserer Zeit hätte ihn nicht gelesen, sich nicht über ihn geäußert? Welchen Leser hätten die von ihm dargestellten Probleme nicht aufgewühlt?
Fjodor Dostojewskis literarisches Werk, vor gut hundert Jahren abgeschlossen, hat unverändert starke Wirkung und liegt auch in vielen deutschen Übersetzungen vor. Eine der großen Meisterleistungen des Insel Verlages zu Beginn der zwanziger Jahre war die Veröffentlichung sämtlicher Romane und Novellen des großen Russen in der Übersetzung von Hermann Röhl – einer so sorgfältigen und klug durchdachten Übersetzung, daß sie ohne Überarbeitung heutigen Kriterien voll standhält. Die Übertragung des Spätwerks »Die Brüder Karamasow« hatte mit gleichem Erfolg Karl Nötzel übernommen.
Es gibt in der Welt Dostojewski-Anhänger und Tolstoi-Anhänger, es wechseln im Leben eines Menschen Dostojewski-Phasen mit Tolstoi-Phasen. So gibt es auch Dostojewski-Phasen in der Geschichte, und wir stehen in einer solchen Phase des verstärkten Blickes auf diesen Dichter. Die Vielschichtigkeit seines Werkes mit seiner religiösen Grundhaltung, dem psychologischen Durchdringen, dem ethischen Anliegen und der ständigen Aufforderung an den Leser, selbst zu entscheiden, zieht junge und alte Menschen, Leser im Westen und in der Sowjetunion heute besonders stark in ihren Bann. Bei den besten russischen Autoren der Gegenwart verbindet sich Achtung vor Dostojewski mit unmittelbarem Einfluß auf ihr schriftstellerisches Schaffen.
»Der Spieler«, »Schuld und Sühne«, »Der Idiot«, »Die Teufel«, »Die Brüder Karamasow« sind nur ein Teil des Schaffens dieses außergewöhnlichen Genius. Erzählungen und romanartige Aufzeichnungen ergänzen das Werk. Sie verdienen dieselbe Beachtung. Vor uns steht ein Bild des Menschen in seiner Widersprüchlichkeit und Vielfalt. Es entstehen Teufel und Engel von Menschen. Es zeigt sich das Teuflische und Engelhafte im einzelnen.
In 16 Bände aufgeteilt, legt der Insel Verlag die zuverlässige und empfehlenswerte Übersetzung in Einzelausgaben vor, die viele Menschen wieder zu Dostojewskis Werk führen sollte.

insel taschenbuch 963

Dostojewski

Onkelchens Traum

Dostojewski Sämtliche Romane und Erzählungen

BAND 3

Dostojewski
Onkelchens Traum

AUS DER CHRONIK
DER STADT MORDASSOW
ROMAN
AUS DEM RUSSISCHEN VON
HERMANN RÖHL

INSEL VERLAG

Umschlagabbildung von Theodor Eberle
Originaltitel: Djadjuškin son (Iz mordasovskich letopisej)
Geschrieben 1856-1859. Erstveröffentlichung: 1859
Der Text folgt der Ausgabe:
F. M. Dostojewski, Sämtliche Romane und Novellen.
Insel Verlag, Leipzig 1921

insel taschenbuch 963
Erste Auflage 1986
Insel Verlag Frankfurt am Main

Vertrieb durch den Suhrkamp Taschenbuch Verlag
Umschlag nach Entwürfen von Willy Fleckhaus
Satz: IBV Satz- und Datentechnik GmbH, Berlin
Druck: Ebner Ulm · Printed in Germany

1 2 3 4 5 6 – 91 90 89 88 87 86

ONKELCHENS TRAUM

Aus der Chronik der Stadt Mordassow

ERSTES KAPITEL

Marja Alexandrowna Moskaljowa ist natürlich die erste Dame in Mordassow; daran kann kein Zweifel sein. Sie benimmt sich so, als habe sie keinen Menschen nötig, sondern vielmehr alle Menschen sie. Allerdings kann so gut wie niemand sie leiden, und sehr viele hassen sie sogar von Herzen; aber dafür fürchten sie alle, und gerade das ist's, was sie haben will. Ein solches Bedürfnis ist aber offenbar ein Zeichen hoher Klugheit. Woher kommt es zum Beispiel, daß Marja Alexandrowna, die doch Klatschereien überaus liebt und die ganze Nacht nicht schlafen kann, wenn sie nicht am Abend etwas Neues erfahren hat – woher kommt es, daß sie trotz alledem sich so zu benehmen versteht, daß niemand, der sie ansieht, auf den Gedanken kommen kann, diese würdige Dame sei die erste Klatschbase der Welt oder wenigstens der Stadt Mordassow? Im Gegenteil möchte man meinen, alle Klatschereien müßten in ihrer Gegenwart verstummen; die Klatschmichel müßten erröten und wie Schulbuben vor dem Herrn Lehrer zittern, und das Gespräch müßte sich nur um die höchsten Gegenstände drehen. Sie weiß zum Beispiel über diesen und jenen Einwohner von Mordassow so arge, skandalöse Dinge, daß, wenn sie sie bei passender Gelegenheit vorbrächte und so bewiese, wie sie sie zu beweisen versteht, sich in Mordassow eine Art Erdbeben von Lissabon ereignen würde. Jedoch ist sie, was diese Geheimnisse anlangt, überaus schweigsam und erzählt sie höchstens im äußersten Bedürfnisfalle und nur den intimsten Freundinnen. Sie macht den Leuten nur Angst, deutet an, daß sie etwas weiß, und läßt den betreffenden Herrn oder die betreffende Dame lieber in steter Furcht schweben, als daß sie ihnen den entscheidenden Schlag versetzen sollte. Das heißt Klugheit, das heißt Taktik! Marja Alexandrowna hat sich bei uns jederzeit durch ihr tadelloses comme il faut ausgezeichnet, das sich alle zum Muster nehmen. Was dieses comme il faut anlangt, hat sie in Mordassow keine Rivalinnen. Sie versteht es zum Beispiel eine Rivalin durch ein einziges Wort zu zerfleischen, zu töten, zu vernichten (davon sind wir Zeugen gewesen), gibt sich aber dabei den Anschein, als habe sie gar nicht bemerkt, daß sie dieses Wort ausgesprochen habe. Es ist aber bekannt, daß ein derartiges Verhalten eine besondere Eigentümlichkeit der höchsten Gesellschaftskreise ist. Überhaupt leistet sie in all solchen Feinheiten das Menschenmögliche. Ihre Beziehungen sind außerordentlich weit ausgedehnt. Viele Besucher Mordassows waren bei der Abreise entzückt über den Empfang, den sie bei ihr gefunden hatten, und unterhielten in der Folge mit ihr einen Briefwechsel. Einer verfaßte sogar ein an sie gerichtetes Gedicht, das Marja Alexandrowna dann voller Stolz allen Leuten zeigte. Ein von auswärts gekommener Schriftsteller widmete ihr eine seiner Novellen und las sie bei ihr auf einer Abendgesellschaft vor, was einen ganz außerordentlichen Effekt machte. Ein deutscher Gelehrter, der expreß von Karlsruhe hergereist war, um eine besondere Art von Würmern mit kleinen Hörnern zu untersuchen, die in unserm Gouvernement vorkommen, und über diese Würmer vier Quartbände geschrieben hat, war von dem liebenswürdigen Empfange bei Marja Alexandrowna so begeistert, daß er bis jetzt mit ihr von Karlsruhe aus eine höchst respektvolle, wohlanständige Korrespondenz führt. Man hat Marja Alexandrowna sogar in gewisser Hinsicht mit Napoleon verglichen. Selbstverständlich haben das ihre Feinde im Scherz getan, mehr im Sinne einer Karikatur als einer wahren Ähnlichkeit. Aber obgleich ich die Seltsamkeit eines solchen Vergleiches durchaus zugebe, wage ich doch eine unschuldige Frage aufzuwerfen und um ihre Beantwortung zu bitten: Woher kam es, daß dem Kaiser Napoleon schließlich schwindlig wurde, als er zu so gewaltiger Höhe hinaufgestiegen war? Die Anhänger des alten Herrscherhauses führten dies darauf zurück, daß Napoleon nicht von königlicher Abkunft, ja überhaupt nicht einmal ein gentilhomme von guter Abkunft sei; daher habe er natürlicher-

weise schließlich über seine eigene Höhe einen Schreck bekommen und habe sich daran erinnert, an welchen Platz er eigentlich gehörte. Trotz der evidenten Scharfsinnigkeit dieser Vermutung, die an die glänzendsten Zeiten des alten französischen Hofes erinnert, wage ich meinerseits eine Bemerkung hinzuzufügen: Woher kommt es, daß unserer Marja Alexandrowna niemals und unter keinen Umständen schwindlig wird und sie immer die erste Dame in Mordassow bleibt? Es sind zum Beispiel Fälle vorgekommen, wo alle Leute sagten: »Na, wie wird sich nun Marja Alexandrowna in einer so schwierigen Situation verhalten?« Aber die schwierige Situation ging, wie sie gekommen war, so auch wieder vorüber, und – es war nichts geschehen! Alles war in guter Ordnung geblieben wie früher, ja sogar noch besser geworden. Alle denken zum Beispiel noch daran, wie ihr Gemahl, Afanassi Matwejewitsch, sein Amt verlor, als er durch seine Unfähigkeit und Geistesschwäche den Zorn eines von außerhalb gekommenen Revisors erregt hatte. Alle glaubten damals, Marja Alexandrowna werde kleinmütig werden, sich demütigen, bitten und flehen, kurz, die Flügel hängen lassen. Nichts derart begab sich: Marja Alexandrowna, welche einsah, daß durch Bitten nichts mehr zu erreichen war, arrangierte ihre Verhältnisse so, daß sie ihres Einflusses auf die Gesellschaft in keiner Weise verlustig ging und ihr Haus immer noch für das erste in Mordassow gilt. Die Frau Staatsanwalt, Anna Nikolajewna Antipowa, Marja Alexandrownas geschworene Feindin, wiewohl äußerlich ihre Freundin, stieß schon in die Siegestrompete. Aber als man sah, daß Marja Alexandrowna sich nicht so leicht beirren ließ, da merkte man, daß sie in der Gesellschaft weit tiefer Wurzel geschlagen hatte, als man sich vorher hatte träumen lassen.
Da wir Marja Alexandrownas Gemahl Afanassi Matwejewitsch einmal erwähnt haben, so wollen wir die Gelegenheit benutzen, auch über ihn einige Worte zu sagen. Erstens hat er ein sehr stattliches Äußeres und sogar sehr anständige Lebensgrundsätze; aber in kritischen Lagen weiß er sich nicht zu helfen und steht da wie die Kuh vor dem neuen Tore. Er

nimmt sich außerordentlich würdevoll aus, namentlich wenn er in seiner weißen Halsbinde an Diners zur Feier von Namenstagen teilnimmt. Aber dieser ganze Eindruck der Würde und Stattlichkeit dauert nur bis zu dem Augenblick, wo er zu reden anfängt. Dann möchte man sich (Pardon!) am liebsten die Ohren zustopfen. Er ist es entschieden nicht wert, Marja Alexandrownas Mann zu sein; das ist die allgemeine Meinung. Auch seine amtliche Stellung hat er einzig und allein dank der Genialität seiner Gemahlin bekleidet. Nach meiner vollen Überzeugung wäre es längst Zeit gewesen, ihn als Vogelscheuche in einen Gemüsegarten zu stellen. Dort, und nur dort, hätte er seinen Kompatrioten wirklichen, zweifellosen Nutzen bringen können. Und daher war es von Marja Alexandrowna sehr richtig gehandelt, daß sie Afanassi Matwejewitsch auf ihr drei Werst von Mordassow entfernt liegendes Gut schickte, wo sie hundertundzwanzig Seelen besitzt, beiläufig gesagt ihr gesamtes Besitztum, mit dessen Ertrage sie in so würdiger Weise die vornehme Stellung ihres Hauses aufrechterhält. Alle sahen klar, daß sie Afanassi Matwejewitsch lediglich deswegen bei sich behalten hatte, weil er ein Amt bekleidete und ein Gehalt bezog und... auch noch andere Einnahmen hatte. Sobald aber sein Gehalt und seine anderen Einnahmen aufgehört hatten, da entfernte sie ihn auch sogleich wegen seiner Unbrauchbarkeit und völligen Nutzlosigkeit. Und alle Leute lobten Marja Alexandrowna wegen der Klarheit ihres Urteils und der Entschlossenheit ihres Charakters. Auf dem Gute fühlt sich Afanassi Matwejewitsch wie in Abrahams Schoße. Ich habe ihn dort besucht und eine ganze Stunde mit ihm sehr angenehm verlebt. Er probiert sich weiße Halsbinden um und putzt sich eigenhändig die Stiefel, nicht weil er es nötig hätte, sondern einzig und allein aus Liebe zur Kunst, da er es gern hat, wenn seine Stiefel so recht glänzen; dreimal am Tage trinkt er Tee, geht mit großem Vergnügen baden und – ist zufrieden. Erinnern Sie sich wohl noch, was für ein garstiges Gerede bei uns vor anderthalb Jahren über Sinaida Afanasjewna, die einzige Tochter Marja Alexandrownas und Afanassi Matwejewitschs, im Umlauf war? Sinaida ist unstreitig eine Schönheit, auch vorzüglich erzogen; aber sie ist schon dreiundzwanzig Jahre alt und bis jetzt noch nicht verheiratet. Unter den Ursachen, mit denen man es sich erklärt, daß Sinaida bis jetzt noch nicht verheiratet ist, betrachtet man als eine der wichtigsten die dunklen Gerüchte über eine sonderbare Liaison, die sie vor anderthalb Jahren mit einem Kreisschullehrer gehabt haben soll, Gerüchte, die auch jetzt noch nicht verstummt sind. Man spricht noch heute von einem Liebesbrief, den Sinaida geschrieben habe, und der in Mordassow von Hand zu Hand gegangen sei; aber sagen Sie mir: Wer hat diesen Brief gesehen? Wenn er von Hand zu Hand gegangen ist, wo ist er eigentlich geblieben? Alle Leute haben von ihm gehört, aber niemand hat ihn gelesen. Ich wenigstens habe niemanden getroffen, der diesen Brief mit eigenen Augen gesehen hätte. Wenn jemand im Gespräche mit Marja Alexandrowna darauf anspielt, so versteht sie einen einfach nicht. Nehmen wir nun einmal an, daß tatsächlich etwas stattgefunden und Sinaida einen solchen Brief geschrieben hat (ich glaube sogar, daß es bestimmt so gewesen ist), wie geschickt ist dann Marja Alexandrownas Verfahren gewesen! Wie gut hat sie die häßliche, skandalöse Angelegenheit unterdrückt und vertuscht! Vollständig totgeschwiegen hat sie sie! Marja Alexandrowna schenkt jetzt dieser ganzen gemeinen Klatschgeschichte nicht die geringste Beachtung; und doch hat sie vielleicht Gott weiß wie angestrengt gearbeitet, um die Ehre ihrer einzigen Tochter unangetastet zu bewahren. Daß aber Sinaida noch unverheiratet ist, ist doch sehr begreiflich: Was gibt es denn hier für Bewerber? Ein Mädchen wie Sinaida kann doch nur einen regierenden Fürsten heiraten. Haben Sie irgendwo eine so auserlesene Schönheit gesehen? Allerdings ist sie stolz, sehr stolz. Man sagt, daß sich Mosgljakow um sie bewerbe; aber es wird schwerlich zu einer Hochzeit kommen. Was ist denn Mosgljakow für ein Mensch? Es ist wahr, er ist jung, hübsch, ein Elegant, Besitzer von hundertfünfzig nicht mit Hypotheken belasteten Seelen, ein Petersburger. Aber erstens ist mit seinem Kopfe nicht viel los. Er ist ein Windbeutel, ein Schwätzer und hat neuzeitliche Ideen! Und dann, was wollen hundertfünfzig Seelen besagen, namentlich wenn einer neuzeitliche Ideen hat! Es wird nicht zu einer Hochzeit kommen!

Alles, was der wohlgeneigte Leser jetzt gelesen hat, habe ich vor fünf Monaten geschrieben, lediglich aus meinem warmen Gefühle heraus. Ich gestehe von vornherein, ich habe ein gewisses Tendre für Marja Alexandrowna. Ich hätte am liebsten so eine Art von Lobrede auf diese prächtige Frau geschrieben und diese Lobrede in die Form eines scherzhaften Briefes an einen Freund gekleidet, nach dem Muster der Briefe, die ehemals in der guten alten, aber Gott sei Dank für immer dahingeschwundenen Zeit in der »Nordischen Biene« und anderen Zeitschriften gedruckt zu lesen waren. Aber da ich keinen solchen Freund besitze und außerdem in Sachen der Schriftstellerei an einer gewissen angeborenen Schüchternheit leide, so blieb mein Schriftwerk in meinem Tischkasten liegen, als schriftstellerische Federprobe und zur Erinnerung an eine friedliche Zerstreuung in Stunden vergnüglicher Muße. Es vergingen fünf Monate – und auf einmal begab sich in Mordassow ein erstaunliches Ereignis: Eines Morgens früh kam Fürst K. in die Stadt gefahren und stieg in Marja Alexandrownas Hause ab. Die Ankunft dieses Fürsten hatte weitgehende Folgen. Der Fürst verweilte in Mordassow nur drei Tage; aber diese drei Tage waren verhängnisvoll und hinterließen eine unauslöschliche Erinnerung. Ich will noch mehr sagen: Der Fürst führte in gewissem Sinne geradezu eine Umwälzung in unserer Stadt herbei. Der Bericht über diese Umwälzung bildet zweifellos eine der bedeutsamsten Seiten in der Chronik der Stadt Mordassow. Diese Seite literarisch zu bearbeiten und dem Urteile des verehrlichen Publikums zu unterbreiten, habe ich mich nach einigem Schwanken entschlossen. Meine Erzählung enthält die vollständige, merkwürdige Geschichte der Erhöhung, des Ruhmes und des großartigen Sturzes unserer Marja Alexandrowna und ihres ganzen Hauses in Mordassow: ein würdiger, verlockender Stoff für einen Schriftsteller. Selbstverständlich muß ich vor allen Dingen auseinandersetzen, was denn Erstaunliches daran war, daß

Fürst K. in die Stadt gefahren kam und bei Marja Alexandrowna abstieg, und zu diesem Zwecke muß ich natürlich auch über den Fürsten selbst ein paar Worte sagen. Das will ich denn auch tun. Zudem ist die Biographie dieses Fürsten absolut notwendig zum Verständnisse des ganzen weiteren Ganges unserer Erzählung. Also, ich fange an.

ZWEITES KAPITEL

Ich beginne mit der Mitteilung, daß Fürst K. noch nicht so übermäßig alt war; aber doch kam einem, wenn man ihn ansah, unwillkürlich der Gedanke, er werde im nächsten Augenblicke zusammenbrechen: So stark gealtert oder, richtiger gesagt, so verlebt war er. In Mordassow hatte man sich über diesen Fürsten höchst sonderbare Dinge erzählt, Dinge der phantastischsten Art. Man hatte sogar gesagt, der alte Herr sei verrückt geworden. Besonders seltsam kam es allen vor, daß ein Gutsbesitzer, der viertausend Seelen besaß, ein Mann mit vornehmer Verwandtschaft, der, wenn er es gewollt hätte, im Gouvernement eine hervorragende Stellung hätte einnehmen können, ganz allein, wie ein vollständiger Einsiedler, auf seinem prächtigen Gute lebte. Viele hatten den Fürsten vor sechs oder sieben Jahren, zur Zeit seines Aufenthaltes in Mordassow, gekannt und versicherten, er sei damals der ausgesprochene Feind eines zurückgezogenen Lebens gewesen und habe mit einem Einsiedler nicht die geringste Ähnlichkeit gehabt.
Ich setze jedoch nun alles hierher, was ich über ihn mit einiger Sicherheit habe in Erfahrung bringen können:
Einstmals, in seinen jungen Jahren (was übrigens schon recht weit zurücklag), war der Fürst in glänzender Weise ins Leben eingetreten, hatte gejeut, seine Liebschaften gehabt, sich mehrmals im Auslande aufgehalten, Lieder gesungen und Witze gemacht, ohne sich jedoch jemals durch glänzende geistige Fähigkeiten auszuzeichnen. Natürlich verschwendete er sein ganzes Vermögen und sah sich, als er alt geworden war, plötzlich kaum im Besitze einer Kopeke. Da

riet ihm jemand, sich doch auf sein Gut zu begeben, das bereits subhastiert werden sollte. Er tat dies und kam so nach Mordassow, wo er volle sechs Monate blieb. Das Leben in der Gouvernementsstadt gefiel ihm außerordentlich, und er brachte in diesen sechs Monaten alles, was ihm noch geblieben war, bis auf den letzten Rest durch, indem er zu spielen fortfuhr und mit den Damen der Gouvernementsstadt allerlei zarte Beziehungen unterhielt. Dabei war er ein sehr gutherziger Mensch, wiewohl selbstverständlich nicht ohne einige besondere fürstliche Gewohnheiten, die indes in Mordassow für eine Eigentümlichkeit der höchsten Gesellschaftskreise galten und daher, statt Ärger zu erregen, sogar Effekt machten. Besonders die Damen waren allezeit von ihrem liebenswürdigen Gaste entzückt. Es haben sich viele interessante Erinnerungen an ihn erhalten. Unter anderm wurde erzählt, der Fürst verwende mehr als die Hälfte des Tages auf seine Toilette und scheine ganz aus allerlei kleinen Stücken zusammengesetzt zu sein. Niemand wußte, wann und wo er es fertiggebracht hatte, seinen Körper so defekt zu machen. Er trug eine Perücke, einen falschen Schnurrbart, einen falschen Backenbart und sogar eine falsche Fliege unter der Unterlippe – alles bis auf das letzte Härchen war unecht und von prächtiger schwarzer Farbe; er schminkte sich täglich weiß und rot. Es wurde behauptet, er ziehe mittels kleiner federnder Apparate die Runzeln auf seinem Gesichte glatt, und diese Apparate seien auf eine besondere Weise in seinen Haaren versteckt. Ferner wurde behauptet, er trage ein Korsett, weil er bei einem ungeschickten Sprunge aus dem Fenster anläßlich eines Liebesabenteuers in Italien eine Rippe eingebüßt habe. Er hinkte auf dem linken Beine; man behauptete, dieses Bein sei ein künstliches, das richtige sei bei einem andern Abenteuer in Paris draufgegangen; dafür habe er sich ein eigenartiges neues aus Kork machen lassen. Aber was reden die Menschen nicht alles! Wahr jedoch war jedenfalls, daß sein rechtes Auge ein Glasauge war, wiewohl eine äußerst kunstvolle Imitation. Seine Zähne waren ebenfalls unecht. Ganze Tage verbrachte er damit, sich mit allerlei patentierten Wässern

zu waschen, sich zu parfümieren und zu pomadisieren. Man erinnert sich jedoch, daß der Fürst damals schon merklich anfing hinfällig zu werden und unerträglich viel zu schwatzen. Seine Laufbahn schien zu Ende zu sein. Alle Welt wußte, daß er keine Kopeke mehr besaß. Da auf einmal starb ganz unerwartet eine sehr nahe Verwandte von ihm, eine sehr alte Dame, die beständig in Paris gelebt hatte, und von der er in keiner Weise eine Erbschaft hatte erwarten können; diese starb, nachdem sie einen Monat vor ihrem Tode ihren legitimen Erben begraben hatte. Der Fürst wurde ganz unerwartet ihr legitimer Erbe. Eine prächtige Besitzung mit viertausend Seelen, sechzig Werst von Mordassow entfernt, fiel ihm allein ungeteilt zu. Unverzüglich machte er sich auf nach Petersburg, um seine Geschäfte zu ordnen. Ihrem scheidenden Gaste zu Ehren gaben die Damen ein prächtiges Diner auf Subskription. Man erinnert sich noch, daß der Fürst bei diesem letzten Diner in einer bezaubernden Weise aufgeräumt war, Witze machte, lachte, die sonderbarsten Geschichtchen erzählte, das Versprechen gab, so bald als möglich nach Duchanowo (seinem neuerworbenen Gute) zu ziehen, und sein Wort verpfändete, es würden dann bei ihm fortwährend Feste, Picknicks, Bälle und Feuerwerke stattfinden. Ein ganzes Jahr lang nach seiner Abreise redeten die Damen von diesen versprochenen Festen und warteten mit der größten Ungeduld auf ihren lieben Alten. Während dieser Zeit des Wartens aber wurden sogar Spazierfahrten nach Duchanowo arrangiert, wo sich ein altmodisches Herrenhaus und ein Garten befand, mit Akazienbüschen, die zu Löwen zurechtgeschnitten waren, mit künstlich aufgeschütteten prähistorischen Grabhügeln, mit Teichen, auf denen Kähne schwammen, mit hölzernen Türken, die auf Schalmeien bliesen, mit Lauben, Pavillons, Monplaisirs und anderen Ergötzlichkeiten.
Endlich kehrte der Fürst zurück, kam aber zur allgemeinen Verwunderung und Enttäuschung gar nicht nach Mordassow, sondern ließ sich in seinem Duchanowo nieder und führte dort vollständig das Leben eines Einsiedlers. Es verbreiteten sich seltsame Gerüchte, und überhaupt wird die

Geschichte des Fürsten von dieser Epoche an nebelhaft und phantastisch. Erstens wurde erzählt, es sei ihm in Petersburg nicht alles nach Wunsch gelungen; einige seiner Verwandten, seine künftigen Erben, hätten wegen der Geistesschwäche des Fürsten die Einsetzung einer Art von Vormundschaft über ihn erwirken wollen, wahrscheinlich in der Befürchtung, er werde wieder alles verschwenden. Ja noch mehr: Einige fügten hinzu, man habe ihn sogar ins Irrenhaus bringen wollen; aber einer seiner Verwandten, ein hochgestellter Herr, sei für ihn eingetreten, indem er den übrigen klar bewiesen habe, daß der arme Fürst, der schon zur Hälfte tot und unecht sei, wahrscheinlich bald ganz sterben werde, und dann werde das Besitztum ihnen auch ohne Irrenhaus zufallen. Ich wiederhole noch einmal: Was reden die Menschen nicht alles, besonders bei uns in Mordassow! Alles dies habe, so wurde erzählt, den Fürsten furchtbar erschreckt, dermaßen, daß er seinen Charakter vollständig geändert und sich in einen Einsiedler verwandelt habe. Einige Herrschaften aus Mordassow fuhren aus Neugier zu ihm hin, um ihm zu gratulieren; aber sie wurden entweder gar nicht oder auf eine höchst sonderbare Weise empfangen. Der Fürst erkannte seine früheren Bekannten nicht einmal wieder; man behauptete, er habe sie nicht wiedererkennen wollen. Auch der Gouverneur besuchte ihn.
Er kehrte mit der Nachricht zurück, daß seiner Meinung nach der Fürst tatsächlich etwas geistesgestört sei, und machte später immer eine saure Miene, wenn man ihn an seine Fahrt nach Duchanowo erinnerte. Die Damen äußerten laut ihren Unwillen. Endlich erfuhr man einen sehr wichtigen Umstand, nämlich, daß den Fürsten eine gewisse unbekannte Stepanida Matwejewna unter ihre Herrschaft gebracht habe, Gott weiß was für ein Frauenzimmer, das mit ihm aus Petersburg gekommen sei, eine schon bejahrte, dicke Person, die in Kattunkleidern und mit den Schlüsseln in der Hand umhergehe; der Fürst gehorche ihr in allen Stücken wie ein Kind und wage keinen Schritt ohne ihre Erlaubnis zu tun; sie wasche ihn sogar eigenhändig, hätschele ihn, trage ihn umher und warte ihn wie ein kleines Kind; sie

sei es auch, die alle Besucher von ihm fernhalte und namentlich seine Verwandten, die nun allmählich anfingen, nach Duchanowo zu kommen, um Erkundigungen einzuziehen. In Mordassow wurde über dieses unbegreifliche Verhältnis viel geredet, namentlich von seiten der Damen. Zu alledem wurde noch hinzugefügt, daß Stepanida Matwejewna das ganze Gut des Fürsten unumschränkt und nach ihrem Belieben verwalte, Inspektoren und Dienerschaft entlasse und die Einkünfte in Empfang nehme; aber sie führe die Verwaltung gut, so daß die Bauern sich wegen ihres Loses glücklich priesen. Was aber den Fürsten selbst anlangt, so erfuhr man, daß er seine Tage fast vollständig mit seiner Toilette ausfülle und sich Perücken und Fracks anprobiere; die übrige Zeit verbringe er mit Stepanida Matwejewna, spiele mit ihr »Eigene Trümpfe« und lege sich Karten; mitunter reite er auch auf einer frommen englischen Stute spazieren, wobei Stepanida Matwejewna ihn unfehlbar in einem geschlossenen Wagen begleite, für jeden Fall, da der Fürst mehr aus Eitelkeit reite und sich kaum noch im Sattel halten könne. Man hatte ihn auch manchmal zu Fuß gesehen, im Überzieher und mit einem breitkrempigen Strohhute, um den Hals ein rosa Damentüchelchen, das Monokel im Auge, in der linken Hand ein Strohkörbchen zum Sammeln von Pilzen, Kornblumen und anderen Feldblumen; Stepanida Matwejewna aber begleitete ihn bei solchen Gelegenheiten immer; hinter ihnen gingen zwei baumlange Lakaien und fuhr, für jeden Fall, eine Kutsche. Wenn ihnen dann ein Bauer begegnete, zur Seite trat, stehen blieb, die Mütze abnahm, sich tief verbeugte und sagte: »Guten Tag, Väterchen Fürst, Euer Durchlaucht, unsere liebe Sonne!« dann richtete der Fürst sofort seine Lorgnette auf ihn, nickte höflich mit dem Kopfe und sagte freundlich zu ihm: »Bonjour, mon ami, bonjour!« Und noch viele ähnliche Gerüchte waren in Mordassow im Umlauf; man konnte den Fürsten nicht vergessen: Er wohnte ja in so naher Nachbarschaft! Wie groß war nun das allgemeine Staunen, als sich eines schönen Morgens das Gerücht verbreitete, der Fürst, der Einsiedler, der wunderliche Kauz, sei in eigener Person nach Mordassow gekommen und bei Marja Alexandrowna abgestiegen! Alles war in Verwunderung und Aufregung. Alle waren gespannt auf die Aufklärung; alle fragten einander: Was hat das zu bedeuten? Manche schickten sich schon an zu Marja Alexandrowna hinzufahren. Allen erschien die Ankunft des Fürsten wie ein reines Wunder. Die Damen schrieben einander Billette, machten sich Besuche und schickten ihre Zofen und ihre Männer aus, um Erkundigungen einzuziehen. Besonders seltsam kam es allen vor, warum der Fürst gerade bei Marja Alexandrowna abgestiegen war und nicht bei sonst jemandem. Am meisten ärgerte sich darüber Anna Nikolajewna Antipowa, weil der Fürst mit ihr, wenn auch nur sehr entfernt, verwandt war. Aber um auf alle diese Fragen die Antwort zu finden, müssen wir uns unbedingt zu Marja Alexandrowna selbst begeben, zu der wir auch den geneigten Leser sich hinzubemühen bitten. Es ist allerdings jetzt erst zehn Uhr morgens; aber ich bin davon überzeugt, daß sie es nicht ablehnen wird, gute Bekannte zu empfangen. Uns wenigstens wird sie sicherlich annehmen.

DRITTES KAPITEL

Zehn Uhr morgens. Wir befinden uns in Marja Alexandrownas Hause an der Hauptstraße, in eben dem Zimmer, das die Hausfrau bei feierlichen Gelegenheiten ihren Salon nennt. Marja Alexandrowna besitzt auch ein Boudoir. In diesem Salon ist der Fußboden gut gestrichen und die Wände mit hübschen ausländischen Tapeten beklebt. Bei den ziemlich plumpen Möbeln herrscht die rote Farbe vor. Es ist ein Kamin da, über dem Kamin ein Spiegel, vor dem Spiegel eine Bronzeuhr mit einem recht geschmacklosen Amor. An den Fensterpfeilern befinden sich zwei Spiegel, von denen die Überzüge bereits abgenommen sind. Vor den Spiegeln stehen auf kleinen Tischchen wieder Uhren. An der hinteren Wand steht ein vorzüglicher Flügel, der für Sinaida von auswärts bezogen ist; Sinaida ist musikalisch. Um den geheizten Kamin herum sind Lehnstühle aufgestellt, nach Möglichkeit in malerischer Unordnung; zwischen ihnen ein kleines Tischchen. Am andern Ende des Zimmers steht ein anderer Tisch, mit einem blendend weißen Tischtuche bedeckt; auf dem Tische siedet ein silberner Samowar, und daneben ist ein hübsches Teeservice aufgestellt. Über den Samowar und den Tee waltet eine Dame, die als entfernte Verwandte bei Marja Alexandrowna lebt, namens Nastasja Petrowna Sjablowa. Zwei Worte über diese Dame. Sie ist Witwe, etwas über dreißig Jahre alt, brünett, mit frischem Teint und lebhaften, dunkelbraunen Augen. Überhaupt ist sie recht hübsch. Sie hat ein heiteres Gemüt, lacht viel, ist recht schlau, selbstverständlich ein Klatschmaul und versteht sich auf ihren Vorteil. Sie hat zwei Kinder, die irgendwo die Schule besuchen. Sie würde sich sehr gern wieder verheiraten. Sie benimmt sich mit einem ziemlichen Selbstbewußtsein. Ihr Mann ist Offizier gewesen. – Marja Alexandrowna selbst sitzt am Kamin, in vorzüglicher Stimmung und in einem hellgrünen Kleide, das ihr sehr gut steht. Sie freut sich gewaltig über die Ankunft des Fürsten, der in diesem Augenblicke im oberen Stockwerke mit seiner Toilette beschäftigt ist. Sie freut sich dermaßen, daß sie sich nicht einmal bemüht, ihre Freude zu verbergen. Vor ihr steht in etwas gezierter Haltung ein junger Mann und erzählt ihr etwas mit besonderer Lebhaftigkeit. Man kann ihm an den Augen ansehen, daß er seinen Zuhörerinnen gefallen möchte. Er ist fünfundzwanzig Jahre alt. Sein Benehmen würde tadellos sein, wenn er nicht so oft in Entzücken geriete und außerdem nicht so sehr danach streben wollte, humoristisch und witzig zu sein. Er ist vorzüglich gekleidet, hat blondes Haar und ein hübsches Äußeres. Aber wir haben schon von ihm gesprochen: Es ist Herr Mosgljakow, ein junger Mann, der große Hoffnungen erweckt. Marja Alexandrowna findet im stillen, daß sein Kopf ein bißchen hohl sei, nimmt ihn aber immer sehr gut auf. Er bemüht sich um die Hand ihrer Tochter Sinaida, in die er, wie er sich ausdrückt, wahnsinnig verliebt ist. Er wendet sich alle Augenblicke an Sinaida und versucht, durch seinen Witz und durch seine Heiterkeit ihren Lippen ein Lächeln zu entlokken. Die aber benimmt sich ihm gegenüber offensichtlich kühl und gleichgültig. In diesem Augenblicke steht sie etwas abseits am Flügel und blättert in einem Kalender. Sie ist eines der weiblichen Wesen, die allgemeines Erstaunen und Entzücken hervorrufen, wenn sie in einer Gesellschaft erscheinen. Sie ist undenkbar schön: hochgewachsen, brünett, mit wundervollen, fast ganz schwarzen Augen, schlank, mit starker, prächtiger Brust. Ihre Schultern und Arme erinnern an antike Statuen; die Füßchen sind verführerisch, der Gang der einer Königin. Sie ist heute ein bißchen blaß; aber dafür werden Sie von ihren vollen, purpurnen, wundervoll geschnittenen Lippen, zwischen denen die gleichmäßigen kleinen Zähne wie aufgereihte Perlen schimmern, drei Nächte hintereinander träumen, wenn Sie sie auch nur einmal ansehen. Der Ausdruck ihres Gesichtes ist ernst und streng. Monsieur Mosgljakow fürchtet sich, wie es scheint, vor ihrem festen Blicke; wenigstens krümmt er sich ordentlich zusammen, wenn er es wagt, sie anzusehen. Ihre Bewegungen haben etwas Hochmütiges, Nachlässiges. Sie trägt ein einfaches weißes Musselinkleid. Die weiße Farbe steht ihr vorzüglich; aber ihr steht eben alles. An einem ihrer Finger steckt ein aus Haar geflochtener Ring; nach der Farbe zu urteilen, ist er nicht aus dem Haare ihrer Mutter geflochten. Mosgljakow hat nie gewagt, sie zu fragen, wessen Haar es ist. An diesem Morgen ist Sinaida ganz besonders schweigsam, ja traurig, als ob sie von einer Sorge erfüllt wäre. Im Gegensatz zu ihr möchte Marja Alexandrowna am liebsten ohne Unterlaß reden, obwohl sie ebenfalls ab und zu mit einem besonderen, mißtrauischen Blicke nach ihrer Tochter hinsieht; indes tut sie es nur verstohlen, als ob auch sie vor Sinaida Furcht hätte.

»Ich bin so glücklich, so glücklich, Pawel Alexandrowitsch«, plappert sie, »daß ich es am liebsten allen Leuten aus dem Fenster zurufen möchte. Ich rede gar noch nicht einmal von der liebenswürdigen Überraschung, die Sie uns, mir und meiner Tochter Sinaida, dadurch bereitet haben, daß Sie zwei Wochen früher wieder hergekommen sind, als Sie es versprochen hatten; das versteht sich von selbst! Aber ich bin ganz glücklich darüber, daß Sie diesen lieben Fürsten hierher gebracht haben. Haben Sie wohl eine Vorstellung davon, wie sehr ich diesen bezaubernden alten Herrn liebe? Aber nein, nein! Sie werden mich nicht verstehen! Sie, als junger Mensch, werden mein Entzücken nicht begreifen, trotz all meiner Beteuerungen! Wissen Sie wohl, was er mir in früherer Zeit gewesen ist, vor sechs Jahren, erinnerst du dich wohl noch, Sinaida? Aber ich vergesse ganz: Du warst ja damals bei deiner Tante zu Besuch... Sie werden es nicht glauben, Pawel Alexandrowitsch: Ich war seine Führerin, seine Schwester, seine Mutter! Er war mir folgsam wie ein Kind! Es lag so etwas Naives, Zartes, Edles in unserem wechselseitigen Verhältnisse; sogar gewissermaßen etwas Idyllisches... ich weiß nicht recht, wie ich es nennen soll! Das ist der Grund, warum er sich jetzt einzig und allein an mein Haus dankbar erinnert, ce pauvre prince! Wissen Sie wohl, Pawel Alexandrowitsch, daß Sie ihn vielleicht dadurch gerettet haben, daß Sie ihn zu mir brachten? Mit tiefem Weh im Herzen habe ich diese sechs Jahre über an ihn gedacht. Sie werden es nicht glauben: Es hat mir sogar von ihm geträumt. Man sagt, dieses Ungeheuer von einem Weibe habe ihn behext, ihn beinah zugrunde gerichtet. Aber nun haben Sie ihn ihr endlich aus den Klauen gerissen! Nein, nun muß man die Gelegenheit benutzen und ihn vollständig retten! Aber erzählen Sie mir noch einmal, wie Ihnen das alles gelungen ist! Beschreiben Sie mir auf das eingehendste Ihr ganzes Zusammentreffen mit ihm! Vorhin habe ich in der Eile meine Aufmerksamkeit nur der Hauptsache zugewandt, während doch alle diese Details sozusagen der Sache erst den richtigen Geschmack geben. Ich höre außerordentlich gern Details; sogar bei den wichtigsten Dingen richte ich meine Aufmerksamkeit in erster Linie auf die Details... und... solange er noch mit seiner Toilette beschäftigt ist...«

»Ich kann Ihnen nur wiederholen, was ich Ihnen schon erzählt habe, Marja Alexandrowna«, fällt Mosgljakow bereitwillig ein; er würde die Geschichte gern selbst zum zehntenmal erzählen, ein solches Vergnügen macht es ihm »Ich fuhr die ganze Nacht hindurch; selbstverständlich schlief ich die ganze Nacht nicht; Sie können es sich vorstellen, wie eilig ich es hatte!« fügt er, zu Sinaida gewendet, hinzu; »kurz, ich forderte auf den Stationen unter Schreien und Schimpfen Pferde und machte deswegen sogar einen Mordsskandal: Wenn man das alles drucken wollte, würde ein ganzes Dichtwerk im modernsten Geschmack herauskommen! Aber das alles nur beiläufig! Punkt sechs Uhr morgens komme ich nach der letzten Station, nach Igischewo. Obwohl ich ganz durchfroren war, wollte ich mich doch nicht erst aufwärmen, sondern schrie: ›Pferde!‹ Die Frau des Stationsaufsehers, die ein Kind an der Brust hatte, bekam darüber einen furchtbaren Schreck; ich glaube, es hat ihr die Milch verschlagen... Ein entzückender Sonnenaufgang! Wissen Sie, dieser Froststaub schimmert ganz purpurn und silbern! Aber ich kümmerte mich um nichts; kurz, ich suchte so schnell wie irgend möglich weiterzukommen. Die Pferde erlangte ich nur durch Kampf; ich nahm sie einem Kollegienrate weg und forderte ihn beinahe zum Duell. Es wurde mir gesagt, eine Viertelstunde vorher sei ein Fürst von der Station abgefahren; er fahre mit eigenen Pferden und sei dort über Nacht geblieben. Ich hörte kaum danach hin, stieg ein und jagte davon, als hätte ich mich von der Kette losgerissen. Etwas Ähnliches kommt in einer Elegie bei Fet vor. Gerade neun Werst von der Stadt, da wo sich der Weg nach dem Kloster Swetosersk abzweigt, sehe ich, daß sich ein erstaunliches Begebnis zugetragen hat. Ein Reiseschlitten von gewaltiger Größe liegt auf der Seite; der Kutscher und zwei Diener stehen ratlos davor, und aus dem auf der Seite liegenden Schlitten dringen herzzerreißende Hilferufe und Schmerzenslaute heraus. Ich wollte zuerst vorbeifahren, denn ich dachte: ›Meinetwegen kannst du auf der Seite liegen bleiben; du gehörst nicht zu unserm Kirchspiel!‹ Aber es siegte doch die Menschenliebe, die, wie Heine sich ausdrückt, überall ihre Nase hineinsteckt. Ich ließ halten. Ich, mein Semjon und der Postkutscher, auch so eine echt russische Seele, wir eilten zu Hilfe, und auf diese Weise richteten wir zu sechsen endlich die Kutsche wieder auf und stellten sie auf die Beine; nun, Beine hatte sie ja allerdings nicht, sie war auf Kufen. Auch ein paar Bauern, die mit Holz nach der Stadt fuhren, halfen mit und bekamen von mir dafür ein Trinkgeld. Ich dachte, das ist gewiß der Fürst, der vor mir abgefahren ist! Ich sehe hin: Mein Gott, das ist ja er selbst, Fürst Gawrila! Ist das einmal ein Zusammentreffen! Ich rufe ihm zu: ›Fürst! Onkelchen!‹ Er erkannte mich allerdings beim ersten Blick beinahe nicht; aber dann erkannte er mich sofort beinahe... beim zweiten Blick. Ich muß Ihnen jedoch gestehen, daß er auch jetzt kaum weiß, wer ich eigentlich bin, und mich anscheinend für einen andern hält und nicht für seinen Verwandten. Ich habe ihn vor ungefähr sieben Jahren in Petersburg gesehen; nun, damals war ich selbstverständlich noch ein ganz junger Bursche. Ich meinerseits erinnerte mich seiner sehr gut; er hatte einen starken Eindruck auf mich gemacht; na, aber er, wie sollte er sich meiner erinnern! Ich stellte mich ihm vor; er war entzückt, umarmte mich, zitterte aber dabei am ganzen Leibe vor Schreck und weinte, bei Gott, er weinte, ich habe es mit meinen eigenen Augen gesehen! Ein Wort gab das andere, und ich überredete ihn schließlich, in meinen Schlitten hinüberzusteigen und wenigstens auf einen Tag nach Mordassow zu fahren, um sich wieder zu erholen; er war ohne Widerrede damit einverstanden. Er setzte mir auseinander, er sei auf der Fahrt nach dem Kloster Swetosersk, zu dem Mönchpriester Missail, den er sehr hoch schätze und verehre; Stepanida Matwejewna (wer von uns Verwandten hätte nicht schon von Stepanida Matwejewna gehört? Mich hat sie im vorigen Jahre aus Duchanowo mit dem Ofenbesen weggejagt), diese Stepanida Matwejewna habe einen Brief erhalten, in dem gestanden habe, daß jemand von ihren Angehörigen in Moskau in den letzten Zügen liege: ihr Vater oder ihre Tochter, ich weiß nicht recht wer, und es interessiert mich auch nicht, das zu wissen; vielleicht der Vater mitsamt der Tochter, vielleicht auch noch dazu ein Neffe von ihr, der dort im Departement der alkoholischen Getränke angestellt ist. Tatsache ist jedenfalls dies: Sie war über diese Nachricht so bestürzt, daß sie sich dazu ent-

schloß, sich auf zehn Tage von ihrem Fürsten zu trennen, und nach der Hauptstadt eilte, um sie durch ihre Anwesenheit zu verschönern. Der Fürst saß einen Tag und noch einen Tag zu Hause, probierte Perücken an, pomadisierte sich, färbte sich den Bart, legte sich Karten und befragte vielleicht auch das Bohnenorakel; aber ohne Stepanida Matwejewna konnte er es auf die Dauer zu Hause doch nicht aushalten! Er ließ anspannen und wollte nach dem Kloster Swetosersk fahren. Einer von den Hausleuten, der vor Stepanida Matwejewna auch in ihrer Abwesenheit Angst hatte, wagte zwar gegen die Fahrt Einwendungen zu machen; aber der Fürst beharrte auf seinem Sinne. Gestern nach dem Mittagessen fuhr er von Hause ab, blieb in Igischewo über Nacht, fuhr dann früh morgens von der Station weiter und wäre gerade da, wo sich der Weg zu dem Mönchpriester Missail abzweigt, beinahe mit seiner Schlittenkutsche in eine Schlucht hinabgestürzt. Nachdem ich ihn gerettet hatte, redete ich ihm zu, zu unserer gemeinsamen Freundin, der hochverehrten Marja Alexandrowna, zu fahren; er sagte von Ihnen, Sie seien die bezauberndste Dame, die er jemals kennengelernt habe – und so sind wir denn jetzt hier; der Fürst aber bringt jetzt oben seine Toilette in Ordnung, mit Hilfe seines Kammerdieners, den er nicht vergessen hat mitzunehmen, und den mitzunehmen er niemals und unter keinen Umständen vergessen wird; denn er würde lieber sterben als vor Damen ohne gewisse Zurüstungen oder, richtiger gesagt, Verbesserungen erscheinen. Das ist der ganze Hergang! Eine allerliebste Geschichte!«
»Aber was er für ein Humorist ist, Sinaida!« rief Marja Alexandrowna nach Anhörung dieses Berichtes; »wie hübsch er das erzählt! Aber hören Sie, Pawel Alexandrowitsch, eine Frage: Setzen Sie mir doch einmal Ihre Verwandtschaft mit dem Fürsten ordentlich auseinander! Sie nennen ihn Onkel?«
»Bei Gott, Marja Alexandrowna, ich weiß nicht, wie ich mit ihm verwandt bin: Ich glaube, was man so nennt, um die sechste Ecke herum. Ich bin nicht schuld daran, daß ich ihn Onkel nenne; schuld an alledem ist vielmehr meine Tante

Aglaja Michailowna. Übrigens hat Tante Aglaja Michailowna weiter nichts zu tun, als Verwandtschaften an den Fingern herzuzählen; sie ist es auch gewesen, die mich ordentlich mit Gewalt dazu gebracht hat, im vorigen Jahre zu ihm nach Duchanowo zu fahren. Sie hätte nur selbst hinfahren sollen! Ich nenne ihn ganz einfach Onkelchen, und er läßt es sich gefallen. Da haben Sie unsere ganze Verwandtschaft, soviel ich wenigstens heute davon zu sagen weiß...«

»Aber ich wiederhole doch, daß nur Gott Ihnen den Gedanken eingeben konnte, ihn geradeswegs zu mir zu bringen! Ich zittere, wenn ich mir vorstelle, was mit dem Ärmsten geschehen wäre, wenn er zu jemand anders hingeraten wäre als zu mir. Die Leute hätten ihn hier geradezu in Stücke zerrissen und verschlungen! Sie hätten sich auf ihn gestürzt wie auf eine Goldgrube, wie auf ein Diamantenlager – sie hätten ihn womöglich einfach bestohlen! Sie können sich gar nicht vorstellen, was für gierige, niedrigdenkende heimtückische Menschen es hier gibt, Pawel Alexandrowitsch!«

»Ach, mein Gott, aber zu wem hätte er ihn denn überhaupt bringen sollen als zu Ihnen? Wie können Sie nur so reden, Marja Alexandrowna!« fiel Nastasja Petrowna ein, die Witwe, die den Tee eingoß. »Zu Anna Nikolajewna hätte er ihn ja doch wohl nicht bringen können, was meinen Sie?«

»Aber, daß er noch immer nicht herunterkommt! Das ist doch seltsam!« sagt Marja Alexandrowna und stand ungeduldig auf.

»Mein Onkelchen? O, ich glaube, der wird sich oben noch fünf Stunden lang anziehen! Und außerdem hat er, da er gar kein Gedächtnis besitzt, vielleicht schon vergessen, daß er zu Ihnen zu Besuch gekommen ist. Er ist ja ein ganz wunderbarer Mensch, Marja Alexandrowna!«

»Aber ich bitte Sie; was reden Sie! Sagen Sie doch so etwas nicht!«

»Ja, Sie sagen: ›Was reden Sie!‹ Marja Alexandrowna; aber es ist die reine Wahrheit! Er ist ja zur Hälfte ein Kunstprodukt und kein Mensch! Sie haben ihn vor sechs Jahren gesehen, aber ich vor einer Stunde. Er ist ja eine halbe Leiche! Er ist ja nur die Erinnerung an einen Menschen; man hat ja nur vergessen, ihn zu beerdigen! Er hat ja eingesetzte Augen und Korkbeine und bewegt sich nur durch ein Federwerk; auch reden tut er nur durch ein Federwerk!«

»Mein Gott, was sind Sie doch für ein leichtfertiger Mensch, wenn man Sie so reden hört!« rief Marja Alexandrowna und nahm eine strenge Miene an. »Sie müßten sich doch schämen, als junger Mensch und als Verwandter so von diesem verehrungswürdigen alten Manne zu sprechen! Ganz zu geschweigen von seiner beispiellosen Herzensgüte« (hier nahm ihre Stimme den Ton der Rührung an), »so sollten Sie doch nicht vergessen, daß er ein Überrest, sozusagen ein Trümmerstück unserer Aristokratie ist. Mein Freund, mon ami! Ich verstehe vollkommen, daß Ihr leichtfertiges Benehmen die Folge gewisser neuer Ideen ist, die Sie sich zu eigen gemacht haben, und von denen Sie fortwährend sprechen. Aber, mein Gott! Ich bin selbst eine Anhängerin Ihrer neuen Ideen! Ich verstehe vollkommen, daß die Grundlage Ihrer neuen Richtung eine edle und ehrenhafte ist. Ich fühle, daß in diesen neuen Ideen sogar etwas Erhabenes liegt; aber alles dies hindert mich nicht, auch die nächstliegende, sozusagen die praktische Seite der Sache zu sehen. Ich habe in der Welt gelebt, ich habe mehr gesehen als Sie, und schließlich bin ich Mutter, Sie aber sind noch sehr jung. Er ist ein alter Mann, und daher erscheint er uns komisch! Ja, Sie haben das vorigemal sogar gesagt, Sie hätten die Absicht, Ihre Bauern freizulassen, und man müsse doch auch etwas für die neue Zeit tun; und das kommt alles daher, daß Sie übermäßig viel in Ihrem Shakespeare gelesen haben! Glauben Sie mir, Pawel Alexandrowitsch, Ihr Shakespeare hat sein Leben längst hinter sich, und wenn er auferstände, so würde er mit all seinem Verstande von unserem Leben auch nicht das geringste verstehen. Wenn es etwas Ritterliches und Großartiges in unserer zeitgenössischen Gesellschaft gibt, so ist das gerade in der höchsten Gesellschaftsschicht zu finden. Ein Fürst bleibt auch in einem groben Kittel ein Fürst; ein Fürst wird auch in einer elenden Hütte derselbe sein wie in einem Schlosse! Sehen Sie, da hat sich der Mann von Natalja Dmitrijewna ein Haus gebaut, das beinah ein Schloß zu nennen ist, und dennoch ist er nur Natalja Dmitrijewnas Mann und weiter nichts! Und auch Natalja Dmitrijewna selbst bleibt, mag sie sich auch fünfzig Krinolinen anziehen, doch immer die frühere Natalja Dmitrijewna und fügt ihrem Werte nichts hinzu. Auch Sie sind zum Teil ein Repräsentant der höchsten Gesellschaftsschicht, weil Sie aus ihr hervorgegangen sind. Und ich glaube ihr ebenfalls nicht fernzustehen – das ist aber ein schlechter Vogel, der sein eigenes Nest beschmutzt! Indessen, Sie werden das alles später noch besser einsehen als ich, mon cher Paul, und werden Ihren Shakespeare vergessen. Das kann ich Ihnen vorhersagen. Ich bin überzeugt, daß Sie sogar auch jetzt nicht aufrichtig sind und nur um der Mode willen so reden. Aber ich bin ins Plaudern hineingeraten. Bleiben Sie hier unten, mon cher Paul; ich werde nach oben gehen und mich nach dem Fürsten erkundigen. Vielleicht bedarf er irgend etwas, und mit meinen Dienstboten ist ja nichts anzufangen...«

Damit verließ Marja Alexandrowna, in Erinnerung an die Unbrauchbarkeit ihrer Dienstboten, eilig das Zimmer.

»Marja Alexandrowna scheint sich sehr darüber zu freuen, daß der Besuch des Fürsten nicht dieser Modenärrin, der Anna Nikolajewna, zuteil geworden ist. Die hatte immer behauptet, mit ihm verwandt zu sein. Da wird sie gewiß jetzt vor Ärger platzen!« bemerkte Nastasja Petrowna. Aber es fiel ihr auf, daß sie keine Antwort bekam; sie warf einen Blick nach Sinaida und Pawel Alexandrowitsch hin, erriet sofort, wie die Sache stand, und ging, anscheinend um etwas zu besorgen, hinaus. Indessen entschädigte sie sich dafür auf der Stelle dadurch, daß sie an der Tür stehen blieb und horchte.

Pawel Alexandrowitsch wandte sich sogleich an Sinaida. Er befand sich in schrecklicher Aufregung, und die Stimme zitterte ihm.

»Sinaida Afanasjewna, Sie sind mir doch nicht böse?« fragte er mit schüchterner, flehender Miene.

»Ihnen böse? Warum sollte ich Ihnen böse sein?« erwiderte Sinaida, leicht errötend, und hob ihre wundervollen Augen zu ihm auf.

»Weil ich so schnell wieder hergekommen bin, Sinaida Afanasjewna! Ich konnte es nicht länger aushalten; ich konnte nicht noch vierzehn Tage warten... Ich habe sogar von Ihnen geträumt. Ich bin hergeeilt, um mein Schicksal zu erfahren... Aber Sie machen ein finsteres Gesicht; Sie sind mir böse! Soll ich wirklich auch jetzt nichts Bestimmtes erfahren?«

Sinaida hatte tatsächlich die Brauen zusammengezogen.

»Ich habe es erwartet, daß Sie wieder davon zu reden anfangen würden«, antwortete sie, indem sie die Augen wieder niederschlug; ihre Stimme klang fest und ernst; aber man hörte es derselben doch an, daß sie sich ärgerte. »Und da dieser Zustand der Erwartung mir sehr peinlich war, so ist es mir lieb, wenn die Sache so schnell wie möglich erledigt wird. Sie fordern wieder eine Antwort, das heißt, Sie bitten um eine solche. Nun gut, ich will sie Ihnen noch einmal wiederholen; denn meine Antwort ist ganz dieselbe wie früher: Warten Sie! Ich wiederhole Ihnen: Ich habe mich noch nicht entschieden und kann Ihnen nicht das Versprechen geben, Ihre Frau zu werden. Ein solches Versprechen kann man nicht mit Gewalt fordern, Pawel Alexandrowitsch. Aber zu Ihrer Beruhigung füge ich hinzu, daß ich Ihren Antrag noch nicht endgültig ablehne. Beachten Sie auch noch dies: Wenn ich Ihnen jetzt die Hoffnung auf eine günstige Entscheidung lasse, so tue ich das einzig und allein, weil mir Ihre Ungeduld und Aufregung leid tun. Ich wiederhole Ihnen, daß ich in meiner Entschließung vollkommen frei bleiben will, und wenn ich Ihnen schließlich sagen sollte, daß ich Ihren Antrag ablehne, so dürfen Sie mir keine Vorwürfe machen, als ob ich Ihnen Hoffnung gemacht hätte. Also das merken Sie sich!«

»Aber was besagt denn das, was besagt denn das?« rief Mosgljakow in kläglichem Tone. »Ist denn das wirklich eine Hoffnung? Kann ich aus Ihren Worten irgendwelche Hoffnung entnehmen, Sinaida Afanasjewna?«

»Denken Sie an alles, was ich Ihnen gesagt habe, und entnehmen Sie daraus alles, was Ihnen beliebt! Das steht Ihnen frei. Aber ich füge nichts weiter hinzu. Ich gebe Ihnen noch keine abschlägige Antwort; ich sage nur: Warten Sie! Aber ich wiederhole Ihnen: Ich behalte mir das volle Recht vor, Ihren Antrag abzulehnen, wenn mir das gut scheinen sollte. Ich möchte noch eines bemerken, Pawel Alexandrowitsch: Wenn Sie vor dem für die Antwort festgesetzten Termin in der Absicht hergekommen sein sollten, auf Umwegen zu wirken, etwa in der Hoffnung auf fremde Protektion, zum Beispiel auf den Einfluß meiner Mutter, so haben Sie sich in Ihrer Spekulation sehr geirrt. Dann werde ich Ihnen geradezu eine Absage erteilen, hören Sie wohl? Aber jetzt genug davon, und, bitte, erinnern Sie mich bis zur bestimmten Zeit an diese ganze Sache mit keinem Worte!«

Diese ganze Rede sprach sie in trockenem, festem Tone und so fließend, als ob sie sie vorher auswendig gelernt hätte. Pawel Alexandrowitsch fühlte, daß er abgeblitzt war. In diesem Augenblick kehrte Marja Alexandrowna zurück und nach ihr, fast gleichzeitig, Frau Sjablowa.

»Ich glaube, er wird sogleich herunterkommen, Sinaida! Nastasja Petrowna, kochen Sie recht schnell einen Tee!« Marja Alexandrowna befand sich sogar in einiger Aufregung.

»Anna Nikolajewna hat schon hergeschickt, um Erkundigungen einzuziehen. Ihre Anjutka ist in die Küche gekommen und hat dort gefragt. Die wird sich jetzt ärgern!« berichtete Nastasja Petrowna und eilte zum Samowar hin.

»Was geht mich das an?« erwiderte ihr Marja Alexandrowna über die Schulter weg. »Als ob ich mich dafür interessierte, was Ihre Anna Nikolajewna denkt! Sie können mir glauben: Ich werde niemanden zu ihr in die Küche schicken. Und ich wundere mich, wundere mich entschieden, warum Sie mich immer für eine Feindin dieser armen Anna Nikolajewna halten, und nicht Sie allein, sondern die ganze Stadt. Ich berufe mich auf Sie, Pawel Alexandrowitsch! Sie kennen uns beide; nun, warum sollte ich ihre Feindin sein? Wegen des Vorranges? Aber an diesem Vorrange ist mir nicht das geringste gelegen. Mag sie doch den ersten Platz einnehmen, mag sie! Ich werde gern die erste sein, die zu ihr hinfährt, um ihr zu ihrem Vorrange zu gratulieren. Und schließlich sind doch alle gegen sie gerichteten Beschuldigungen ungerecht. Ich trete für sie ein; es ist meine Pflicht, für sie einzutreten! Sie wird verleumdet. Warum fallen Sie alle über sie her? Sie ist jung und putzt sich gern; ist das der Grund? Aber meiner Meinung nach ist es doch besser, sich zu putzen, als etwas anderes zu tun, wie zum Beispiel diese Natalja Dmitrijewna, die Dinge treibt, von denen man gar nicht einmal reden kann. Oder weil Anna Nikolajewna fortwährend Besuche macht und nicht zu Hause bleiben kann? Aber, mein Gott! Sie hat keinerlei Bildung genossen, und da fällt es ihr natürlich schwer, zum Beispiel ein Buch aufzuschlagen und sich mit etwas zwei Minuten lang zu beschäftigen. Sie kokettiert und liebäugelt mit jedem, der auf der Straße vorübergeht. Aber warum versichert man ihr denn, daß sie hübsch sei, während sie doch nur ihr weißes Gesicht hat und weiter nichts? Sie bringt die Zuschauer beim Tanzen zum Lachen, das gebe ich zu. Aber warum versichert man ihr denn, sie tanze wundervoll Polka? Sie trägt schauderhafte Coiffüren und Hüte; aber was kann sie dafür, daß ihr Gott keinen Geschmack, sondern dafür ein solches Quantum von Leichtgläubigkeit gegeben hat? Versichern Sie ihr, daß es hübsch aussieht, wenn man sich ein Bonbonpapier ins Haar steckt, und sie wird das tun. Sie ist eine Klatschbase; aber das ist hier der Brauch: Wer klatscht hier nicht? Herr Suschilow mit dem schönen Backenbart besucht sie morgens und abends und womöglich auch noch in der Nacht. Ach, mein Gott! Ihr Mann sollte nicht bis fünf Uhr morgens Karten spielen! Und dazu nehme man noch, daß es hier so viele schlechte Beispiele gibt! Schließlich ist das alles vielleicht auch nur Verleumdung. Kurz, ich werde immer, immer für sie eintreten...! Aber, mein Gott! Da kommt der Fürst! Er ist es, er ist es! Aus Tausenden erkenne ich ihn heraus! Endlich sehe ich Sie wieder, mon prince!« rief Marja Alexandrowna und eilte dem eintretenden Fürsten entgegen.

VIERTES KAPITEL

Beim ersten flüchtigen Blicke werden Sie diesen Fürsten ganz und gar nicht für einen alten Mann halten, und erst wenn Sie ihn näher und genauer ansehen, werden Sie erkennen, daß das eine Art Leiche auf Sprungfedern ist. Alle Mittel der Kunst sind zur Anwendung gebracht, um diese Mumie als Jüngling zu kostümieren. Die Perücke, der Backenbart, der Schnurrbart und die Fliege, sämtlich falsch, aber bewundernswert nachgemacht, zeigen eine prachtvolle schwarze Farbe und bedecken das halbe Gesicht. Das Gesicht ist außerordentlich kunstvoll weiß und rot geschminkt und weist fast gar keine Runzeln auf. Wo sind sie geblieben? Das weiß man nicht. Gekleidet ist er vollständig nach der Mode, als ob er aus einem Modebilde ausgeschnitten wäre. Er trägt eine Art von Visitenanzug oder etwas Ähnliches; ich weiß wahrhaftig nicht, was es eigentlich ist; aber jedenfalls ist es etwas höchst Modernes, Neues, speziell für Morgenvisiten Geschaffenes. Die Handschuhe, die Halsbinde, die Weste, die Wäsche und alles übrige ist von einer blendenden Frische und zeugt von seinem Geschmack. Der Fürst hinkt ein wenig; aber er hinkt so geschickt, als ob auch dies nach den Gesetzen der Mode notwendig wäre. Im einen Auge trägt er ein Monokel, und zwar in eben dem Auge, das selbst von Glas ist. Der Fürst ist von Wohlgerüchen durchtränkt. Beim Sprechen zieht er manche Worte in einer besonderen Weise in die Länge, vielleicht aus Altersschwäche, vielleicht daher, weil seine Zähne sämtlich falsch sind, vielleicht auch um des würdevolleren Eindrucks willen. Gewisse Silben spricht er mit überaus süßem Tone aus; besonders liebt er dabei den Vokal e. »Ja« klingt bei ihm wie »jje«, aber nur noch etwas süßer und weicher. In seinem ganzen Benehmen liegt eine gewisse Lässigkeit, die er sich im Laufe seines ganzen stutzerhaften Lebens angelernt hat. Aber wenn sich etwas von diesem seinen früheren stutzerhaften Leben erhalten hat, so hat es sich nur unbewußt erhalten, in Form einer unklaren Erinnerung, in Form einer dahingestorbenen und begrabenen alten Zeit, die leider keine kosmetischen Mittel, keine Korsetts, keine Parfümeriehändler und keine Perückenmacher wieder ins Leben zurückrufen können. Und darum werden wir am besten tun, wenn wir gleich von vornherein bekennen, daß der alte Herr infolge seines Alters zwar noch nicht den Verstand, wohl aber schon längst das Gedächtnis verloren hat, sich alle Augenblicke verheddert, sich wiederholt und sogar vollständigen Unsinn redet. Es bedarf sogar einer besonderen Kunst, um mit ihm zu reden. Aber Marja Alexandrowna vertraut auf ihre Geschicklichkeit und gerät beim Anblick des Fürsten in unaussprechliches Entzücken.

»Aber Sie haben sich ja gar nicht, nicht im geringsten verändert!« ruft sie, indem sie beide Hände des Gastes ergreift und ihn auf einen bequemen Lehnstuhl nötigt. »Setzen Sie sich, setzen Sie sich, Fürst! Sechs Jahre lang, volle sechs Jahre lang haben wir uns nicht gesehen, und keinen einzigen Brief, ja nicht eine einzige Zeile habe ich in dieser ganzen Zeit von Ihnen erhalten! Oh, wie schlecht sind Sie gegen mich gewesen, Fürst! Und wie böse war ich auf Sie, mon cher prince! Aber Tee, Tee! Ach mein Gott, Nastasja Petrowna, Tee!«

»Ich dan-ke Ihnen, dan-ke Ihnen und bitte um Ver-zeihung!« lispelt der Fürst (wir haben vergessen zu sagen, daß er ein wenig lispelt; aber auch das tut er wie nach einer Vorschrift der Mode). »Ver-zeih-ung! Und denken Sie sich: Noch im vorigen Jahre wollte ich un-be-dingt hierher fahren«, fügt er hinzu, während er das Zimmer durch die Lorgnette betrachtet. »Aber man machte mir Angst: Es hieß, hier sei die Cho-le-ra...«

»Nein, Fürst, bei uns ist keine Cholera gewesen«, sagt Marja Alexandrowna.

»Eine Viehseuche war hier, Onkelchen!« wirft Mosgljakow dazwischen, der sich gern bemerklich machen möchte. Marja Alexandrowna mißt ihn mit einem strengen Blick.

»Nun ja, eine Vieh-seu-che oder so etwas Ähnliches. So blieb ich denn zu Hause. Nun, wie geht es Ihrem Manne, meine liebe Anna Nikolajewna? Ist er immer noch als Staats-an-walt tätig?«

»Ich möchte darauf wetten, daß Onkelchen eine Verwechslung begeht und Sie für Anna Nikolajewna Antipowa hält!« ruft der findige Mosgljakow, hält aber sofort inne, da er merkt, daß auch ohne diese Erklärungen Marja Alexandrowna sich schwer gekränkt fühlt.
»Nun ja, ja, für Anna Nikolajewna... ich vergesse immer den Familiennamen... nun ja, Antipowa, richtig, Antipowa«, bestätigt der Fürst.
»Nein, nein, Fürst, Sie irren sich sehr«, sagt Marja Alexandrowna mit einem bitteren Lächeln. »Ich bin gar nicht Anna Nikolajewna, und ich muß gestehen, ich hätte nicht erwartet, daß Sie mich nicht erkennen würden! Sie setzen mich in Erstaunen, Fürst! Ich bin Ihre ehemalige Freundin Marja Alexandrowna Moskaljowa. Erinnern Sie sich noch an Marja Alexandrowna, Fürst?«
»Marja Alexandrowna! Nun sehen Sie einmal an! Und ich dach-te gerade, Sie wären (wie war doch der Name?) – nun ja! Anna Wassiljewna... C'est délicieux! Also da bin ich zu einer falschen Stelle hingefahren. Und ich dachte, mein Freund, du bräch-test mich gerade zu dieser Anna Matwejewna. C'est charmant! Aber das begegnet mir häufig... Ich fahre häufig zu einer falschen Stelle hin! Ich bin aber immer zufrieden, immer zufrieden, wie es sich auch treffen mag. Also Sie sind nicht Nastasja Wassiljewna? Das ist interessant...«
»Marja Alexandrowna, Fürst, Marja Alexandrowna! Oh, wie weh Sie mir getan haben! Wie konnten Sie nur Ihre beste Freundin vergessen, Ihre beste Freundin!«
»Nun ja, meine be-ste Freundin... pardon, pardon!« lispelt der Fürst und betrachtet angelegentlich Sinaida.
»Und das ist meine Tochter Sinaida. Sie kennen sie noch nicht, Fürst, Sie war bei Ihrer vorigen Anwesenheit nicht hier; erinnern Sie sich noch, vor sechs Jahren?«
»Das ist Ihre Tochter! Charmante, charmante!« murmelt der Fürst, während er Sinaida begehrlich durch die Lorgnette betrachtet. »Mais quelle beauté!« flüstert er, offenbar sehr überrascht.
»Bitte, nehmen Sie Tee, Fürst!« sagt Marja Alexandrowna

und lenkt die Aufmerksamkeit des Fürsten auf den Diener, einen Knaben in Kosakentracht, der mit einem Präsentierteller in der Hand vor ihm steht. Der Fürst nimmt eine Tasse und betrachtet den Knaben, der volle, rote Bäckchen hat.

»A-a-ah, das ist Ihr Söhnchen?« sagt er. »Was für ein hübscher Kna-be! U-u-und gewiß auch sehr ar-tig, nicht wahr?«

»Aber, Fürst«, unterbricht ihn Marja Alexandrowna eilig, »ich habe von dem furchtbaren Ereignisse gehört! Ich muß gestehen, ich war ganz fassungslos vor Schreck... Haben Sie sich auch nicht beschädigt? Nehmen Sie sich damit nur recht in acht! So etwas darf man nicht vernachlässigen!«

»Er hat mich umgeworfen! Er hat mich umgeworfen! Mein Kutscher hat mich umgeworfen!« ruft der Fürst mit ungewöhnlicher Lebhaftigkeit. »Ich dachte schon, es käme der Weltuntergang oder so etwas Ähnliches, und bekam einen solchen Schreck, daß ich (die Heiligen mögen es mir verzeihen!) den Himmel für ein Schaffell ansah! Das hatte ich nicht erwartet, das hatte ich nicht erwartet! Das hatte ich ganz und gar nicht er-war-tet! Und an alledem ist nur mein Kutscher Fe-o-fil schuld! Ich verlasse mich ganz auf dich, mein Freund: Nimm du die Sache in die Hand und untersuche sie ordentlich! Ich bin davon ü-ber-zeugt, daß er es auf mein Leben ab-ge-se-hen hatte.«

»Schön, schön, Onkelchen«, antwortet Pawel Alexandrowitsch, »ich werde alles untersuchen! Aber wissen Sie was, Onkelchen: Verzeihen Sie ihm doch, dem heutigen Tage zu Ehren, ja? Was meinen Sie?«

»Unter keinen Um-stän-den werde ich ihm verzeihen! Ich bin davon überzeugt, daß er es auf mein Leben ab-ge-se-hen hatte! Er und auch noch Lawrenti, den ich zu Hause gelassen hatte. Denken Sie sich nur: Er hat irgendwelche neuen Ideen aufgeschnappt, wissen Sie! Es ist bei ihm so eine Art von Feindschaft gegen die bestehenden Verhältnisse zum Vorschein gekommen... Kurz, er ist ein Kommunist, im vollen Sinne des Wortes! Ich fürchte mich sogar davor, mit ihm zusammenzukommen!«

»Ach, wie wahr ist das, was Sie da gesagt haben, Fürst!« ruft

Marja Alexandrowna aus. »Sie glauben gar nicht, wieviel ich selbst durch die Untauglichkeit der Dienstboten zu leiden habe! Stellen Sie sich das nur vor: Ich habe jetzt zwei meiner Leute gewechselt, und ich muß gestehen, die neuen sind so dumm, daß ich geradezu vom Morgen bis zum Abend mich mit ihnen herumplagen muß. Sie glauben gar nicht, wie dumm sie sind, Fürst!«

»Nun ja, nun ja! Aber ich muß Ihnen gestehen, ich habe es sogar ganz gern, wenn ein Diener ein bißchen dumm ist«, bemerkt der Fürst, der, wie alle alten Leute, sich freut, wenn man sein Geschwätz ehrerbietig anhört. »Einem Diener steht das gut – und es verleiht ihm sogar eine eigene Wür-de, wenn er einfältig und dumm ist. Selbstverständlich nur in gewissen Fäl-len. Er macht dadurch einen statt-li-che-ren Eindruck; sein Gesicht bekommt etwas Fei-er-li-ches; kurz, die Wohlerzogenheit tritt mehr hervor, und von einem Diener verlange ich vor allen Dingen Wohlerzogenheit. Da ist zum Beispiel mein Te-ren-ti. Du erinnerst dich wohl noch an Te-ren-ti, mein Freund? Sowie ich den zum erstenmal ansah, sagte ich sogleich zu ihm: ›Du mußt Portier werden!‹ Er ist von einer phä-no-me-na-len Dummheit! Er macht ein Gesicht wie ein Hammel, der aufs Wasser blickt! Aber was ist er für eine statt-li-che, fei-er-li-che Erscheinung! Was hat sein Doppelkinn für eine frische, rosige Farbe! Nun, und so mit der weißen Halsbinde und in voller Gala, da macht er wirklich Effekt! Ich habe ihn von Herzen liebgewonnen. Manchmal betrachte ich ihn und kann mich an ihm gar nicht sattsehen: Als wenn er eine Dissertation verfaßte, eine so wichtige Miene macht er. Kurz, er ist der richtige deutsche Philosoph Kant oder, noch richtiger gesagt, ein gemästeter, fetter Truthahn. Er besitzt das vollständige comme il faut für einen Diener...!«

Marja Alexandrowna lacht ganz entzückt und begeistert und klatscht sogar in die Hände. Pawel Alexandrowitsch sekundiert ihr von ganzem Herzen: Er amüsiert sich über den Onkel höchlichst. Auch Nastasja Petrowna lacht. Sogar Sinaida lächelt.

»Aber wieviel Humor, wieviel Heiterkeit, wieviel Witz besitzen Sie, Fürst!« ruft Marja Alexandrowna. »Was für eine unschätzbare Fähigkeit, die feinsten, komischsten Züge zu bemerken...! Und daß Sie so aus der Gesellschaft verschwunden sind und sich volle fünf Jahre lang von der Welt abgeschlossen haben! Mit einem solchen Talente! Aber Sie könnten ja schriftstellerisch tätig sein, Fürst! Sie könnten ein zweiter Fonwisin oder Gribojedow oder Gogol werden...!«

»Nun ja, nun ja!« sagt der Fürst sehr zufrieden; »das könnte ich... und wissen Sie, ich bin in früherer Zeit außerordentlich witzig gewesen. Ich habe sogar ein Vau-de-ville für die Bühne geschrieben. Es kamen darin ein paar ent-zük-ken-de Couplets vor! Es ist übrigens nie gespielt worden...«

»Ach, wie nett wäre es, wenn wir es zu lesen bekämen! Und weißt du, Sinaida, das würde sich gerade jetzt sehr gut treffen! Man beabsichtigt nämlich bei uns, eine Theatervorstellung zustande zu bringen, zu einem patriotischen Zwecke, Fürst, zum Besten der Verwundeten... dazu sollten Sie uns Ihr Vaudeville geben!«

»Gewiß! Ich bin sogar bereit, es noch einmal zu schreiben... aber ich habe es vollständig vergessen. Ich erinnere mich jedoch, es kamen darin zwei oder drei derartige Witze vor, daß...« (der Fürst küßte seine Fingerspitzen). »Überhaupt machte ich, als ich im Aus-lan-de war, geradezu fu-ro-re. Ich besinne mich noch auf Lord Byron. Wir verkehrten miteinander freundschaftlich. Er tanzte auf dem Wiener Kongreß ganz entzückend einen Krakowiak.«

»Lord Byron, Onkelchen! Ich bitte Sie, Onkelchen, was sagen Sie da?«

»Nun ja, Lord Byron. Aber vielleicht war es auch nicht Lord Byron, sondern jemand anders. Richtig, es war nicht Lord Byron, sondern ein Pole! Jetzt erinnere ich mich vollständig. Und ein ganz o-ri-gi-neller Mensch war dieser Pole; er gab sich für einen Grafen aus; aber nachher ergab sich, daß er ein Speisewirt war. Indes den Krakowiak tanzte er ent-zükkend, und zuletzt brach er sich ein Bein. Ich habe damals auf dieses Begebnis einen Vers gemacht:

Unser Pole tanzte schön,
So was hab' ich nie gesehn.

Aber dann... aber dann, wie es weiterging, daran erinnere ich mich nicht mehr; ich glaube:

Doch als er sich brach das Bein,
Ließ er wohl das Tanzen sein...«

»Gewiß wird es so gewesen sein, Onkelchen!« ruft Mosgljakow, der in immer größere Begeisterung gerät.

»Ich glaube, es war so, mein Freund«, antwortete Onkelchen, »oder wenigstens so ähnlich. Vielleicht war es übrigens auch anders; aber jedenfalls waren es sehr wohlgelungene Verse... Überhaupt habe ich jetzt manches, was ich erlebt habe, vergessen. Das kommt von meinen vielen Beschäftigungen.«

»Aber sagen Sie, Fürst, womit haben Sie sich denn diese ganze Zeit über in Ihrer Einsamkeit beschäftigt?« fragt Marja Alexandrowna lebhaft interessiert. »Ich habe so oft an Sie gedacht, mon cher prince, daß ich, wie ich offen gestehe, diesmal von Ungeduld brenne, darüber Näheres zu erfahren...«

»Womit ich mich beschäftigt habe? Nun, wissen Sie, es gibt überhaupt viele Be-schäf-ti-gungen. Manchmal erholt man sich ja auch; aber oft, wissen Sie, gehe ich so dahin und stelle mir allerlei Dinge vor...«

»Sie haben gewiß ein außerordentlich starkes Vorstellungsvermögen, Onkelchen?«

»Ja, ein außerordentlich starkes, mein Lieber. Ich stelle mir manchmal solche Dinge vor, daß ich sogar selbst darüber nachher ganz er-staunt bin. Als ich in Kadujew war... A propos! Du bist ja, glaube ich, Vizegouverneur in Kadujew gewesen?«

»Ich, Onkelchen? Aber ich bitte Sie, was reden Sie!« ruft Pawel Alexandrowitsch.

»Nun denk mal an, mein Freund! Und ich habe dich immer für den Vizegouverneur gehalten, und ich dachte noch: Der hat ja auf einmal ein ganz anderes Ge-sicht bekommen? Jener, weißt du, hatte so ein recht wür-de-volles, kluges Gesicht. Er war ein au-ßer-or-dentlich kluger Mensch, und immer machte er Ge-dich-te, bei allen möglichen Gelegenheiten. Von der Seite gesehen hatte er einige Ähnlichkeit mit Karo-König...«

»Nein, Fürst«, unterbricht ihn Marja Alexandrowna, »ich kann Ihnen bestimmt vorhersagen, daß Sie sich durch ein solches Leben zugrunde richten werden! Wie kann man sich nur fünf Jahre in der Einsamkeit vergraben, ohne einen Menschen zu sehen und ohne etwas zu hören! Aber Sie sind ein verlorener Mensch, Fürst! Fragen Sie, wen Sie wollen, von denen, die Ihnen treu ergeben sind: Jeder wird Ihnen sagen, daß Sie ein verlorener Mensch sind!«

»Wirklich?« ruft der Fürst.

»Ich versichere Sie; ich rede zu Ihnen als Freundin, wie eine Schwester! Ich sage Ihnen das deswegen, weil Sie mir teuer sind, weil das Andenken der Vergangenheit mir teuer ist! Was hätte ich für Vorteil davon, wenn ich heucheln wollte? Nein, Sie müssen Ihre Lebensweise von Grund aus ändern; sonst werden Sie Ihre Kraft erschöpfen, Sie werden krank werden, Sie werden sterben...«

»Ach, mein Gott! Werde ich wirklich so bald sterben?« ruft der Fürst erschrocken. »Und denken sie nur, Sie haben es erraten: Mich quälen in hohem Grade meine Hämorrhoiden, besonders seit einiger Zeit. Und wenn ich derartige Anfälle bekommen, dann treten dabei überhaupt ganz wun-der-ba-re Symptome auf; ich werde Sie Ihnen in Ausführlichkeit beschreiben. Erstens...«

»Erzählen Sie das lieber ein andermal, Onkelchen!« fällt ihm Pawel Alexandrowitsch ins Wort. »Aber jetzt... ist es nicht Zeit, daß wir wegfahren?«

»Nun ja, auch gut, ein andermal. Vielleicht ist es auch nicht besonders interessant, es zu hören. Das sage ich mir jetzt selbst... Aber doch ist es eine höchst merkwürdige Krankheit. Es kommen dabei allerlei Episoden vor. Erinnere mich doch daran, mein Freund, ich werde dir später, am Abend, einen solchen Fall ausführlich erzählen...«

»Aber hören Sie, Fürst, Sie sollten es doch mit einer Kur

im Auslande versuchen«, unterbricht ihn Marja Alexandrowna noch einmal.
»Im Auslande? Nun ja, nun ja! Ich werde unter allen Umständen ins Ausland fahren. Ich erinnere mich, als ich in den zwanziger Jahren im Auslande war, da war es dort au-ßerordentlich vergnüglich. Ich hätte mich beinah verheiratet, mit einer Vikomtesse, einer Französin. Ich war damals schrecklich verliebt und wollte ihr mein ganzes Leben weihen. Aber am Ende heiratete nicht ich sie, sondern ein anderer. Und was für ein sonderbarer Zufall: Ich hatte mich nur auf zwei Stunden von ihr entfernt, da trug der andere den Sieg davon; es war ein deutscher Baron; er hat später noch eine Zeitlang im Irrenhause gesessen.«
»Aber, cher prince, ich habe davon gesprochen, um Sie darauf aufmerksam zu machen, daß Sie ernstlich auf Ihre Gesundheit bedacht sein müssen. Im Auslande gibt es so tüchtige Ärzte... und außerdem, wieviel hilft nicht schon allein eine Veränderung der Lebensweise! Sie müssen entschieden, wenigstens für einige Zeit, Ihr Duchanowo verlassen.«
»Un-be-dingt! Ich habe diesen Entschluß schon längst gefaßt, und wissen Sie, ich beabsichtige eine hy-dro-pa-thische Kur vorzunehmen.«
»Eine hydropathische Kur?«
»Allerdings. Ich habe mich schon früher einmal hy-dro-patisch behandeln lassen. Ich war damals in einem Badeorte. Dort war eine Moskauer Dame; ich habe ihren Familiennamen vergessen; aber sie war eine höchst poetisch veranlagte Dame; sie mochte etwa siebzig Jahre alt sein. Bei ihr befand sich noch ihre Tochter, eine ungefähr fünfzigjährige Witwe; auf dem einen Auge hatte sie den Star. Die redete ebenfalls fast nur in Versen. Später hatte sie noch ein unangenehmes Er-leb-nis: Sie schlug im Zorn ihr leibeigenes Dienstmädchen tot und wurde deswegen vor Gericht gezogen. Also diese beiden Damen kamen auf den Gedanken, mich mit Wasser zu kurieren. Ich muß gestehen, ich war damals absolut nicht krank; na, aber sie setzten mir zu: ›Unternehmen Sie die Kur, unternehmen Sie die Kur!‹ Aus Liebenswürdigkeit und Höflichkeit fing ich auch tatsächlich an, Wasser zu

trinken; ich dachte: Vielleicht werde ich mich wirklich davon leich-ter fühlen. Ich trank und trank, trank und trank; ich trank einen ganzen Wasserfall aus, und wissen Sie, diese Hydropathie ist eine sehr nützliche Sache und hat mir außerordentlich viel geholfen, so daß, wenn ich nicht zuletzt krank geworden wäre, ich vollständig gesund sein würde, das kann ich Ihnen versichern...«

»Das ist eine durchaus richtige Schlußfolgerung, Onkelchen. Sagen Sie, Onkelchen, haben Sie sich einmal mit dem Studium der Logik beschäftigt?«

»Mein Gott! Was stellen Sie für Fragen!« bemerkt Marja Alexandrowna, die ganz empört ist, in strengem Tone.

»Jawohl, das habe ich getan, mein Freund; nur ist es schon sehr lange her. Ich habe auch in Deutschland Philosophie studiert und einen ganzen Kursus durchgemacht; aber ich habe gleich damals alles wieder vollständig vergessen. Aber... ich muß Ihnen gestehen... Sie haben mich durch diese Krankheiten so erschreckt, daß ich ganz bestürzt bin. Übrigens, ich komme sogleich wieder zurück...«

»Aber wo wollen Sie denn hin, Fürst?« ruft Marja Alexandrowna erstaunt.

»Ich komme gleich wieder, gleich... Ich will nur einen neuen Gedanken aufschreiben... au revoir...«

»Nun, wie gefällt er Ihnen?« ruft Pawel Alexandrowitsch und will sich ausschütten vor Lachen.

Marja Alexandrowna verliert die Geduld.

»Ich verstehe nicht, verstehe absolut nicht, worüber Sie lachen!« beginnt sie heftig. »Wie kann man nur über einen achtungswerten alten Herrn, einen Verwandten, lachen, sich über jedes Wort, das er spricht, lustig machen und seine engelhafte Herzensgüte so mißbrauchen! Ich habe mich über Ihr Benehmen geschämt, Pawel Alexandrowitsch! Aber sagen Sie doch nur, was denn nach Ihrer Meinung an ihm lächerlich ist! Ich habe nichts Lächerliches an ihm gefunden.«

»Was sagen Sie dazu, daß er keinen Menschen wiedererkennt, und daß er manchmal den reinen Unsinn redet?«

»Aber das ist doch nur eine Folge seiner schrecklichen Lebensweise, seiner furchtbaren fünfjährigen Abgeschlossenheit unter der Aufsicht dieses teuflischen Weibes. Man muß ihn bedauern, aber sich nicht über ihn lustig machen. Er hat sogar mich nicht erkannt; Sie waren selbst Zeuge. Das ist geradezu sozusagen himmelschreiend! Man muß ihn entschieden retten! Wenn ich ihm eine Reise ins Ausland vorschlage, so tue ich das einzig und allein in der Hoffnung, daß er vielleicht dadurch von diesem gemeinen Weibsbilde loskommt!«

»Wissen Sie was? Man müßte ihn verheiraten, Marja Alexandrowna!« ruft Pawel Alexandrowitsch.

»Sie spotten schon wieder! Sie sind wirklich unverbesserlich, Monsieur Mosgljakow!«

»Nein, Marja Alexandrowna, nein! Diesmal rede ich vollständig im Ernst! Warum sollte man ihn nicht verheiraten? Das ist doch auch eine Idee! C'est une idée comme une autre! Bitte, sagen Sie einmal: Was kann ihm das schaden? Im Gegenteil befindet er sich in einer solchen Lage, daß eine derartige Maßregel ihn nur retten kann! Nach dem Gesetze kann er noch heiraten. Erstens wird er von dieser Hexe (entschuldigen Sie den Ausdruck!) freikommen. Zweitens, und das ist die Hauptsache: Denken Sie sich einmal, daß er sich ein liebes, gutherziges, kluges, sanftes und vor allen Dingen armes Mädchen oder noch besser eine solche Witwe aussucht, eine weibliche Person, die ihn dann wie eine Tochter pflegt und Verständnis dafür besitzt, daß er ihr eine Wohltat erwiesen hat, indem er sie zu seiner Frau machte. Und was könnte für ihn besser sein, als daß ein liebes, treues, edles Wesen immer um ihn ist statt dieses... Weibes? Selbstverständlich muß die Betreffende hübsch sein; denn Onkelchen hat noch immer seine Freude an hübschen weiblichen Wesen. Haben Sie wohl bemerkt, wie er sich an Sinaida Afanasjewna gar nicht sattsehen konnte?«

»Aber wo werden Sie eine solche Braut für ihn finden?« fragt Nastasja Petrowna, die sehr achtsam zugehört hat.

»Da bringen Sie mich auf einen Gedanken: Sie könnten es ja selbst sein, wenn Sie Lust dazu haben! Gestatten Sie die Frage: Weshalb sollten Sie nicht eine passende Braut für den Fürsten sein? Erstens sind Sie hübsch; zweitens Witwe; drittens adlig; viertens arm (denn Sie sind tatsächlich nicht reich); fünftens sind Sie eine sehr verständige Dame und werden ihn folglich lieben, ihm das Leben behaglich machen, jenes Frauenzimmer mit Schimpf und Schande aus dem Hause jagen, ihn ins Ausland bringen, ihn mit Mannabrei und Konfekt füttern, und alles dies bis zu dem Augenblicke, wo er diese irdische Welt verlassen wird, was nach einem Jahre, vielleicht aber auch schon nach drittehalb Monaten geschehen kann. Dann sind Sie eine Fürstin, Witwe und reich und heiraten zum Lohn für Ihren mutvollen Entschluß einen Marquis oder einen Generalintendanten! C'est joli, nicht wahr?«

»Weiß der Himmel, ich glaube, ich würde mich schon allein aus Dankbarkeit in ihn verlieben, den guten Menschen, wenn er mir nur einen Heiratsantrag machen wollte!« ruft Frau Sjablowa, und ihre dunklen, ausdrucksvollen Augen blitzen auf. »Aber das ist doch alles nur dummes Zeug!«

»Dummes Zeug? Wenn Sie wollen, wird es Ernst! Bitten Sie mich mal recht schön, und wenn ich es dann nicht noch heute fertigbringe, Sie zu seiner Braut zu machen, dann dürfen Sie mir einen Finger abschneiden! Es ist ja nichts leichter, als Onkelchen zu etwas zu überreden oder zu verleiten! Er sagt immer: ›Nun ja, nun ja!‹ Sie haben es ja selbst gehört. Wir wollen ihn verheiraten, ohne daß er es selbst merkt. Verhelfen wir ihm immerhin durch Täuschung zu einer Frau; es ist ja doch nur zu seinem Besten, ich bitte Sie...! Sie sollten sich wenigstens für jeden Fall ein bißchen putzen, Nastasja Petrowna!«

Monsieur Mosgljakows Begeisterung für seine Idee geht in eine Art von Fanatismus über. Und was Frau Sjablowa anlangt, so wässert ihr, wie verständig sie auch ist, doch der Mund.

»Ich weiß, auch ohne daß Sie es mir sagen, daß ich heute recht schlumpig aussehe«, antwortet sie. »Ich habe ganz aufgehört, auf mein Äußeres Sorgfalt zu verwenden, und gebe mich schon lange keinen Träumereien mehr hin... Ich sehe wohl wirklich wie eine Köchin aus?«

Diese ganze Zeit über saß Marja Alexandrowna mit einem

ganz seltsamen Gesichtsausdrucke da. Ich irre mich nicht, wenn ich sage, daß sie Pawel Alexandrowitschs sonderbaren Vorschlag mit einem gewissen Schreck anhörte und ordentlich die Fassung verlor... Endlich sammelte sie ihre Gedanken wieder.

»All das ist ja zwar sehr schön; aber es ist doch alles töricht und abgeschmackt und vor allen Dingen ganz unpassend!« wandte sie sich in scharfem Tone an Mosgljakow.

»Aber warum, beste Marja Alexandrowna, warum soll denn das töricht und unpassend sein?«

»Aus vielen Gründen und besonders deshalb, weil Sie sich in meinem Hause befinden und der Fürst mein Gast ist und ich niemandem erlauben werde, den Respekt gegen meinen Gast außer acht zu lassen. Ich fasse Ihre Worte nur als Scherz auf, Pawel Alexandrowitsch. Aber Gott sei Dank, da kommt der Fürst!«

»Da bin ich wieder!« ruft der Fürst beim Eintritt ins Zimmer. »Es ist erstaunlich, cher ami, wieviel mannigfache Ideen ich heute habe. Zu anderer Zeit (du wirst es vielleicht gar nicht glauben) kommen mir manchmal überhaupt keine in den Kopf. Ich sitze dann oft den ganzen Tag so für mich da.«

»Das kommt wahrscheinlich von dem heutigen Umwerfen mit dem Schlitten her, Onkelchen. Das hat Ihre Nerven erschüttert, und infolgedessen...«

»Auch ich, mein Freund, führe es auf ebendiesen Umstand zurück, und finde dieses Begebnis sogar nütz-lich, so daß ich beschlossen habe, meinem Fe-o-fil zu verzeihen. Weißt du was? Es will mir doch scheinen, daß er mir nicht nach dem Leben getrachtet hat; wie denkst du darüber? Zudem ist er ohnehin schon neulich durch das Abrasieren des Bartes bestraft worden.«

»Durch das Abrasieren des Bartes, Onkelchen! Aber er hat ja einen Bart von der Größe eines deutschen Fürstentumes!«

»Nun ja, von der Größe eines deutschen Fürstentumes. Überhaupt, mein Freund, hast du vollkommen recht mit deinen Schluß-fol-ge-rungen. Aber das ist ein künstlicher Bart. Denken Sie sich nur diesen Zufall: es wird mir auf einmal ein Preiskurant zugeschickt. Es war aus dem Auslande eine neue Sendung Bärte eingegangen, vorzügliche Bärte für Kutscher und für Herren: Kinnbärte sowie Backenbärte, Fliegen, Schnurrbärte und so weiter, und alles von bester Qualität und zu sehr mäßigen Preisen. ›Na, schön‹, dachte ich, ›ich werde mir einen Kinnbart kommen lassen, um ihn wenigstens anzusehen, wie er sich macht.‹ Ich ließ mir also einen Kutscherbart kommen, und wirklich: Der Bart nahm sich stattlich aus! Aber es stellte sich heraus, daß Feofils eigener Bart fast noch einmal so groß war. Also da entstand natürlich die schwierige Frage: Sollte ich ihm seinen eigenen abrasieren lassen oder den zur Ansicht übersandten wieder zurückschicken und ihn seinen natürlichen Bart weitertragen lassen? Ich dachte lange darüber nach und entschied mich endlich dafür, daß es das beste sei, wenn er den künstlichen Bart trage.«

»Wahrscheinlich deswegen, weil die Kunst über der Natur steht, Onkelchen?«

»Eben deswegen. Und was für ein Seelenschmerz es für ihn war, als ihm der Bart abrasiert wurde! Als ob mit dem Barte ihm seine ganze Karriere zerstört sei... Aber ist es nicht Zeit, daß wir fahren, mein Lieber?«

»Ich bin bereit, Onkelchen.«

»Aber ich hoffe, Fürst, daß Sie nur zum Gouverneur fahren werden!« ruft Marja Alexandrowna in großer Aufregung. »Sie gehören jetzt mir, Fürst, und sind den ganzen Tag über ein Mitglied meiner Familie. Ich werde Ihnen natürlich nichts über die hiesige Gesellschaft sagen. Vielleicht wünschen Sie, auch bei Anna Nikolajewna einen Besuch zu machen, und ich bin nicht berechtigt, Ihnen Ihre günstigen Vorstellungen von dieser Dame zu nehmen; außerdem bin ich fest davon überzeugt, daß die Zeit alles ans Licht bringen wird. Aber vergessen Sie eines nicht: daß ich diesen ganzen Tag über Ihre Wirtin, Ihre Schwester, Ihr Mütterchen, Ihre Wärterin bin, und ich muß gestehen, ich zittere um Sie, Fürst! Sie kennen diese Menschen nicht, nein, Sie kennen sie nicht vollständig, wenigstens einstweilen noch nicht...!«

»Verlassen Sie sich auf mich, Marja Alexandrowna! Es wird

alles so geschehen, wie ich es Ihnen versprochen habe«, sagt Mosgljakow.
»Ja, Sie! Sie sind ein Windhund! Auf Sie ist kein Verlaß! Ich erwarte Sie zum Mittagessen, Fürst. Wir speisen früh. Und wie sehr bedaure ich, daß mein Mann gerade auf dem Gute ist! Wie sehr würde er sich freuen, Sie wiederzusehen! Er verehrt Sie so sehr und liebt Sie von ganzem Herzen!«
»Ihr Mann? Haben Sie denn auch einen Mann?« fragt der Fürst.
»Ach, mein Gott! Wie vergeßlich Sie sind, Fürst! Aber Sie haben ja alles Frühere vollständig vergessen, vollständig! Mein Mann, Afanassi Matwejewitsch, erinnern Sie sich wirklich nicht an ihn? Er ist jetzt auf dem Gute; aber Sie haben ihn früher tausendmal gesehen. Erinnern Sie sich nur, Fürst: Afanassi Matwejewitsch!...«
»Afanassi Matwejewitsch! Auf dem Gute; nun denken Sie einmal; mais c'est délicieux! Also haben Sie auch einen Mann? Was für ein seltsamer Zufall! Das ist gerade wie in einem Vaudeville! ›Ist aus der Tür der Eheherr, So fährt die Frau sogleich nach...‹ entschuldigen Sie, ich habe vergessen, wie es weiterging! Aber die Frau fuhr auch irgendwohin; ich glaube nach Tula oder nach Jaroslawl; kurz, es ist sehr komisch.«
»Ist aus der Tür der Eheherr, fährt die Frau sogleich nach Twer‹, so heißt es, Onkelchen«, hilft Mosgljakow aus.
»Nun ja, nun ja! Ich danke dir, mein Freund; richtig: ›nach Twer.‹ Charmant, charmant! So paßt es auch gut zusammen. Du findest immer den Reim, mein Lieber! Ja, ja, es schwebte mir so vor: ›nach Jaroslawl‹ oder ›nach Kostroma‹; aber jedenfalls fuhr die Frau auch irgendwohin! Charmant, charmant! Übrigens habe ich ein wenig vergessen, wovon ich angefangen hatte zu reden... Ja! Also dann wollen wir fahren, mein Freund. Au revoir, madame; adieu, ma charmante demoiselle«, fügte der Fürst hinzu, indem er sich an Sinaida wandte und seine Fingerspitzen küßte.
»Kommen Sie also zum Mittagessen, Fürst, zum Mittagessen! Vergessen Sie ja nicht, recht bald zurückzukehren!« ruft ihm Marja Alexandrowna nach.

»Sie sollten einmal in der Küche nach dem Rechten sehen, Nastasja Petrowna!« sagt sie, nachdem sie den Fürsten hinausbegleitet hat. »Ich habe so eine Ahnung, daß dieser entsetzliche Nikitka das Mittagessen bestimmt verderben wird! Ich glaube sicher, daß er schon betrunken ist.«
Nastasja Petrowna gehorcht. Beim Hinausgehen wirft sie einen mißtrauischen Blick nach Marja Alexandrowna hin und bemerkt an ihr eine ungewöhnliche Aufregung. Statt in die Küche zu gehen und den entsetzlichen Nikitka zu beaufsichtigen, geht Nastasja Petrowna durch den Saal, von dort auf dem Flur nach ihrem Zimmer und von dort in ein dunkles Zimmerchen, eine Art Rumpelkammer, wo allerlei Kasten stehen, alte Kleider hängen und die schmutzige Wäsche des ganzen Hauses, in Bündel gebunden, aufbewahrt wird. Sie schleicht auf den Fußspitzen zu einer verschlossenen Tür, hält den Atem an, bückt sich, sieht durch das Schlüsselloch und horcht. Diese Tür ist eine der drei Türen eben jenes Zimmers, wo jetzt Sinaida und ihre Mutter zurückgeblieben sind; sie ist immer fest verschlossen und zugenagelt.
Marja Alexandrowna ist der Ansicht, daß Nastasja Petrowna eine schlaue, leichtfertige Person sei. Allerdings ist ihr schon manchmal der Gedanke gekommen, daß Nastasja Petrowna sich wohl auch nicht geniere, zu horchen. Aber im gegenwärtigen Augenblicke ist Frau Moskaljowa so beschäftigt und aufgeregt, daß sie ganz vergessen hat, gewisse Vorsichtsmaßregeln zur Anwendung zu bringen. Sie setzt sich auf einen Lehnstuhl und blickt Sinaida bedeutsam an. Sinaida fühlt, daß der Blick ihrer Mutter auf sie gerichtet ist, und ein unangenehmes, peinliches Gefühl zieht ihr das Herz zusammen.
»Sinaida!«
Sinaida wendet ihr blasses Gesicht langsam zu ihr hin und hebt ihre schwarzen, melancholischen Augen in die Höhe.
»Sinaida, ich beabsichtige, mit dir über eine außerordentlich wichtige Sache zu reden.«

Sinaida wendet sich vollständig zu ihrer Mutter hin, legt die Hände zusammen und steht erwartungsvoll da. Ihr Gesicht nimmt einen ärgerlichen, spöttischen Ausdruck an, was sie indessen zu verbergen sucht.
»Ich möchte dich fragen, Sinaida, welchen Eindruck heute dieser Mosgljakow auf dich gemacht hat.«
»Sie wissen doch schon längst, wie ich über ihn denke«, antwortet Sinaida widerwillig.
»Ja, mon enfant; aber mir scheint, er wird gar zu zudringlich mit seiner Bewerbung.«
»Er sagt, er sei in mich verliebt; da ist seine Zudringlichkeit entschuldbar.«
»Sonderbar: Früher warst du nicht so gern bereit, ihn zu entschuldigen. Im Gegenteil fielst du immer über ihn her, wenn ich von ihm zu sprechen anfing.«
»Ebenso ist es sonderbar, daß Sie ihn immer verteidigt haben und durchaus wollten, ich sollte ihn heiraten, und jetzt die erste sind, die über ihn herfällt.«
»Ja, beinahe ist es so. Ich leugne es nicht, Sinaida: Ich hätte dich gern als Mosgljakows Frau gesehen. Es war mir schmerzlich, deinen steten Kummer und deine Leiden zu sehen, die ich zu verstehen imstande bin (was du auch immer von mir denken magst!), und die mir den Schlaf meiner Nächte rauben. Ich war schließlich zu der Überzeugung gelangt, daß nur eine erhebliche Veränderung in deinem Leben dich retten kann! Und diese Veränderung muß die Ehe sein. Wir sind nicht reich und können zum Beispiel keine Reise ins Ausland unternehmen. Die hiesigen Esel wundern sich, daß du dreiundzwanzig Jahre alt und noch nicht verheiratet bist, und erfinden Histörchen darüber. Aber kann ich dich denn so einem hiesigen Rat oder unserm Fiskal Iwan Iwanowitsch zur Frau geben? Gibt es etwa hier Männer für dich? Mosgljakow ist ja freilich ein Hohlkopf, aber doch immer noch besser als die andern. Er ist aus guter Familie, hat eine angesehene Verwandtschaft und besitzt hundertfünfzig Seelen; das ist doch besser als von Ränken und Bestechungsgeldern und Gott weiß was für Dingen zu leben; deshalb hatte ich denn auch mein Augenmerk auf ihn ge-

richtet. Aber ich versichere dich, wirkliches Gefallen habe ich nie an ihm gefunden. Ich bin überzeugt, daß der Allerhöchste selbst mich gewarnt hat. Und sollte Gott dir jetzt etwas Besseres schicken, oh, wie gut wäre es dann, daß du ihm noch nicht dein Wort gegeben hast! Du hast ihm doch wohl heute nichts Bestimmtes gesagt, Sinaida?«

»Wozu diese gekünstelten Wendungen, Mama, wenn sich doch die ganze Sache in wenigen Worten erledigen läßt?« erwiderte Sina gereizt.

»Gekünstelte Wendungen, Sinaida, gekünstelte Wendungen! Wie kannst du so etwas zu deiner Mutter sagen! Aber was wundere ich mich? Du hast ja schon längst kein Vertrauen mehr zu deiner Mutter! Du hältst mich schon längst nicht für deine Mutter, sondern für deine Feindin.«

»Ach, hören Sie doch auf, Mama! Wir werden uns doch nicht um einen Ausdruck streiten! Verstehen wir einander denn nicht mehr? Ich meine, wir haben doch Zeit genug gehabt, um uns verstehen zu lernen.«

»Aber du kränkst mich, mein Kind! Du willst nicht glauben, daß ich gern alles, schlechthin alles tue, um dir eine gesicherte Existenz zu schaffen.«

Sinaida blickte ihre Mutter spöttisch und ärgerlich an.

»Wollen Sie mich am Ende diesem Fürsten zur Frau geben, um mir eine gesicherte Existenz zu schaffen?« fragte sie mit einem sonderbaren Lächeln.

»Ich habe kein Wort davon gefagt; aber da du es erwähnt hast, so will ich sagen: Wenn es sich so machte, daß du den Fürsten heiratetest, so wäre das dein Glück, und nicht etwa eine Torheit.«

»Ich aber finde, daß es geradezu ein Unsinn ist!« rief Sinaida heftig. »Ein Unsinn, ein Unsinn! Ich finde auch, Mama, daß Sie sich gar zu sehr poetischen Schwärmereien hingeben; Sie sind eine Dichterin, im vollen Sinne dieses Wortes; so nennen die Leute Sie hier ja auch. Sie haben beständig allerlei Pläne im Kopfe. Die Unmöglichkeit und Torheit derselben schreckt Sie nicht ab. Schon als der Fürst noch hier saß, ahnte es mir, daß Ihnen dies durch den Kopf ging. Als Mosgljakow seine Dummheiten hinredete und sagte, man müsse diesem alten Manne eine Frau geben, da las ich alle Jahre Gedanken auf Ihrem Gesichte. Ich möchte darauf wetten, daß Sie daran denken und gerade in dieser Absicht das Gespräch mit mir angefangen haben. Aber da Ihre unaufhörlichen Projekte in betreff meiner Person anfangen, mir tödlich langweilig zu werden und mich zu peinigen, so bitte ich Sie, davon zu mir kein Wort zu reden, hören Sie wohl, Mama, kein Wort; und es wäre mir lieb, wenn Sie das nicht vergessen wollten!« Sie konnte vor Zorn kaum atmen.

»Du bist ein Kind, Sinaida, ein reizbares, krankes Kind!« antwortete Marja Alexandrowna mit gerührter Stimme, der man die nahen Tränen anhörte. »Du sprichst mit mir respektlos und kränkst mich. Keine andere Mutter würde das ertragen, was ich von dir täglich ertrage! Aber du bist gereizt, du bist krank, du leidest; ich aber bin eine Mutter und vor allen Dingen eine Christin. Es ist meine Pflicht zu dulden und zu verzeihen. Aber ein Wort, Sinaida: Wenn ich nun wirklich an eine solche Verbindung gedacht hätte, warum hältst du denn das für Unsinn? Meiner Ansicht nach hat Moskgljakow noch nie vernünftiger gesprochen als vorhin, wo er darlegte, daß der Fürst sich notwendig verheiraten müsse – natürlich aber nicht mit dieser Schlumpe Nastasja. Was er hiervon sagte, war Faselei.«

»Hören Sie mal, Mama! Sagen Sie geradeheraus: fragen Sie mich danach nur so aus Neugier oder in ernster Absicht?«

»Ich frage nur: Warum erscheint dir das als solcher Unsinn?«

»Ach, wie gräßlich! Was ist mir doch für ein widerwärtiges Schicksal beschieden!« rief Sinaida und stampfte vor Empörung mit dem Fuße auf die Erde. »Nun, dann will ich Ihnen sagen, warum, wenn Sie es noch nicht wissen: Von allen andern Absurditäten will ich gar nicht einmal reden, aber den Umstand auszunutzen, daß der alte Mann geistesschwach geworden ist, ihn zu betrügen, ihn, den Krüppel, zu heiraten, um ihm das Geld abzunehmen, und dann täglich und stündlich seinen Tod herbeizuwünschen, das ist meiner Ansicht nach nicht nur Unsinn, sondern überdies so gemein, so

grundgemein, daß ich Sie zu einem solchen Gedanken nicht beglückwünschen kann, Mama!«
Es trat ein Stillschweigen ein, das etwa eine Minute lang dauerte.
»Sinaida! Denkst du wohl noch an das, was vor zwei Jahren geschehen ist?« fragte Marja Alexandrowna auf einmal.
Sinaida zuckte zusammen.
»Mama!« sagte sie in strengem Tone, »Sie haben mir damals feierlich versprochen, das niemals zu erwähnen.«
»Jetzt aber, mein Kind, bitte ich dich feierlich um die Erlaubnis, nur ein einziges Mal dieses Versprechen außer acht lassen zu dürfen, das ich bisher stets gehalten habe. Sinaida! Die Zeit ist gekommen, wo wir uns miteinander völlig aussprechen müssen. Diese zwei Jahre des Schweigens waren schrecklich! So kann es nicht weitergehen...! Ich bin bereit, dich auf meinen Knien darum zu bitten, daß du mir erlauben möchtest zu reden. Hörst du wohl, Sinaida, deine leibliche Mutter fleht dich auf ihren Knien an! Und gleichzeitig gebe ich dir mein feierliches Wort, das Wort einer unglücklichen Mutter, die von einer abgöttischen Liebe zu ihrer Tochter erfüllt ist, daß ich niemals, unter keiner Bedingung, unter keinen Umständen, selbst nicht, wenn es sich um die Rettung meines Lebens handeln sollte, später noch einmal davon reden werde. Dies wird das letztemal sein; aber jetzt ist es unumgänglich notwendig!«
Marja Alexandrowna rechnete auf eine volle Wirkung dieser Worte.
»So sprechen Sie denn!« erwiderte Sinaida, die merklich blaß geworden war.
»Ich danke dir, Sinaida. Vor zwei Jahren kam zu deinem inzwischen verstorbenen kleinen Bruder Dmitri ein Lehrer...«
»Aber wozu diese feierliche Einleitung, Mama! Wozu alle diese Schönrednerei, alle diese Einzelheiten, die doch ganz unnötig und nur peinlich und uns allen beiden hinlänglich bekannt sind?« unterbrach Sinaida sie voll Ärger und Widerwillen.
»Der Grund ist der, mein Kind, daß ich, deine Mutter, mich

jetzt genötigt sehe, mich dir gegenüber zu rechtfertigen! Der Grund ist der, daß ich dir diese ganze Sache von einem völlig anderen Gesichtspunkte aus darstellen will und nicht von jenem fehlerhaften Gesichtspunkte aus, von dem du sie anzusehen gewohnt bist. Der Grund ist endlich der, daß ich dir ein leichteres Verständnis der Schlußfolgerung ermöglichen möchte, die ich aus alledem zu ziehen beabsichtige. Glaube nicht, mein Kind, daß ich mit deinem Herzen mein Spiel treiben will! Nein, Sinaida, du wirst an mir eine wahre Mutter finden und wirst vielleicht, von Tränen überströmt, zu meinen Füßen, zu den Füßen der ›gemeinen Person‹, wie du mich soeben genannt hast, selbst um die Versöhnung bitten, die du bisher so lange und mit solchem Hochmute abgelehnt hast. Nun weißt du, warum ich alles aussprechen will, Sinaida, alles, ganz von Anfang an; sonst werde ich schweigen!«
»So sprechen Sie denn!« sagte Sinaida noch einmal; sie verwünschte von ganzem Herzen das Bedürnis ihrer Mutter, schöne Reden zu halten.
»Ich fahre fort, Sinaida: Dieser Kreisschullehrer, fast noch ein Knabe, macht auf dich einen mir ganz unbegreiflichen Eindruck. Ich rechnete zu sehr auf deine gesunde Vernunft, auf deinen edlen Stolz und hauptsächlich auf seine Geringwertigkeit (denn ich muß doch alles sagen), als daß ich hätte argwöhnen sollen, es könnte sich zwischen euch etwas anspinnen. Und plötzlich kommst du zu mir und erklärst mir mit aller Entschiedenheit, du hättest die Absicht, ihn zu heiraten! Sinaida! Das traf mein Herz wie ein Dolchstich! Ich schrie auf und verlor die Besinnung. Aber du hast das alles ja im Gedächtnisse! Natürlich hielt ich es für notwendig, meine ganze Macht anzuwenden, die du Tyrannei nanntest. Bedenke nur: Ein blutjunger Mensch, ein Küstersohn, der monatlich zwölf Rubel Gehalt bekommt und ein paar elende Gedichte zusammengesudelt hat, die aus Mitleid in der ›Lesebibliothek‹ abgedruckt worden sind, und der nur von diesem verdammten Shakespeare zu reden versteht, dieser Knabe sollte dein Mann werden, Sinaida Moskaljowas Mann! Das war ja ganz im Stile der Hirtinnen in Florians

Schäferromanen! Verzeih mir, Sinaida, aber schon die bloße Erinnerung bringt mich ganz außer mir! Ich gebe ihm eine abschlägige Antwort; aber keine Macht der Erde vermag dich zurückzuhalten. Dein Vater zwinkert natürlich nur mit den Augen und versteht nicht einmal, was ich ihm auseinandersetze. Du setzt den Verkehr mit diesem jungen Menschen fort, hast sogar Rendezvous mit ihm, und was das Allerschrecklichste ist, du entschließt dich sogar dazu, mit ihm in einen Briefwechsel zu treten. Schon beginnen allerlei Gerüchte sich in der Stadt zu verbreiten. Man versetzt mir Stiche durch Anspielungen; die Leute freuen sich schon und posaunen die Sache nach Leibeskräften aus, und auf einmal gehen alle meine Prophezeiungen auf das vollkommenste in Erfüllung. Ihr geratet über irgend etwas in Streit; er erweist sich als ein deiner durchaus unwürdiger Bube (einen Mann kann ich ihn nicht nennen!) und droht dir, deine Briefe in der Stadt bekanntzumachen. Bei dieser Drohung gerätst du, voller Empörung, außer dir und gibst ihm eine Ohrfeige. Ja, Sinaida, auch dieser Umstand ist mir bekannt! Ich weiß alles, alles! Der Unglückliche zeigt noch an demselben Tage einen deiner Briefe dem Taugenichts Sauschin, und eine Stunde darauf befindet sich dieser Brief schon in den Händen meiner Todfeindin Natalja Dmitrijewna. Noch an demselben Abend macht der verrückte Mensch, von Reue ergriffen, einen ungeschickten Versuch, sich zu vergiften. Kurz, es entsteht eine gräßliche Skandalgeschichte! Diese Schlumpe Nastasja kommt ganz erschrocken mit der furchtbaren Nachricht zu mir gelaufen: Der Brief befinde sich schon eine ganze Stunde lang in Natalja Dmitrijewnas Händen; in zwei Stunden werde die ganze Stadt von deiner Schande wissen! Ich überwinde mich und falle nicht in Ohnmacht; aber wie tief hattest du mein Herz verwundet, Sinaida! Dieses schamlose Frauenzimmer, diese gräßliche Nastasja, fordert zweihundert Rubel Silber und verspricht, dafür den Brief zurückzuverschaffen. Ich laufe selbst in leichten Schuhen durch den Schnee zu dem Juden Bumstein und versetze bei ihm meinen Halsschmuck, ein Andenken von meiner seligen Mutter! Zwei Stunden darauf ist der Brief in meinen Händen. Nastasja hat ihn gestohlen. Sie hat die Schatulle, in die er eingeschlossen war, erbrochen, und deine Ehre ist gerettet; es sind keine Beweisstücke da! Aber in welcher Aufregung habe ich um deinetwillen jenen schrecklichen Tag verlebt! Gleich am andern Tage bemerkte ich zum ersten Male in meinem Leben einige graue Haare auf meinem Kopfe, Sinaida! Du selbst hast jetzt über das Benehmen dieses jungen Menschen ein richtiges Urteil gewonnen. Du gibst jetzt selbst, vielleicht mit einem bitteren Lächeln, zu, daß es der Gipfel der Unvernunft gewesen wäre, ihm dein Schicksal anzuvertrauen. Aber seitdem quälst und marterst du dich, mein Kind; du kannst ihn nicht vergessen oder, richtiger gesagt, nicht ihn (er ist immer deiner unwürdig gewesen), sondern das Traumbild deines vergangenen Glückes. Dieser Unglückliche liegt jetzt auf dem Sterbebette; man sagt, er habe die Schwindsucht; aber du mit deiner Engelsgüte willst dich, solange er noch lebt, nicht verheiraten, um ihm nicht das Herz zu zerreißen; denn er quält sich immer noch mit Eifersucht, obgleich ich davon überzeugt bin, daß er dich nie in echter, edler Weise geliebt hat! Als er von Mosgljakows Bewerbung gehört hatte, da hat er (das weiß ich) Spionage betrieben, hat heimlich hergeschickt und Erkundigungen eingezogen. Du hast Mitleid mit ihm, mein Kind; ich habe deine Gefühle erraten, und Gott weiß, mit wie bitteren Tränen ich mein Kissen benetzt habe!...«

»Aber so lassen Sie doch das alles weg, Mama!« unterbrach Sinaida sie in unbeschreiblicher Qual. »Ihr Kissen war wohl dabei sehr notwendig«, fügte sie spöttisch hinzu. »Geht es denn gar nicht ohne Pathos und Phrasen?«

»Du glaubst mir nicht, Sinaida! Sei nicht so feindlich gegen mich gesinnt, mein Kind! Meine Augen sind in diesen zwei Jahren nicht trocken geworden; aber ich habe meine Tränen vor dir verborgen und versichere dir, daß ich selbst mich im Laufe dieser Zeit in vielen Stücken umgewandelt habe! Ich habe für deine Gefühle schon vor längerer Zeit Verständnis erlangt und gestehe, daß ich nun erst die ganze Größe deines Kummers begriffen habe. Kann man mir einen Vorwurf daraus machen, liebes Kind, daß ich diese Zuneigung als eine romantische Schwärmerei betrachtet habe, hervorgerufen durch diesen verdammten Shakespeare, der seine Nase überall da hineinstecken muß, wo man ihn nicht braucht? Welche Mutter kann wegen meiner damaligen Angst, wegen der von mir ergriffenen Maßregeln, wegen der Strenge meines Urteils den Stab über mich brechen? Aber jetzt, jetzt, wo ich zwei Jahre lang gesehen habe, wie du leidest, jetzt verstehe und würdige ich deine Gefühle. Glaube mir, daß ich dich vielleicht weit besser verstehe, als du dich selbst verstehst. Ich bin überzeugt, daß du nicht ihn liebst, diesen absonderlichen Knaben, sondern deine goldenen Zukunftsträumereien, dein verlorenes Glück, deine hohen Ideale. Ich habe selbst geliebt und vielleicht stärker als du. Ich habe selbst gelitten; auch ich habe meine hohen Ideale gehabt. Und darum: Wer kann mir jetzt einen Vorwurf machen, und vor allen Dingen, kannst du mir etwa einen Vorwurf deswegen machen, weil ich der Ansicht bin, daß die Verbindung mit dem Fürsten die beste Rettung, das einzig Notwendige für dich in deiner jetzigen Lage ist?«

Sinaida hatte mit Verwunderung diese lange Tirade angehört; sie wußte ganz genau, daß ihre Mama diesen Ton nie ohne Ursache anschlug. Aber die letzte, unerwartete Schlußfolgerung versetzte sie doch in größtes Erstaunen.

»Also haben Sie wirklich im Ernste vor, mich diesem Fürsten zur Frau zu geben?« rief sie und sah ihre Mutter erstaunt, beinah erschrocken an. »Also waren das Ihrerseits nicht bloße Phantasien, vage Projekte, sondern Ihre feste Absicht? Also hatte ich richtig geraten? Und... und... inwiefern ist denn diese Heirat für mich eine Rettung und eine Notwendigkeit in meiner jetzigen Lage? Und... und... in welchem Zusammenhange steht denn das alles mit dem, was Sie jetzt eben erwähnt haben... mit dieser ganzen Geschichte?... Ich verstehe Sie absolut nicht, Mama!«

»Ich aber wundere mich, mon ange, wie du das alles nicht verstehen kannst!« rief Marja Alexandrowna, die nun ihrerseits lebhaft wurde. »Erstens schon allein dies, daß du in eine andere Gesellschaft, in eine andere Welt übergehst! Du wirst für immer diesen widerwärtigen Krähwinkel verlassen, der für dich voll schrecklicher Erinnerungen ist, wo du keinen wirklichen Freund hast, wo man dich verleumdet hat, wo alle diese Tratschweiber dich wegen deiner Schönheit hassen. Du kannst sogar noch in diesem Frühjahr ins Ausland fahren, nach Italien, nach der Schweiz, nach Spanien, Sinaida, nach Spanien, wo die Alhambra ist und der Guadalquivir, und nicht das hiesige häßliche Flüßchen mit dem unanständigen Namen...«

»Aber erlauben Sie, Mama, Sie reden so, als ob ich schon verheiratet wäre oder wenigstens der Fürst mir schon einen Antrag gemacht hätte!«

»Darüber beunruhige dich nicht, mein Engel; ich weiß, was ich rede. Aber erlaube mir fortzufahren! Das erste habe ich bereits gesagt; jetzt kommt das zweite: Ich verstehe, mein Kind, mit welchem Widerwillen du diesem Mosgljakow deine Hand geben würdest...«

»Ich weiß auch ohne Ihre Worte, daß ich ihn niemals heiraten werde!« antwortete Sinaida heftig, und ihre Augen blitzten.

»Und wenn du wüßtest, wie sehr ich deinen Widerwillen verstehe, liebes Kind! Es ist schrecklich, vor Gottes Altar einem Manne Liebe zu schwören, den man nicht lieben kann! Es ist schrecklich, jemandem anzugehören, den man nicht einmal zu achten imstande ist! Er aber verlangt deine Liebe; zu diesem Zwecke will er dich heiraten; ich merke das an der Art, wie er nach dir hinsieht, wenn du dich abwendest. Und wie schwer ist es, sich zu verstellen! Ich selbst habe das fünfundzwanzig Jahre lang durchgemacht. Dein Vater hat mich unglücklich gemacht. Er hat mir, das kann ich wohl sagen, meine ganze Jugend verdorben, und wie oft hast du meine Tränen gesehen!«

»Papa ist auf dem Gute; bitte, sagen Sie nichts Schlechtes von ihm!« sagte Sinaida.

»Ich weiß, du nimmst ihn immer in Schutz. Ach, Sinaida! Mir hat das Herz geblutet, als ich aus Berechnung deine Verheiratung mit Mosgljakow wünschte. Aber bei dem Fürsten brauchst du dich nicht zu verstellen. Es versteht sich von selbst, daß du ihn nicht lieben kannst... mit wirklicher Liebe, und er selbst ist auch gar nicht in der Lage, eine solche Liebe fordern zu können...«

»Mein Gott, was ist das für Unsinn! Aber ich versichere Ihnen, daß Sie sich von Anfang an getäuscht haben, gleich von vornherein, in der Hauptsache! So mögen Sie denn wissen, daß ich überhaupt nicht heiraten will, niemanden; ich will ledig bleiben! Sie haben mir zwei Jahre lang deswegen zugesetzt, weil ich mich nicht verheirate. Nun, Sie werden sich damit eben abfinden müssen. Ich will nicht; das genügt. Und dabei wird es bleiben!«

»Aber mein Herzchen, liebste Sinaida, um Gottes willen, werde nur nicht heftig, bevor du mich zu Ende gehört hast! Was hast du nur für ein hitziges Köpfchen, wirklich! Wenn du mir gestatten willst, dir die Sache von meinem Gesichtspunkte aus zu zeigen, so wirst du mir sofort zustimmen. Der Fürst wird noch ein, höchstens zwei Jahre leben, und meiner Ansicht nach ist es besser, eine junge Witwe als eine alte Jungfer zu sein, ganz zu geschweigen davon, daß du nach seinem Tode eine Fürstin, frei, reich und unabhängig sein wirst! Mein liebes Kind, du blickst vielleicht verächtlich auf alle diese Spekulationen – Spekulationen auf seinen Tod! Aber ich bin eine Mutter, und welche Mutter wird mir meine weitblickende Fürsorge zum Vorwurfe machen? Und noch eins: Wenn du in deiner engelhaften Güte diesen jungen Menschen immer noch bemitleidest, ihn dermaßen bemitleidest, daß du dich nicht einmal verheiraten willst, solange er noch lebt (wie ich vermute), so bedenke doch, daß du durch eine Heirat mit dem Fürsten ihn gleichsam wieder zum Leben erweckst, ihm eine große Freude bereitest! Wenn er auch nur eine Spur von gesunder Vernunft besitzt, so wird er doch natürlich begreifen, daß Eifersucht auf den Fürsten ein Ding der Unmöglichkeit, etwas Lächerliches sein würde; er wird begreifen, daß du aus Berechnung, unter dem Druck der Notwendigkeit geheiratet hast. Schließlich wird er begreifen... das heißt, ich will einfach sagen, daß du nach dem Tode des Fürsten dich wieder verheiraten kannst, mit wem du willst...«

»Also ganz einfach: Ich soll den Fürsten heiraten, ihn ausplündern und dann auf seinen Tod spekulieren, um den Geliebten zu heiraten. Sie suchen Ihren Zweck auf eine schlaue Weise zu erreichen! Sie wollen mich verführen, indem Sie mir vorschlagen... Ich verstehe Sie, Mama, ich verstehe Sie vollkommen! Sie können sich doch schlechterdings nicht enthalten, edle Gefühle herauszukehren, sogar bei einer garstigen Sache. Hätten Sie doch lieber einfach und geradezu gesagt: ›Sinaida, es ist eine Gemeinheit; aber sie bringt Vorteil; darum willige ein!‹ Das wäre wenigstens aufrichtiger gewesen.«

»Aber, mein Kind, warum willst du die Sache denn durchaus von diesem Gesichtspunkte aus ansehen, von dem Gesichtspunkte des Betruges, der Hinterlist und der Selbstsucht? Du hältst meine Spekulationen für eine Gemeinheit und für einen Betrug? Aber ich bitte dich bei allem, was heilig ist, wo steckt denn da ein Betrug, was ist daran für eine Gemeinheit? Betrachte dich doch nur im Spiegel: Du bist so schön, daß man gar wohl für dich ein Königreich hingeben kann! Und da bringst du, du, eine solche Schönheit, dem alten Manne deine besten Lebensjahre zum Opfer! Du wirst wie ein schöner Stern seinen Lebensabend erleuchten; du wirst dich wie grüner Efeu um sein Alter schlingen, du, und nicht diese Brennessel, dieses widerwärtige Frauenzimmer, das ihn behext hat und ihm gierig den Lebenssaft aussaugt! Sind etwa sein Geld und sein Fürstentitel mehr wert als du? Wo steckt da Betrug und Gemeinheit? Du weißt selbst nicht, was du redest, Sinaida!«

»Diese Dinge müssen doch wohl viel wert sein, wenn ich um ihretwillen einen Krüppel heiraten soll! Betrug bleibt immer Betrug, Mama, mag der Zweck sein, welcher er will!«

»Nicht doch, liebe Sinaida, nicht doch! Man kann die Sache sogar von einem hohen, sogar vom christlichen Gesichtspunkte aus ansehen, mein Kind! Du hast einmal in einem Augenblicke der Ekstase zu mir gesagt, du wolltest Barmherzige Schwester werden. Dein Herz hat viel gelitten und sich verhärtet. Du sagtest (ich weiß das noch), dein Herz könne nicht mehr lieben. Wenn du nicht mehr an Liebe glaubst, so wende deine Gefühle einem anderen, höheren Gegenstande zu, tue das aufrichtig wie ein Kind, mit vollem Glauben und voller Hingebung – und Gott wird dich segnen. Dieser alte Mann hat ebenfalls viel gelitten; er ist unglücklich; er wird befeindet; ich kenne ihn schon mehrere Jahre und habe immer eine besondere Zuneigung zu ihm empfunden, eine Art Liebe, gerade als ob mir etwas geahnt hätte. Sei seine Freundin, sei seine Tochter, sei nötigenfalls sogar sein Spielzeug – wenn schon alles herausgesagt werden soll! Aber erwärme sein Herz, und du wirst das um Gottes und der Tugend willen tun! Er ist komisch; beachte das nicht! Er ist nur ein halber Mensch; habe Mitleid mit ihm: Du bist eine Christin! Überwinde dich selbst; solche Taten erfordern Selbstüberwindung. Nach unserer Auffassung ist es eine schwere Aufgabe, im Krankenhause Wunden zu verbinden, und wir ekeln uns, die verdorbene Lazarettluft einzuatmen. Aber es gibt Engel Gottes, die das ausführen und Gott für ihren Beruf preisen. Das wäre eine Arznei für dein krankes Herz, ein Beruf, eine Großtat – dadurch würdest du deine Wunden heilen. Wo ist da Egoismus, wo ist da Gemeinheit? Aber du glaubst mir nicht! Du denkst vielleicht, ich verstelle mich, wenn ich von Pflicht und Großtaten rede. Du kannst es nicht verstehen, daß ich, eine eitle Weltdame, ein Herz und Gefühle und moralische Grundsätze haben kann. Nun gut, glaube mir nicht, kränke deine Mutter; aber gib zu, daß ihre Worte vernünftig sind und den Weg zur Rettung zeigen! Stelle dir meinetwegen vor, daß nicht ich zu dir rede, sondern ein anderer; schließe die Augen, drehe dich nach der Ecke zu; bilde dir ein, daß eine unsichtbare Stimme zu dir spricht...! Du nimmst hauptsächlich daran Anstoß, daß dies alles um des Geldes willen geschehen soll, als ob es eine Art Verkauf oder Kauf wäre. So verzichte doch meinetwegen auf das Geld, wenn dir das Geld so verhaßt ist! Behalte nur so viel, wie notwendig ist, für dich und verteile alles übrige unter die Armen! Hilf zum Beispiel wenigstens ihm, diesem Unglücklichen auf dem Sterbebette!«

»Er wird keine Hilfe annehmen«, sagte Sinaida leise, als ob sie für sich spräche.

»Er wird sie nicht annehmen; aber seine Mutter wird sie annehmen«, antwortete Marja Alexandrowna triumphierend; »sie wird sie ohne sein Wissen annehmen. Du hast vor einem halben Jahre deine Ohrringe verkauft, die deine Tante dir geschenkt hatte, und ihr geholfen; ich weiß das. Ich weiß, daß die alte Frau Wäsche für die Leute wäscht, um ihren unglücklichen Sohn zu unterhalten.«

»Er wird bald keiner Hilfe mehr bedürfen!«

»Ich weiß auch, worauf du damit hindeutest«, fiel Marja Alexandrowna ein, und eine Begeisterung, eine wirkliche Begeisterung erfaßte sie; »ich weiß, wovon du redest. Es heißt, er habe die Schwindsucht und werde bald sterben. Aber wer sagt das denn eigentlich? Ich habe neulich Kallist Stanislawitsch expreß nach ihm gefragt: Ich interessierte mich für ihn, weil ich ein Herz habe, Sinaida. Kallist Stanislawitsch antwortete mir, die Krankheit sei allerdings gefährlich; aber er sei bis jetzt noch der Überzeugung, daß der Kranke nicht die Schwindsucht, sondern nur eine andere ziemlich starke Brustaffektion habe. Frage ihn selbst! Er sprach sich mir gegenüber zuversichtlich dahin aus, daß unter veränderten Verhältnissen, besonders bei einem Wechsel des Klimas und der äußeren Eindrücke, der Kranke genesen könne. Er sagte mir, in Spanien (das habe ich auch schon früher gehört und sogar gelesen), da gebe es eine merkwürdige Insel, ich glaube, Malaga (jedenfalls hat sie denselben Namen wie ein Wein), wo nicht nur Brustkranke, sondern sogar richtige Schwindsüchtige bloß durch das Klima vollständig wiederhergestellt würden; und es begäben sich viele Leute expreß zur Kur dorthin, selbstverständlich nur hohe Herren oder wohl auch Kaufleute, aber nur sehr reiche. Schon allein diese zauberhafte Alhambra, diese Myrthen, diese Zitronenbäume, diese Spanier auf ihren Maultieren! Schon das allein wird auf eine poetisch veranlagte Natur einen gewaltigen Eindruck machen. Du meinst, er werde deine Hilfe, dein Geld zu dieser Reise nicht annehmen? So täusche ihn, wenn er dir leid tut! Eine Täuschung zum Zwecke der Rettung eines Menschenlebens ist verzeihlich. Mach ihm Hoffnung; versprich ihm selbst deine Liebe;

sag ihm, du werdest ihn heiraten, sobald du werdest Witwe sein! Man kann alles in der Welt auf eine edle Art sagen. Deine Mutter wird dich nichts Unedles lehren, Sinaida; du tust das zur Rettung seines Lebens, und daher ist alles entschuldbar! Du wirst ihn durch die Hoffnung neu beleben; er wird selbst anfangen, auf seine Gesundheit zu achten, die Kur innezuhalten, auf die Ärzte zu hören. Er wird sich bemühen, die Gesundheit wiederzuerlangen, um glücklich zu werden. Wenn er genesen ist, dann wirst du, wenn du ihn auch nicht heiratest, ihn doch wenigstens gesund gemacht, ihn gerettet, ihn ins Leben zurückgerufen haben! Und schließlich kann man ihm ja auch eine gewisse Sympathie zuwenden! Vielleicht hat ihn dann das Schicksal belehrt und zum Besseren umgewandelt, und wenn er wirklich deiner würdig sein wird, dann kannst du ihn ja meinetwegen auch heiraten, sobald du Witwe geworden bist. Du kannst, wenn du ihn kuriert hast, ihm eine Stellung in der Welt verschaffen, ihm eine gute Karriere ermöglichen. Deine Verheiratung mit ihm wird dann eher entschuldbar sein als jetzt, wo sie geradezu unmöglich ist. Was würde euch beide erwarten, wenn ihr euch jetzt zu einem so unsinnigen Schritte entschlösset? Allgemeine Verachtung, Armut, Durchprügeln von Schulbuben (denn das ist mit seinem Amte notwendig verbunden), wechselseitiges Vorlesen von Shakespeare, lebenslängliches Wohnen in Mordassow und endlich sein naher, unvermeidlicher Tod. Wenn du ihm dagegen wieder zur Gesundheit verhilfst, so ermöglichst du ihm ein nützliches, sittliches gutes Leben; und wenn du ihm verzeihst, so wird er dich vergöttern. Ihn quält jetzt die Reue über seine damalige häßliche Handlung; aber wenn du ihm die Möglichkeit zu einem neuen Leben gibst und ihm verzeihst, so bringst du ihn dahin, wieder zu hoffen und sich mit sich selbst zu versöhnen. Er kann in den Staatsdienst treten und dort aufrücken. Und schließlich, selbst wenn er nicht wieder gesund werden sollte, so wird er als ein Glücklicher sterben, versöhnt mit sich selbst, in deinen Armen (denn du selbst kannst in diesen Augenblicken bei ihm sein), überzeugt davon, daß du ihn liebst und ihm verziehen hast, im

Schatten der Myrthen und Zitronenbäume, unter dem dunkelblauen exotischen Himmel! O Sinaida! Das alles hast du in der Hand! Alle Vorteile sind auf deiner Seite – und alles das dadurch, daß du den Fürsten heiratest.«

Marja Alexandrowna war zu Ende. Es trat ein ziemlich langes Stillschweigen ein. Sinaida befand sich in unbeschreiblicher Aufregung.

Wir unternehmen es nicht, Sinaidas Gefühle zu schildern; wir können sie nicht erraten. Aber es scheint, daß Marja Alexandrowna den richtigen Weg zu ihrem Herzen gefunden hatte. Da sie nicht wußte, in welchem Zustande sich das Herz ihrer Tochter jetzt befand, so hatte sie alle möglichen Situationen, in denen es sich befinden konnte, durchprobiert und zuletzt gemerkt, daß sie auf den richtigen Weg gekommen war. Sie hatte die kranksten Stellen an Sinaidas Herzen mit rauher Hand berührt und natürlich nach ihrer Gewohnheit nicht umhin gekonnt, edle Gefühle herauszukehren, durch die sich Sinaida allerdings nicht verblenden ließ. »Aber was schadet es, daß sie mir nicht glaubt«, hatte Marja Alexandrowna gedacht, »wenn ich sie nur zum eigenen Nachdenken bringen kann! Wenn ich ihr nur recht geschickt das andeuten kann, wovon ich nicht geradezu sprechen darf!« So hatte sie gedacht und ihr Ziel erreicht. Sie hatte die gewünschte Wirkung hervorgebracht. Sinaida hatte gespannt zugehört. Ihre Wangen glühten, ihre Brust wogte.

»Hören Sie, Mama«, sagte sie endlich in entschlossenem Tone, obgleich die Blässe, die ihr Gesicht plötzlich überzog, deutlich zeigte, wieviel ihr dieser Entschluß kostete. »Hören Sie, Mama ...«

Aber ein plötzliches Geräusch, das vom Vorzimmer her hörbar wurde, und eine scharfe, kreischende Stimme, die nach Marja Alexandrowna fragte, zwangen Sinaida innezuhalten. Marja Alexandrowna sprang auf.

»Ach, mein Gott!« rief sie, »da führt mir der Teufel diese schwatzhafte Elster, die Frau Oberst, her! Und dabei habe ich sie vor vierzehn Tagen beinahe aus dem Hause gejagt!« fügte sie fast in Verzweiflung hinzu. »Aber ... aber es ist un-

möglich, sie jetzt abzuweisen! Unmöglich! Sie hat gewiß irgendwelche Neuigkeiten; sonst würde sie es nicht wagen, sich bei mir zu zeigen. Das ist wichtig, Sinaida! Ich muß wissen, was sie bringt. Wir dürfen jetzt nichts unbeachtet lassen! – Aber wie dankbar bin ich Ihnen für Ihren Besuch!« rief sie, der Eintretenden entgegeneilend. »Wie lieb von Ihnen, sich meiner zu erinnern, teuerste Sofja Petrowna! Welch eine ent-zük-ken-de Überraschung!«
Sinaida lief aus dem Zimmer.

SECHSTES KAPITEL

Die Frau Oberst Sofja Petrowna Karpuchina glich nur geistig einer Elster. Körperlich hatte sie mehr Ähnlichkeit mit einem Sperling. Sie war eine kleine, fünfzigjährige Dame mit scharfen, kleinen Augen und mit Sommersprossen und gelben Flecken über das ganze Gesicht. Ihr kleines, ausgetrocknetes Körperchen, das auf dünnen, aber kräftigen Sperlingsbeinchen ruhte, steckte in einem dunklen Seidenkleide, das fortwährend raschelte, weil die Frau Oberst auch nicht zwei Sekunden lang ruhig bleiben konnte. Sie war eine höchst boshafte, rachsüchtige Klatschbase und maßlos stolz darauf, daß sie eine Frau Oberst war. Mit ihrem Manne, einem pensionierten Oberst, wurde sie sehr oft handgemein und zerkratzte ihm das Gesicht. Außerdem trank sie jeden Morgen vier Gläser Schnaps und jeden Abend ebensoviel und hatte einen wütenden Haß auf Anna Nikolajewna Antipowa, von der sie in der vorigen Woche aus den Hause hinausgejagt worden war, und desgleichen auf Natalja Dmitrijewna Paskudina, die dabei assistiert hatte.
»Ich bin nur auf ein Augenblickchen zu Ihnen gekommen, mon ange,« plapperte sie. »Es hat eigentlich keinen Zweck, daß ich mich hingesetzt habe. Ich bin nur herangekommen, um Ihnen zu erzählen, was für wunderliche Dinge bei uns geschehen. Die ganze Stadt hat geradezu den Verstand verloren infolge der Ankunft dieses Fürsten! Unsere Schlaubergerinnen (vous comprenez!) machen auf ihn Jagd, schlep-

pen ihn um die Wette zu sich, setzen ihm Champagner vor – Sie werden es gar nicht glauben! Sie werden es gar nicht glauben! Wie haben Sie ihn nur von sich weglassen können? Wissen Sie auch wohl, daß er jetzt bei Natalja Dmitrijewna ist?«

»Bei Natalja Dmitrijewna?« rief Marja Alexandrowna und sprang von ihrem Stuhle ein wenig in die Höhe. »Aber er wollte doch nur zum Gouverneur fahren und dann vielleicht zu Anna Nikolajewna, und zwar nicht auf lange!«

»Na ja, nicht auf lange! Nun können Sie ihm nachpfeifen! Den Gouverneur hat er nicht zu Hause getroffen; darauf ist er zu Anna Nikolajewna gefahren und hat ihr sein Wort gegeben, bei ihr zu Mittag zu speisen; Natalja Dmitrijewna aber, die jetzt immer bei ihr zu finden ist, hat ihn zu sich nach Hause geschleppt, damit er vor dem Mittagessen bei ihr frühstücke. So macht es der Fürst!«

»Aber was tut denn Mosgljakow dabei? Er hatte mir doch versprochen...«

»Bleiben Sie mir mit Ihrem gepriesenen Mosgljakow vom Leibe! Der ist ja auch mit ihnen mitgefahren! Passen sie auf: Wenn man ihn dort an den Kartentisch setzt, verspielt er wieder alles wie im vorigen Jahre! Und auch den Fürsten werden sie an den Kartentisch setzen und ratzekahl ausplündern. Und was sie für Geschichten erzählt, diese Natalja Dmitrijewna! Sie macht ein großes Geschrei, als ob Sie den Fürsten an sich lockten, na, nämlich... in gewisser Absicht – vous comprenez? Sie setzt es ihm selbst auseinander. Er versteht natürlich nichts von dem, was sie ihm sagt, sondern sitzt da wie eine nasse Katze und sagte zu allem: ›Nun ja, nun ja!‹ Und sie selbst, wie macht sie es selbst! Sie hat ihre Sonja hereinkommen lassen – stellen Sie sich das vor: Die ist doch schon fünfzehn Jahre alt, und sie läßt sie immer noch in kurzen Kleidern gehen! Nur bis ans Knie, denken Sie nur! Und dann hat sie auch dieses Waisenkind, die Maschka, holen lassen, ebenfalls in einem kurzen Kleide, das aber noch nicht einmal bis zum Knie herabreichte – ich habe es mir durch meine Lorgnette angesehen. Auf die Köpfe setzte sie den beiden so eine Art von roten Mützen mit

Federn – ich weiß nicht, was das vorstellen sollte! Und dann mußten die beiden Mädchen nach dem Klavier dem Fürsten den Kosakentanz vortanzen! Na, Sie kennen wohl die Schwäche des Fürsten? Er war ganz hin vor Entzücken: ›Diese Formen‹, sagte er, ›diese Formen!‹ Ich habe mir die Tänzerinnen durch die Lorgnette angesehen; sie taten ihr Bestes, bekamen ganz rote Köpfe und renkten sich die Beine aus – kurz, es war schon nicht mehr schön! Pfui, so ein Tanz! Ich habe selbst den Schaltanz getanzt, als ich aus dem vornehmen Pensionat von Madame Jarni abging; aber mein Tanz machte einen wahrhaft vornehmen Eindruck! Sogar Senatoren klatschten mir Beifall! Das war ein Institut, in dem Fürsten- und Grafentöchter erzogen wurden! Aber dies hier war geradezu ein Cancan! Ich glühte vor Scham, ich glühte, glühte nur so! Es war mir einfach unmöglich, bis zu Ende dabeizusitzen!...«

»Aber... sind Sie denn selbst bei Natalja Dmitrijewna gewesen? Sie sind ja doch...«

»Nun ja, sie hat mich in der vorigen Woche beleidigt. Ich sage das allen Leuten ganz offen. Mais, ma chère, ich wollte doch gar zu gern diesen Fürsten sehen, und wäre es auch nur durch die Türritze gewesen, und so fuhr ich denn hin. Wo hätte ich ihn denn auch sonst sehen können? Wäre es nicht um dieses widerwärtigen Fürsten willen gewesen, so würde ich ganz bestimmt nicht zu ihr gefahren sein! Denken Sie sich: Allen wurde Schokolade gereicht, nur mir nicht, und die ganze Zeit über hat sie mit mir auch nicht ein Wort gesprochen. Das war von ihr entschieden Absicht... So ein Trampeltier! Aber ich werde es ihr heimzahlen! Aber nun leben Sie wohl, mon ange; ich bin jetzt eilig, sehr eilig... Ich muß unbedingt zu Akulina Panfilowna und ihr erzählen... Aber die Hoffnung, den Fürsten wiederzusehen, geben Sie nur auf! Der wird jetzt nicht mehr zu Ihnen kommen. Wissen Sie, er hat ja kein Gedächtnis, und da wird ihn Anna Nikolajewna sicherlich zu sich schleppen und bei sich festhalten! Alle fürchten, daß Sie... hm... Sie verstehen? In bezug auf Sinaida...«

»Quelle horreur!«

»Ich versichere Ihnen, daß es so ist! Die ganze Stadt macht davon Geschrei. Anna Nikolajewna will ihn durchaus zum Mittagessen bei sich behalten, und dann für immer. Das tut sie, um Sie zu ärgern, mon ange. Ich habe bei ihr auf dem Hofe durch den Türspalt in die Küche gesehen. Da herrscht ein eifriges Treiben: Ein großartiges Diner wird zugerüstet; es wird mit Messern gehackt; es ist nach Champagner geschickt worden. Beeilen Sie sich, beeilen Sie sich, und fangen Sie ihn unterwegs ab, wenn er zu ihr fährt. Sie sind ja doch die erste gewesen, der er zum Mittagessen zugesagt hat! Bei Ihnen ist er zu Gaste und nicht bei ihr! Dieses schlaue Weib, diese Intrigantin, diese Rotznase soll nicht über uns lachen! Sie ist nicht soviel wert wie meine Schuhsohle, wenn sie auch eine Frau Staatsanwalt ist! Ich selbst bin eine Frau Oberst! Ich bin in der vornehmen Pension der Madame Jarni erzogen worden... Mais adieu, mon ange! Ich habe meinen Schlitten vor der Tür; sonst würde ich mit Ihnen mitfahren...«

Die zweibeinige Zeitung eilte davon; Marja Alexandrowna zitterte vor Aufregung; aber der Rat der Frau Oberst war sehr einleuchtend und praktisch. Es war keine Zeit zu verlieren. Aber es blieb noch die größte Schwierigkeit zu überwinden. Marja Alexandrowna eilte in Sinaidas Zimmer.

Sinaida ging mit verschränkten Armen und mit gesenktem Kopfe, blaß und verstört, im Zimmer auf und ab. Die Augen standen ihr voll Tränen; aber in dem Blicke, den sie auf ihre Mutter richtete, funkelte eine feste Entschlossenheit. Eilig verbarg sie ihre Tränen, und auf ihren Lippen erschien ein spöttisches Lächeln.

»Mama«, sagte sie, ihrer Mutter zuvorkommend, »Sie haben soeben viel, gar zu viel Beredsamkeit an mich verschwendet. Aber Sie haben mich nicht verblendet. Ich bin kein Kind. Mir selbst einzureden, daß ich die Großtat einer Barmherzigen Schwester vollbrächte, während ich doch dazu nicht den geringsten Beruf habe, und eine unwürdige, nur aus Egoismus ausgeführte Handlung mit edlen Zielen zu entschuldigen – das alles ist ein Jesuitismus, der mich nicht täuschen konnte. So hören Sie also: Das hat mich nicht täuschen können, und ich will, daß Sie das unter allen Umständen wissen!«

»Aber, mon ange!...« rief Marja Alexandrowna beängstigt.

»Reden Sie doch nicht, Mama; haben Sie die Geduld, mich bis zu Ende anzuhören. Obwohl ich mir völlig bewußt bin, daß das alles nur Jesuitismus ist, und obwohl ich der völligen Überzeugung bin, daß ein solches Verfahren ganz unehrenhaft ist, nehme ich dennoch Ihren Vorschlag vollständig an, hören Sie: vollständig und erkläre Ihnen, daß ich bereit bin, den Fürsten zu heiraten, und sogar bereit bin, alle Ihre Bemühungen zu unterstützen, um ihn dahin zu bringen, mir einen Heiratsantrag zu machen. Warum ich das tue, das brauchen Sie nicht zu wissen. Es muß Ihnen genügen, daß ich mich dazu entschlossen habe. Ich habe mich zu allem entschlossen: Ich werde ihm die Stiefel reichen, ich werde seine Magd sein, ich werde ihm zu seinem Vergnügen etwas vortanzen, um meine Gemeinheit in seinen Augen wieder gutzumachen; ich werde alles, was nur irgend möglich ist, tun, damit er es nicht bereut, mich geheiratet zu haben! Aber zum Lohn für meinen Entschluß verlange ich, daß Sie mir aufrichtig sagen, auf welche Weise Sie das alles zustande bringen wollen. Wenn Sie in so energischer Manier davon zu reden angefangen haben, so werden Sie (darin kenne ich Sie) das nicht getan haben ohne einen festen Plan im Kopfe. Seien Sie wenigstens ein einziges Mal im Leben aufrichtig; Aufrichtigkeit, das ist die Bedingung, die ich mit aller Bestimmtheit stelle! Ich kann mich nicht entschließen, wenn ich nicht sicher weiß, wie Sie das alles ins Werk setzen werden.«

Marja Alexandrowna war durch Sinaidas unerwarteten Entschluß so überrascht, daß sie eine Weile stumm und regungslos vor Erstaunen ihr gegenüberstand und sie mit großen Augen anstarrte. Sie war darauf gefaßt gewesen, mit der hartnäckigen romantischen Anschauungsweise ihrer Tochter, deren strenges Anstandsgefühl sie beständig fürchtete, einen harten Kampf bestehen zu müssen, und nun hörte sie auf einmal, daß die Tochter mit ihr vollständig einverstanden und zu allem, sogar gegen ihre Überzeugung, bereit war! Dadurch wurde also die ganze Sache auf feste Beine gestellt – und die Freude funkelte ihr aus den Augen.

»Liebste Sinaida!« rief sie ganz entzückt, »liebste Sinaida! Du bist mein Fleisch und Blut!«

Mehr konnte sie nicht herausbringen; sie stürzte zu ihrer Tochter hin, um sie zu umarmen.

»Ach, mein Gott! Ich wünsche Ihre Umarmungen nicht, Mama!« rief Sinaida voll nervösen Widerwillens. »Ich kann solche Ausbrüche Ihres Entzückens nicht leiden! Ich verlange von Ihnen eine Antwort auf meine Frage, weiter nichts.«

»Aber Sinaida, ich liebe dich ja! Ich vergöttere dich, und du stößt mich zurück ... ich gebe mir ja alle diese Mühe nur um deines Glückes willen ...«

Und in ihren Augen glänzten unverstellte Tränen. Marja Alexandrowna liebte Sinaida wirklich, wenn auch auf ihre besondere Art, und diesmal hatten der Erfolg und die Aufregung sie besonders gefühlvoll gemacht. Sinaida sah zwar zur Zeit die Sache nur mit beschränkter Zustimmung an; aber sie begriff doch, daß die Mutter sie liebte, und – fühlte sich durch diese Liebe bedrückt. Es wäre ihr sogar leichter ums Herz gewesen, wenn die Mutter sie gehaßt hätte ...

»Nun, seien Sie mir nicht böse, Mama; ich bin so aufgeregt«, sagte sie, um sie zu beruhigen.

»Ich bin nicht böse, ich bin nicht böse, mein Engelchen!« fiel Marja Alexandrowna, die sofort wieder ganz munter wurde, eilig ein; »ich sehe ja selbst, daß du aufgeregt bist. Siehst du, liebes Kind, du verlangst Aufrichtigkeit. Nun gut, ich werde aufrichtig sein, vollkommen aufrichtig, versichere ich dich! Nur mußt du mir dann auch glauben! Erstens also muß ich dir sagen, daß ich einen vollständig bestimmten, das heißt einen in allen Einzelheiten ausgearbeiteten Plan noch nicht habe, liebe Sinaida, und einen solchen auch noch nicht haben kann; du hast ja ein kluges Köpfchen und wirst den Grund verstehen. Ich sehe sogar einige Schwierigkeiten voraus ... Da hat mir zum Beispiel diese Klatschbase soeben allerlei vorgetratscht ... (Ach, mein Gott! Ich müßte mich ja eigentlich beeilen!) Siehst du, ich bin vollkommen aufrichtig! Aber ich versichere dich, ich werde das Ziel erreichen!« fügte sie ordentlich begeistert hinzu. »Meine Überzeugung hat nicht das geringste mit poetischer Schwärmerei zu schaffen, wie du vorhin sagtest, mein Engel; sie gründet sich auf Tatsachen. Sie gründet sich auf die vollständige Geistesschwäche des Fürsten; er ist sozusagen ein Kanevas, auf dem man alles Beliebige sticken kann. Die Hauptsache ist, daß man uns nicht stört! Aber diese dummen Frauenzimmer sollen mich nicht überlisten!« rief sie; sie schlug mit der Hand auf den Tisch, und ihre Augen funkelten. »Dafür werde ich schon sorgen. Zu diesem Zwecke aber ist das Notwendigste, daß wir die Sache möglichst schnell in Angriff nehmen; es muß sogar gleich heute die Hauptsache, wenn irgend möglich, ins reine gebracht werden.«

»Gut, Mama; aber hören Sie noch ein offenherziges Geständnis: Wissen Sie wohl, warum ich mich mit solchem Interesse nach Ihrem Plane erkundige und kein Vertrauen auf sein Gelingen setze? Weil ich mich nicht auf mich selbst verlassen kann. Ich habe Ihnen schon gesagt, daß ich mich zu dieser unwürdigen Handlungsweise entschlossen habe; aber wenn die Einzelheiten Ihres Planes gar zu abstoßend, gar zu schmutzig sein sollten, dann kündige ich Ihnen an, daß ich das nicht ertragen, sondern die ganze Sache wieder hinwerfen werde. Ich weiß, daß das eine neue Schändlichkeit ist: sich zu einer Gemeinheit zu entschließen und sich vor dem Schmutze zu fürchten, in dem sie schwimmt; aber was soll ich machen? Ich werde das ganz bestimmt tun!...«

»Aber, liebste Sinaida, um was für eine besondere Gemeinheit handelt es sich denn hier, mon ange?« erwiderte Marja Alexandrowna schüchtern. »Es handelt sich doch nur um eine vorteilhafte Heirat, und da verfahren doch alle so! Man braucht die Sache nur von diesem Gesichtspunkte aus anzusehen, dann erscheint alles als durchaus anständig...«

»Ach, Mama, ich bitte Sie inständig, lassen Sie doch mir gegenüber diese schlauen Manöver beiseite! Sie sehen, ich bin mit allem einverstanden, mit allem! Was wollen Sie noch mehr? Bitte, erschrecken Sie nicht, wenn ich die Dinge mit

ihrem wahren Namen nenne. Vielleicht ist das jetzt mein einziger Trost.«
Ein bitteres Lächeln spielte um ihre Lippen.
»Nun, nun, gut, mein Engelchen, man kann ja verschiedener Ansicht sein und einander doch achten. Aber wenn du dich um die Einzelheiten beunruhigst und fürchtest, sie könnten schmutzig sein, so überlaß alle diese Sorgen mir; ich schwöre dir, daß auf dich auch nicht ein Tröpfchen Schmutz spritzen wird. Will ich dich etwa vor allen Leuten bloßstellen? Verlaß du dich nur auf mich, und alles wird in ganz vorzüglicher, höchst anständiger Weise arrangiert werden; was die Hauptsache ist: in höchst anständiger Weise! Es wird keinen Skandal geben; und wenn es doch ein kleines, unvermeidliches Skandälchen dabei geben sollte, nun... sei es drum! Dann sind wir ja schon weit weg! Wir werden ja doch nicht hier bleiben! Mögen sie aus voller Kehle schreien; was scheren wir uns darum! Sie werden es ja nur tun, weil sie uns beneiden! Es ist ja nicht der Mühe wert, sich um diese Leute Sorgen zu machen! Ich wundere mich sogar über dich, liebe Sinaida (aber sei mir nur nicht böse!), daß du bei deinem Stolze sie fürchtest.«
»Ach, Mama, ich fürchte sie durchaus nicht! Sie verstehen mich eben gar nicht!« antwortete Sinaida gereizt.
»Nun, nun, mein Herzchen, sei nicht böse! Ich meine nur, daß sie selbst alle Tage Schändlichkeiten begehen und du es nur ein einziges kleines Mal in deinem Leben tust... aber was rede ich Törin! Es ist ja überhaupt keine Schändlichkeit dabei! Was ist dabei für eine Schändlichkeit? Im Gegenteil, die Sache ist höchst anständig. Ich werde dir das klar beweisen, liebe Sinaida. Erstens wiederhole ich noch einmal: Es kommt alles darauf an, von welchem Gesichtspunkte aus man die Sache betrachtet...«
»So hören Sie doch mit Ihren Beweisen auf, Mama!« rief Sinaida zornig und stampfte ungeduldig mit dem Fuße.
»Nun, mein Herzchen, ich bin ja schon still, ich bin ja schon still! Ich war wieder ins Reden hineingekommen...«
Es trat ein kurzes Stillschweigen ein. Marja Alexandrowna blickte voller Demut und Unruhe ihre Tochter nach den Au-

gen, wie ein kleines Hündchen, das etwas begangen hat und nun nach den Augen seiner Herrin blickt.

»Ich verstehe gar nicht, wie Sie die Sache angreifen wollen«, fuhr Sinaida mit einer Miene des Ekels fort. »Ich bin davon überzeugt, daß dabei für Sie nichts weiter als eine Beschämung herauskommen wird. Ich verachte die Meinung dieser Leute; aber Sie werden sich dabei Schande zuziehen.«

»Oh, wenn dich weiter nichts beunruhigt, mein Engel – bitte, beunruhige dich nicht! Ich bitte dich, ich flehe dich an! Wenn wir beide nur miteinander einig sind; um mich brauchst du dir keine Sorgen zu machen. Ach, wenn du wüßtest, aus was für Fährlichkeiten ich mir in meinem Leben schon mit heiler Haut herausgeholfen habe! Und was habe ich nicht schon alles zustande gebracht! Na, laß es mich nur wenigstens probieren! Jedenfalls müssen wir vor allen Dingen dafür sorgen, daß wir möglichst bald mit dem Fürsten allein zusammen sind. Das ist das allererste! Alles übrige wird davon abhängen! Aber auch von dem übrigen habe ich schon so eine Ahnung. Alle Weiber in der Stadt werden empört sein; aber das tut nichts! Ich werde ihnen schon gehörig dienen! Ein bißchen Sorge macht mir Mosgljakow...«

»Mosgljakow?« fragte Sinaida geringschätzig.

»Nun ja, Mosgljakow; aber habe du keine Bange vor ihm, liebe Sinaida! Ich versichere dich auf das bestimmteste: Ich werde es dahin bringen, daß gerade er uns noch helfen wird! Du kennst mich noch nicht, liebe Sinaida! Du weißt noch nicht, was ich auf praktischem Gebiete leisten kann! Ach, liebe Sinaida, mein Herzchen! Als ich vorhin von der Ankunft dieses Fürsten hörte, da flammte mir sogleich ein Gedanke im Kopfe auf! Es kam auf einmal über mich eine Art Erleuchtung von oben. Und wer, wer hätte auch erwarten können, daß er gerade zu uns kommen werde? Eine solche günstige Gelegenheit wird ja in tausend Jahren nicht wiederkehren! Liebe Sinaida! Mein Engelchen! Nicht das ist ehrlos, daß du einen alten Mann und Krüppel heiraten wirst; ehrlos wäre es, wenn du jemanden heiratetest, den du nicht leiden kannst, und dessen Frau du doch in Wirklichkeit sein würdest! Dem Fürsten aber wirst du keine wirkliche Frau sein. Das ist ja keine richtige Ehe. Das ist einfach ein häuslicher Kontakt! Er, der Dummkopf, hat den Vorteil davon; ihm, dem Dummkopf, wird ein solches unschätzbares Glück zuteil! Ach, wie schön du heute bist, liebe Sinaida! Geradezu von einer idealen Schönheit! Wenn ich ein Mann wäre, würde ich dir ein halbes Königreich verschaffen, wenn du es verlangtest! Esel sind sie alle, die Männer! Ist es nicht ein Genuß, dieses Händchen zu küssen?« Und Marja Alexandrowna drückte heiße Küsse auf die Hand ihrer Tochter. »Das ist ja mein eigener Leib, mein Fleisch und Blut! Mit Gewalt muß man ihn nötigenfalls verheiraten, den Dummkopf! Und was für ein schönes Leben werde ich dann bei dir führen, liebe Sinaida! Du wirst ja doch deine Mutter nicht von dir jagen, wenn du glücklich geworden sein wirst? Wenn wir uns auch manchmal gestritten haben, mein Engelchen, so hast du doch keine bessere Freundin als mich; ich bin doch...«

»Mama, wenn Sie sich nun einmal dazu entschlossen haben, so sollten Sie nicht zögern, etwas zu tun. Sie verlieren hier nur Ihre Zeit!« sagte Sinaida ungeduldig.

»Ja, es ist Zeit, liebe Sinaida, es ist Zeit! Ach, ich war so ins Reden hineingekommen!« erwiderte Marja Alexandrowna, zur Besinnung kommend. »Sie wollen uns dort den Fürsten ganz und gar abspenstig machen. Ich werde mich sogleich in den Schlitten setzen und hinfahren! Ich werde vorfahren und Mosgljakow herausrufen lassen und dann... Nötigenfalls werde ich ihn mit Gewalt wegholen! Lebewohl, liebe Sinaida, lebewohl, mein Täubchen, habe keine Angst, zweifle nicht am Gelingen, und sei nicht traurig; vor allen Dingen sei nicht traurig! Es wird alles auf die schönste, anständigste Weise in Ordnung gebracht werden! Die Hauptsache ist, von welchem Gesichtspunkte aus man die Sache ansieht... nun, lebe wohl, lebe wohl!...«

Marja Alexandrowna bekreuzte Sinaida, eilte aus dem Zimmer, drehte sich in ihrem eigenen Zimmer einen Augenblick vor dem Spiegel herum und fuhr schon zwei Minuten darauf in ihrer Schlittenkutsche durch die Straßen von Mordassow;

denn diese Kutsche stand alle Tage um diese Stunde angespannt bereit für den Fall, daß Marja Alexandrowna ausfahren wollte. Ja, Marja Alexandrowna lebte en grand.

»Nein, ihr sollt mich nicht überlisten!« dachte sie, während sie so in ihrer Kutsche saß. »Sinaida ist einverstanden, also ist die halbe Arbeit schon getan, und euch gegenüber sollte ich den kürzeren ziehen? Unsinn! Nein, diese Sinaida! Endlich hat auch sie sich einverstanden erklärt! Also auch auf dein Köpfchen können mancherlei Berechnungen wirken! Ich habe ihr aber auch eine verlockende Perspektive hingemalt! Die hat's gemacht! Aber es ist zum Erstaunen, wie schön sie heute ist! Wenn ich ihre Schönheit besäße, würde ich halb Europa nach meiner Pfeife tanzen lassen! Na, warten wir es ab... Der Shakespeare wird sich schon verflüchtigen, wenn sie erst Fürstin sein und etwas von den Genüssen des Lebens kennengelernt haben wird. Was kennt sie denn jetzt? Mordassow und ihren Lehrer!... Hm... Aber was wird sie auch für eine Fürstin sein! Ich liebe an ihr diesen Stolz, diese Kühnheit. Und wie unnahbar sie ist! Wenn sie einen ansieht, so ist einem, als sähe einen eine Königin an. Nun, wie sollte sie denn ihren Vorteil nicht einsehen? Sie hat ihn ja auch endlich eingesehen! Sie wird auch das übrige begreifen... Ich werde ja doch immer um sie sein. Sie wird schließlich in allen Punkten mit mir einer Ansicht sein! Aber ohne mich wird es nicht gehen! Ich werde selbst eine Fürstin sein; auch in Petersburg wird man mich kennenlernen. Lebe wohl, du elender Krähwinkel! Dieser Fürst wird sterben, und dieser junge Mensch wird auch sterben, und dann werde ich sie einem regierenden Fürsten zur Frau geben! Nur eines macht mich besorgt: Habe ich auch nicht zuviel Vertrauen auf sie gesetzt? Bin ich nicht zu offenherzig gewesen, bin ich nicht zu gefühlsvoll geworden? Sie macht mir Sorgen, ach ja, Sorgen!«

Und Marja Alexandrowna versank in Gedanken. Es ist nicht in Abrede zu stellen, daß diese Gedanken recht sorgenvoll waren. Man sagt ja auch mit Recht, daß ein leidenschaftlicher Wunsch der schlimmste Tyrann sei.

Als Sinaida allein geblieben war, ging sie lange mit verschränkten Armen nachdenklich im Zimmer auf und ab. Sie überlegte vieles. Oft und fast unbewußt sagte sie vor sich hin: »Es ist Zeit, es ist Zeit, es ist hohe Zeit!« Was bedeutete dieser kurze Ausruf? Mehrmals blitzten Tränen an ihren langen, seidigen Wimpern. Sie dachte nicht daran, sie zu trocknen oder zu hemmen. Aber ohne Not beunruhigte sich ihre Mutter und suchte in die Gedanken ihrer Tochter einzubringen: Sinaida war vollständig entschlossen und hatte sich auf alle Folgen gefaßt gemacht...

»Na warte du!« dachte Nastasja Petrowna, als sie nach der Abfahrt der Frau Oberst ihre Rumpelkammer wieder verließ. »Und ich wollte mir schon um dieses elenden Fürsten willen eine rosa Schleife anstecken! Und ich Närrin glaubte, er würde mich heiraten! Da hast du's mit deiner Schleife! Aber Sie, Marja Alexandrowna! Sie sagen, ich sei eine Schlumpe, eine Bettlerin, ich hätte für etwas Unrechtes zweihundert Rubel genommen. Das fehlte auch noch, daß ich für Sie etwas gratis täte, Sie Zierpuppe! Ich habe das Geld auf anständige Weise bekommen; ich habe es für die mit der Arbeit verknüpften Auslagen erhalten... Vielleicht habe ich selbst erst jemanden bestechen müssen! Was geht es Sie an, daß ich es nicht für unter meiner Würde gehalten habe, daß Schloß eigenhändig zu erbrechen? Für Sie habe ich gearbeitet, Sie vornehme Müßiggängerin! Sie möchten am liebsten immer nur auf Kanevas sticken! Na, warten Sie, ich werde Ihnen das Kanevassticken zeigen! Ich werde es Ihnen beiden zeigen, was ich für eine Schlumpe bin! Sie sollen Nastasja Petrowna in ihrer ganzen Sanftmut kennenlernen!«

SIEBENTES KAPITEL

Aber Marja Alexandrowna war von den Eingebungen ihres Genies ganz begeistert. Sie überdachte einen großen, kühnen Plan. Ihre Tochter an einen schwerreichen Mann, einen Fürsten und Krüppel, ohne daß es jemand merkte, unter Benutzung der Geistesschwäche und Hilflosigkeit ihres Gastes

zu verheiraten, sie auf diebische Weise mit ihm zu verheiraten, wie sich Marja Alexandrownas Feinde ausdrücken würden: Das war nicht nur kühn, sondern geradezu verwegen. Allerdings war das Projekt vorteilhaft; aber im Falle des Mißlingens bedeckte sich seine Erfinderin mit arger Schande. Marja Alexandrowna wußte das; aber sie ließ den Mut nicht sinken. »Aus was für Fährlichkeiten habe ich mir nicht schon mit heiler Haut herausgeholfen!« hatte sie zu Sinaida gesagt, und das war die Wahrheit. Was wäre sie denn auch sonst für eine Heldin gewesen!
Unstreitig hatte dieses ganze Unternehmen einige Ähnlichkeit mit Straßenraub; aber Marja Alexandrowna ließ sich auch das nicht allzusehr anfechten. In dieser Beziehung hatte sie einen erstaunlich richtigen Gedanken: »Wenn sie erst getraut sind, können sie nicht mehr geschieden werden«, ein einfacher Gedanke, der aber durch die Vorstellung so außerordentlicher Vorteile so viel Verlockendes für die Phantasie hatte, daß Marja Alexandrowna bei der bloßen Vorstellung dieser Vorteile zu zittern anfing und am ganzen Körper ein Kribbeln wie von Ameisen verspürte. Überhaupt befand sie sich in gewaltiger Aufregung und saß in ihrer Schlittenkutsche wie auf Nadeln. Als geniale Frau mit unzweifelhafter schöpferischer Begabung hatte sie bereits ihren Aktionsplan entworfen. Aber dieser Plan war nur so in großen Zügen, nur so en grand fertig und schwebte ihr nur erst unklar vor. Es waren noch eine Unmenge Einzelheiten zu erwägen, und sie mußte sich auf vielerlei unvorhergesehene Fälle gefaßt machen. Aber Marja Alexandrowna besaß ein starkes Selbstvertrauen: Sie ließ sich nicht durch die Furcht vor einem Mißlingen aufregen, o nein! Sie wünschte weiter nichts als recht bald anzufangen, möglichst schnell den Kampf zu beginnen. Ungeduld, eine edle Ungeduld quälte sie bei dem Gedanken an die möglichen Hemmnisse und Verzögerungen. Aber da wir die Hemmnisse erwähnt haben, so bitten wir um die Erlaubnis, unsern Gedanken ein wenig erläutern zu dürfen. Die hauptsächliche Gefahr ahnte und erwartete Marja Alexandrowna von seiten ihrer edlen Mitbürger, der Einwohner von Mordassow, und besonders

von seiten derjenigen Mordassower Damen, die die vornehme Gesellschaft bildeten. Sie wußte aus Erfahrung, wie maßlos sie von diesen gehaßt wurde. Sie wußte zum Beispiel bestimmt, daß man in der Stadt im gegenwärtigen Augenblicke vielleicht schon alle ihre Absichten kannte, obgleich noch niemand zu jemandem etwas darüber gesagt hatte. Sie wußte aus wiederholter trauriger Erfahrung, daß es kein noch so geheimes Begebnis in ihrem Hause gab, das, wenn es sich am Morgen zugetragen hatte, nicht schon am Abend jedem Marktweibe und jedem Ladendiener bekannt gewesen wäre. Allerdings ahnte Marja Alexandrowna diese Gefahr bis jetzt nur; aber solche Ahnungen hatten sie noch nie getäuscht. Sie täuschten sie auch jetzt nicht. Wir setzen dasjenige hierher, was sich tatsächlich ereignet hatte, und was sie noch nicht mit Bestimmtheit wußte. Um Mittag, das heißt genau drei Stunden nach der Ankunft des Fürsten in Mordassow, hatten sich in der Stadt seltsame Gerüchte verbreitet. Von wo sie ihren Ausgang genommen hatten, ist unbekannt; aber sie verbreiteten sich fast momentan. Alle begannen auf einmal einer dem andern zu versichern, daß Marja Alexandrowna bereits ihrer Sinaida, obwohl diese keine Mitgift bekomme und schon dreiundzwanzig Jahre alt sei, den Fürsten zum Manne verschafft habe; Mosgljakow habe den Laufpaß bekommen, und alles sei schon eine vollständig beschlossene und abgemachte Sache. Was war die Ursache dieser Gerüchte? Kannten alle Marja Alexandrowna wirklich bis zu dem Grade, daß sie sofort auf den Kernpunkt ihrer geheimsten Gedanken und Ideale verfielen? Weder der Umstand, daß ein solches Gerücht mit der gewöhnlichen Ordnung der Dinge unvereinbar war, da derartige Angelegenheiten sich nur sehr selten in Zeit von einer einzigen Stunde abmachen lassen, noch auch der augenscheinliche Mangel an einer greifbaren Unterlage für eine solche Nachricht, da niemand etwas über ihren Ursprung hatte in Erfahrung bringen können: nichts vermochte die Mordassower von ihrer Meinung abzubringen. Das Gerücht wuchs mit ungewöhnlicher Schnelligkeit heran und schlug immer festere Wurzeln. Das allererstaunlichste war, daß es sich gerade zu derselben Zeit zu verbreiten anfing, als Marja Alexandrowna jene (vorhin berichtete) Unterredung mit Sinaida über eben diesen Gegenstand erst begann. Eine so feine Nase haben die Provinzler! Der Instinkt der Neuigkeitskrämer in der Provinz grenzt manchmal an das Wunderbare, und das hat natürlich seine Gründe. Es beruht dies darauf, daß sie einander aus größter Nähe, mit dem lebhaftesten Interesse und viele Jahre lang studieren. Jeder Provinzler lebt sozusagen unter einer Glasglocke. Es ist schlechterdings keine Möglichkeit vorhanden, irgend etwas vor den verehrten Mitbürgern geheimzuhalten. Sie kennen einen auswendig und wissen sogar das, was man selbst von sich nicht weiß. Der Provinzler müßte, wie man meinen sollte, schon von Natur ein Psychologe und Herzenskenner sein. Dies ist der Grund, weshalb ich mich manchmal aufrichtig gewundert habe, wenn ich in der Provinz statt der Psychologen und Herzenskenner sehr häufig außerordentlich viele Esel antraf. Aber dies nur beiläufig; das ist ein Gedanke, der nicht hierher gehört. Die Nachricht wirkte wie ein Donnerschlag. Eine Verheiratung mit dem Fürsten erschien allen dermaßen vorteilhaft und glänzend, daß nicht einmal jemandem die seltsame Seite der Sache auffiel. Wir merken hier noch einen Umstand an: Sinaida wurde fast noch mehr gehaßt als Marja Alexandrowna; warum, das ist schwer zu sagen. Vielleicht war zum Teil Sinaidas Schönheit der Grund davon. Vielleicht auch der Umstand, daß Marja Alexandrowna doch wenigstens von demselben Schlage war wie alle Mordassower, desselben Geistes Kind wie sie. Hätte sie die Stadt verlassen, wer weiß, man würde das vielleicht bedauert haben. Durch die Dinge, die sie fortwährend anstellte, brachte sie Leben in die Gesellschaft. Ohne sie wäre es langweilig gewesen. Im Gegensatze zu ihr benahm sich Sinaida so, als ob sie in den Wolken lebte und nicht in der Stadt Mordassow. Sie war von anderer Art als diese Leute, nicht ihresgleichen und betrug sich, vielleicht ohne es selbst zu bemerken, ihnen gegenüber mit unerträglichem Hochmute! Und auf einmal sollte nun eben diese Sinaida, über die schon skandalöse Geschichten im Umlauf waren, diese hochmütige, stolze Sinaida, eine Millionärin und Fürstin werden und in die vornehmste Gesellschaft eintreten! In zwei Jahren, wenn sie würde Witwe geworden sein, würde sie einen Herzog, vielleicht sogar einen General heiraten: womöglich gar einen Gouverneur (und es traf sich gerade, daß der Gouverneur von Mordassow Witwer war und ein besonderes Tendre für das weibliche Geschlecht hatte). Dann würde sie die vornehmste Dame in der Gouvernementsstadt sein, und selbstverständlich war schon allein dieser Gedanke unerträglich, und niemals hatte eine Nachricht eine solche Empörung in Mordassow hervorgerufen wie die Nachricht von Sinaidas Verheiratung mit dem Fürsten. Sofort erhob sich ein Wutgeschrei von allen Seiten. Man schrie, das sei eine Sünde, ja eine Gemeinheit; der alte Mann habe nicht mehr seinen Verstand; er sei unter Ausnutzung seiner Geistesschwäche betrogen, hinters Licht geführt, übertölpelt worden; man müsse ihn aus diesen blutgierigen Krallen retten; das sei ja geradezu Räuberei, eine ganz unmoralische Handlung; und schließlich, inwiefern seien denn andere junge Mädchen schlechter als Sinaida? Es könnten doch auch andere junge Mädchen mit genau demselben Rechte den Fürsten heiraten. Daß in dieser erregten Weise geredet wurde, konnte Marja Alexandrowna einstweilen nur vermuten; aber für sie genügte auch das schon. Sie wußte bestimmt, daß alle, aber auch entschieden alle, mit dem größten Eifer das Mögliche und das Unmögliche tun würden, um ihr bei der Ausführung ihres Planes hinderlich zu sein. Wollten sie doch jetzt den Fürsten mit Beschlag belegen, so daß es beinah einen Kampf kosten würde, ihn wieder zurückzuholen. Und schließlich, wenn es ihr auch gelang, des Fürsten wieder habhaft zu werden und ihn zurückzubringen, so konnte sie ihn doch nicht dauernd an der Kette halten. Und wer bürgte dafür, daß nicht gleich heute, nach zwei Stunden, die sämtlichen Mordassower Damen in corpore bei ihr im Salon erschienen, unter einem derartigen Vorwande, daß man sie nicht zurückweisen konnte? Und wenn sie sie nicht zur Tür hereinließe, so war ihnen zuzutrauen, daß sie durch das Fenster hereinkamen. Das erscheint fast als ein Ding der Unmöglichkeit, war aber doch schon in Mordassow vorgekommen. Kurz, es war keine Stunde, nicht die geringste Spanne Zeit zu verlieren, und dabei war das Werk noch nicht einmal begonnen. Auf einmal blitzte in Marja Alexandrownas Kopfe ein genialer Gedanke auf und reifte sofort heran. Von dieser neuen Idee werden wir nicht unterlassen am richtigen Platze zu reden. Jetzt wollen wir nur sagen, daß in diesem Augenblicke unsere Heldin voll ingrimmiger Begeisterung durch die Straßen von Mordassow flog, sogar zu wirklichem Kampfe entschlossen, wenn sich ein solcher zur Wiedergewinnung des Fürsten als notwendig herausstellen sollte. Sie wußte noch nicht, wie sich das gestalten und wo sie ihn treffen würde; aber dafür wußte sie bestimmt, daß eher ganz Mordassow in die Erde versinken würde, als daß auch nur ein Jota von ihren jetzigen Plänen unausgeführt bliebe.

Der erste Schritt gelang auf die denkbar beste Weise. Sie bekam den Fürsten auf der Straße zu fassen und brachte ihn zu sich zum Mittagessen. Wenn jemand fragen sollte, auf welche Weise es ihr trotz aller Ränke ihrer Feindinnen gelungen sei, ihren Willen durchzusetzen und der bösen Anna Nikolajewna das Nachsehen zu lassen, so muß ich erwidern, daß ich eine solche Frage geradezu als eine Beleidigung für Marja Alexandrowna ansehe. Sie sollte über so eine Anna Nikolajewna Antipowa nicht den Sieg davongetragen? Sie arretierte den Fürsten ganz einfach, als dieser bereits bei dem Hause ihrer Rivalin vorfuhr, und ohne sich um irgend etwas zu kümmern, auch nicht um die Einwendungen Mosgljakows selbst, der einen Skandal scheute, zwang sie den alten Mann, in ihre eigene Kutsche umzusteigen. Eben dadurch zeichnete sich Marja Alexandrowna vor ihren Rivalinnen aus, daß sie in kritischen Augenblicken selbst vor einem Skandal nicht zurückschrak, indem sie den Satz, daß der Erfolg alles rechtfertige, als eine unumstößliche Wahrheit betrachtete. Selbstverständlich leistete der Fürst keinen nennenswerten Widerstand, vergaß nach seiner Gewohnheit alles sehr bald und war dann sehr zufrieden. Beim Mittagessen schwatzte er ununterbrochen, war außerordentlich vergnügt, brachte Bonmots vor, machte Witze und erzählte Anekdoten, die er aber nicht beendete, oder bei denen er von der einen in eine andere hineingeriet, ohne es selbst zu merken. Bei Natalja Dmitrijewna hatte er drei Gläser Champagner getrunken. Beim Mittagessen trank er weiter und wurde ganz schwindlig; hier schenkte ihm Marja Alexandrowna immer selbst ein. Das Mittagessen war sehr anständig. Der entsetzliche Nikitka hatte es nicht verdorben. Die Hausfrau belebte die Tafelrunde durch ihre bezaubernde Liebenswürdigkeit. Aber im Gegensatz dazu waren die übrigen Anwesenden ungewöhnlich langweilig. Sinaida war von einer feierlichen Schweigsamkeit. Mosgljakow fühlte sich offenbar unbehaglich und aß wenig. Er war mit irgendwelchen Gedanken beschäftigt, und da das bei ihm nur ziemlich selten vorkam, so beunruhigte sich Marja Alexandrowna sehr darüber. Nastasja Petrowna saß mit mürrischer Miene da und machte Mosgljakow sogar heimlich sonderbare Zeichen, die dieser aber gar nicht bemerkte. Ohne die bezaubernd liebenswürdige Wirtin hätte das Diner mit einem Leichenschmause Ähnlichkeit gehabt.

Aber dabei befand sich Marja Alexandrowna in einer unaussprechlichen Aufregung. Schon allein Sinaida flößte ihr durch ihre traurige Miene und durch ihre verweinten Augen eine gewaltige Angst ein. Und da war noch eine andere Schwierigkeit: Es war die größte Eile vonnöten; aber dieser »verdammte Mosgljakow« saß wie ein Klotz da, der sich um nichts kümmert und nur stört! Man konnte doch eine solche Sache wahrhaftig nicht in seiner Gegenwart in Angriff nehmen! Marja Alexandrowna erhob sich vom Tische in schrecklicher Unruhe. Wie groß war daher ihr Erstaunen und ihr freudiger Schreck, wenn man sich so ausdrücken kann, als Mosgljakow gleich nach Aufhebung der Tafel selbst zu ihr trat und auf einmal ganz unerwartet erklärte, er müsse (selbstverständlich zu seinem größten Bedauern) notwendigerweise sogleich aufbrechen.

»Wo wollen Sie denn hin?« fragte ihn, ebenfalls mit außerordentlichem Bedauern, Marja Alexandrowna.

»Ja, sehen Sie, Marja Alexandrowna«, begann Mosgljakow

mit einer gewissen Unruhe und sogar einigermaßen verlegen, »es ist mir da eine sehr wunderliche Geschichte passiert. Ich weiß nicht einmal recht, wie ich es Ihnen sagen soll... ich bitte Sie inständig, mir einen Rat zu geben!«
»Aber was gibt es denn?«
»Mein Pate Borodujew, Sie kennen ihn ja, der Kaufmann, der begegnete mir heute. Der alte Mann ist recht böse auf mich; er macht mir Vorwürfe und sagt, ich sei stolz geworden. Ich bin jetzt schon zum dritten Male in Mordassow und habe mich bei ihm noch nie blicken lassen. ›Komm doch heute zum Tee zu mir!‹ sagte er. Jetzt ist es gerade vier Uhr, und seinen Tee trinkt er nach alter Mode immer zwischen vier und fünf, wenn er von seinem Mittagsschläfchen aufwacht. Was soll ich nun tun? Es ist ja freilich keine vornehme Bekanntschaft, Marja Alexandrowna; aber bedenken Sie andrerseits: Er hat ja meinem verstorbenen Vater aus der Not geholfen, als der staatliches Geld verspielt hatte. Aus diesem Anlaß ist er damals auch mein Pate geworden. Wenn meine Heirat mit Sinaida Afanasjewna zustande kommt, so habe ich nur hundertfünfzig Seelen. Aber er besitzt eine Million Rubel oder, wie die Leute sagen, sogar noch mehr. Er hat keine Kinder. Wenn er Geschmack an mir findet, hinterläßt er mir wohl testamentarisch so ein hunderttausend Rubel. Und er ist siebzig Jahre alt, bedenken Sie das nur!«
»Ach, mein Gott, was reden Sie da noch? Warum zaudern Sie?« rief Marja Alexandrowna, die kaum einen Versuch machte, ihre Freude zu verbergen. »Fahren Sie hin, fahren Sie hin! Damit ist nicht zu spaßen. Darum sah ich auch beim Mittagessen, daß Sie so still waren! Fahren Sie hin, mon ami, fahren Sie hin! Sie hätten ihm schon heute vormittag einen Besuch machen und zeigen sollen, daß Sie seine Freundlichkeit zu schätzen, zu würdigen wissen! Aber ach, die heutige Jugend, die heutige Jugend!«
»Aber Sie selbst, Marja Alexandrowna«, rief Mosgljakow erstaunt, »Sie selbst haben mir doch wegen dieser Bekanntschaft Vorhaltungen gemacht! Sie sagten ja, er wäre ein ungebildeter Mensch, so ein langbärtiger Kaufmann und stehe

mit Schankwirten, Winkeladvokaten und ähnlichem Gesindel auf derselben Stufe?«

»Ach, mon ami! Was redet man nicht alles so unbedacht hin! Auch ich kann mich ja doch irren; ich bin keine Heilige. Ich erinnere mich übrigens nicht daran; aber vielleicht war ich damals schlecht aufgelegt... Und dann bewarben Sie sich damals auch noch nicht um meine liebe Sinaida... Das ist ja freilich von meiner Seite Egoismus; aber jetzt muß ich unwillkürlich die Sache von einem anderen Gesichtspunkte aus ansehen und – welche Mutter kann mir in diesem Falle einen Vorwurf machen? Fahren Sie hin; zaudern Sie keinen Augenblick! Bringen Sie auch den Abend bei ihm zu! Und hören Sie: Bringen Sie das Gespräch auch auf mich! Sagen Sie ihm, daß ich ihn hochschätze, ihn liebe, ihn verehre; aber machen Sie das recht geschickt, recht gut! Ach, mein Gott! Daß mir das hat entfallen können! Ich hätte von selbst darauf kommen müssen, Ihnen diesen Rat zu geben!«

»Sie geben mir das Leben wieder, Marja Alexandrowna!« rief Mosgljakow ganz entzückt. »Ich werde jetzt Ihren Rat in seinem ganzen Umfange befolgen, das schwöre ich Ihnen! Und ich hatte geradezu Angst gehabt, es Ihnen zu sagen!... Nun, dann leben Sie wohl; ich will mich auf den Weg machen! Entschuldigen Sie mich bei Sinaida Afanasjewna! ich komme aber jedenfalls wieder her...«

»Ich segne Sie, mon ami! Vergessen Sie nur nicht, von mir mit ihm zu reden! Er ist wirklich ein sehr liebenswürdiger alter Mann. Ich habe schon lange meine Meinung über ihn geändert... Ich habe übrigens immer an ihm dieses altrussische, unverstellte Wesen gern gemocht... Au revoir, mon ami, au revoir!«

»Wie gut, daß ihn der Teufel wegführt! Oder nein, Gott selbst steht mir bei!« dachte sie, ganz außer sich vor Freude.

Pawel Alexandrowitsch ging in das Vorzimmer und zog sich schon den Pelz an, als plötzlich Nastasja Petrowna vor ihm stand. Sie hatte auf ihn gewartet.

»Wo wollen Sie hin?« fragte sie, ihn am Arme festhaltend.

»Zu Borodujew will ich, Nastasja Petrowna! Er ist mein

Pate; er hat mich aus der Taufe gehoben... Er ist ein reicher alter Mann und wird mir etwas hinterlassen; da muß ich ihm ein bißchen um den Bart gehen!...«

Pawel Alexandrowitsch befand sich in vorzüglicher Laune.

»Zu Borodujew! Na, dann geben Sie nur die Hoffnung auf die Braut auf!« sagte Nastasja Petrowna in scharfem Tone.

»Was soll das heißen: die Hoffnung aufgeben?«

»Nun ja! Sie dachten, Sie hätten sie schon sicher! Aber nun soll der Fürst sie zur Frau bekommen. Ich habe es selbst gehört.«

»Der Fürst? Erbarmen Sie sich, Nastasja Petrowna!«

»Was ist da zu erbarmen! Haben Sie Lust, es selbst zu sehen und zu hören? Legen Sie Ihren Pelz wieder ab, und kommen Sie mit!«

Ganz betäubt warf Pawel Alexandrowitsch seinen Pelz wieder hin und ging auf den Fußspitzen hinter Nastasja Petrowna her. Sie führte ihn in eben jene Rumpelkammer, wo sie am Vormittag durch das Schlüsselloch gesehen und gehorcht hatte.

»Aber ich bitte Sie, Nastasja Petrowna, ich verstehe schlechterdings nicht, was Sie da sagen!...«

»Sie werden es schon verstehen, wenn Sie sich an das Schlüsselloch bücken und horchen. Die Komödie wird gewiß gleich anfangen.«

»Was für eine Komödie?«

»Ssst! Reden Sie nicht so laut! Die Komödie besteht darin, daß man Sie einfach betrügt. Vorhin, als Sie mit dem Fürsten weggefahren waren, hat Marja Alexandrowna eine ganze Stunde lang Sinaida beredet, diesen Fürsten zu heiraten; sie sagte, es sei nichts leichter, als ihn zu übertölpeln und zum Heiraten zu bringen, und setzte ihrer Tochter dabei solche Kniffe und Finten auseinander, daß mir ordentlich übel wurde. Ich habe von hier aus alles mit angehört. Sinaida hat sich einverstanden erklärt. Und wie schlecht die beiden von Ihnen gesprochen haben! In deren Augen sind Sie einfach ein Dummkopf, und Sinaida hat geradezu gesagt, sie würde Sie um keinen Preis heiraten. Und ich bin auch eine rechte Närrin gewesen! Wollte mir eine rote

Schleife anstecken! Aber so horchen Sie doch, horchen Sie doch!«
»Aber das ist ja eine ganz gottlose Hinterlist, wenn es sich so verhält!« flüsterte Pawel Alexandrowitsch und blickte Nastasja Petrowna mit höchst dummem Gesichte an.
»So horchen Sie doch nur, dann werden Sie noch ganz andere Dinge zu hören bekommen.«
»Wo soll ich denn horchen?«
»Bücken Sie sich nur; da durchs Schlüsselloch...«
»Aber, Nastasja Petrowna, ich... ich bin unfähig, jemanden zu behorchen...«
»Ach, was ist das für eine Idee! Lassen Sie hier mal Ehre Ehre sein, lieber Freund; Sie sind einmal hergekommen, nun horchen Sie auch nur!«
»Aber ich möchte doch...«
»Wenn Sie dazu wirklich nicht fähig sind, dann lassen Sie sich in Gottes Namen betrügen! Ich habe mit Ihnen Mitleid gehabt, und nun spielen Sie den Stolzen. Was habe ich davon? Um meinetwillen tue ich es ja doch nicht. Ich bleibe sowieso nicht bis zum Abend hier!«
Pawel Alexandrowitsch überwand seine Abneigung und bückte sich zum Schlüsselloch hinab. Sein Herz schlug heftig; das Blut pochte ihm in den Schläfen. Er wußte kaum, was mit ihm vorging.

ACHTES KAPITEL

»Also Sie sind bei Natalja Dmitrijewna recht vergnügt gewesen, Fürst?« fragte Marja Alexandrowna, die mit dem Blicke eines Raubtieres die Stätte des bevorstehenden Kampfes überschaute und das Gespräch auf eine recht unschuldige Art zu beginnen wünschte. Das Herz schlug ihr stark vor Aufregung und Erwartung.
Nach dem Mittagessen war der Fürst sogleich in den Salon geführt worden, in dem er auch am Vormittag empfangen worden war. Alle feierlichen Handlungen und Empfänge gingen bei Marja Alexandrowna in diesem Salon vor. Sie

war auf dieses Zimmer stolz. Der alte Herr war von den getrunkenen sechs Gläsern Champagner ganz benommen und hielt sich nicht fest auf den Beinen. Dafür schwatzte er unaufhörlich. Seine Schwatzhaftigkeit war sogar größer geworden, als sie vorher gewesen war. Marja Alexandrowna war sich darüber klar, daß diese Lebhaftigkeit nur eine vorübergehende sei und der vom Weine beschwerte Gast bald schläfrig werden würde. Sie mußte den Augenblick benutzen. Bei dem Blicke über den Kampfplatz hatte sie mit großer Genugtuung bemerkt, daß der sinnliche alte Mann mit besonderer Lüsternheit Sinaida betrachtete, und ihr Mutterherz war vor Freude erzittert.

»Au-ßer-or-dentlich vergnügt«, antwortete der Fürst; »und wissen Sie, sie ist eine ganz vor-treff-liche Frau, diese Natalja Dmitrijewna, eine ganz vor-treff-liche Frau!«

Wie sehr Marja Alexandrowna auch mit ihren großen Plänen beschäftigt war, so gab ihr doch ein so volltönendes Lob ihrer Rivalin einen Stich mitten ins Herz.

»Aber ich bitte Sie, Fürst!« rief sie mit funkelnden Augen. »Wenn bei Ihnen schon Natalja Dmitrijewna eine ganz vortreffliche Frau ist, dann weiß ich gar nicht, was ich von Ihnen denken soll! Dann kennen Sie eben die hiesige Gesellschaft gar nicht! Das ist ja überall nur ein Zurschaustellen der eigenen unerhörten Vortrefflichkeit, der eigenen edlen Gefühle, nur eine Komödie, nur eine äußere vergoldete Schale. Lüften Sie diese Schale ein wenig, und Sie werden eine ganze Hölle unter den Blumen erblicken, ein ganzes Wespennest, wo Sie vollständig aufgefressen werden, so daß kein Knöchelchen übrigbleibt!«

»Wahrhaftig?« rief der Fürst. »Das setzt mich in Erstaunen!«

»Aber ich schwöre Ihnen, daß es so ist! Ah, mon prince! Höre einmal, Sinaida, es ist doch meine Pflicht und Schuldigkeit, dem Fürsten zu erzählen, wie komisch und unwürdig sich diese Natalja vor vierzehn Tagen benommen hat, erinnerst du dich? Ja, Fürst, das betrifft eben jene Natalja Dmitrijewna, von der Sie so entzückt sind. O mein liebster Fürst! Ich schwöre Ihnen, ich bin keine Klatschliese! Aber

ich muß Ihnen das unbedingt erzählen, einzig und allein, um Sie zu erheitern, um Ihnen an einem lebendigen Pröbchen, sozusagen unter dem Mikroskop, zu zeigen, was das hier für Menschen sind. Vor vierzehn Tagen kommt diese Natalja Dmitrijewna zu mir. Ich setzte ihr Kaffee vor und verließ aus irgendwelchem Grunde für kurze Zeit das Zimmer. Ich erinnere mich ganz genau, wieviel Zucker in der silbernen Zuckerdose vorhanden war: Sie war ganz voll. Als ich zurückkomme, sehe ich hin: Es liegen nur drei Stückchen auf dem Boden. Außer Natalja Dmitrijewna war niemand im Zimmer gewesen. Was sagen Sie dazu? Sie besitzt ein eigenes steinernes Haus und eine Menge Geld! Das ist ein lächerlicher, komischer Vorfall; aber Sie können danach über die Moralität der hiesigen Gesellschaft urteilen.«
»Wie ist das mög-lich!« rief der Fürst in ungeheucheltem Erstaunen. »Welch eine unnatürliche Habgier! Hat sie das wirklich alles allein aufgegessen?«
»Da sehen Sie, was sie für eine vortreffliche Frau ist, Fürst! Wie gefällt Ihnen dieses schmähliche Benehmen? Ich glaube, ich würde in demselben Augenblicke sterben, in dem ich mich zu einer so abscheulichen Handlung entschlösse!«
»Nun ja, ja... Aber, wissen Sie, sie ist doch eine solche belle femme.«
»Natalja Dmitrijewna! Ich bitte Sie, Fürst; sie ist ja einfach ein Trampeltier! Ach, Fürst, Fürst! Was reden Sie da! Ich hatte gemeint, daß Sie einen weit besseren Geschmack besäßen...«
»Nun ja, ein Trampeltier... aber, wissen Sie, sie hat so eine Figur... Nun, und dieses junge Mädchen, das da tanzte, das hatte ebenfalls so eine Fi-gur...«
»Sonja? Aber die ist ja noch ein Kind, Fürst! Sie ist erst vierzehn Jahre alt!«
»Nun ja... aber, wissen Sie, sie ist ein so behendes Mädchen, und es entwickeln sich bei ihr ebenfalls... solche Formen. Ein al-ler-liebstes Mädchen! Und die andere, die mit ihr zusammen tanzte... die entwickelt sich ebenfalls...«
»Ach, das ist eine unglückliche Waise, Fürst! Sie laden sie oft zu sich ein.«

»Eine Wa-ise! Übrigens war sie sehr schmutzig; sie hätte sich vorher wenigstens die Hände waschen sollen... Aber, sie war ebenfalls ver-füh-re-risch...«

Während er das sagte, betrachtete der Fürst mit wachsender Begehrlichkeit Sinaida durch seine Lorgnette.

»Mais quelle charmante personne!« murmelte er halblaut, fast vergehend vor Wonne.

»Sinaida, spiele uns etwas vor, oder nein, singe lieber! Wie schön sie singt, Fürst! Man kann sagen, sie ist eine Virtuosin, eine richtige Virtuosin! Und wenn Sie wüßten, Fürst«, fuhr Marja Alexandrowna halblaut fort, als Sinaida zum Flügel ging, mit ihrem leisen, schwebenden Gange, bei dessen Anblick der arme Alte sich fast zusammenkrümmte vor Vergnügen, »wenn Sie wüßten, was sie für eine Tochter ist! Wie sie zu lieben versteht, wie zärtlich sie gegen mich ist! Was für Gefühle, was für ein Herz!«

»Nun ja... Gefühle... und, wissen Sie, ich habe in meinem ganzen Leben nur eine einzige Frau gekannt, die man mit ihr an Schön-heit vergleichen könnte«, unterbrach sie der Fürst, den Speichel hinunterschluckend. »Das war die verstorbene Gräfin Nainskaja; sie ist vor ungefähr dreißig Jahren gestorben. Sie war eine ent-zük-ken-de Frau, von unbeschreiblicher Schönheit; sie heiratete nachher noch ihren Koch...«

»Ihren Koch, Fürst?«

»Nun ja, ihren Koch... einen Franzosen, im Auslande. Sie hatte ihm im Aus-lan-de den Grafentitel verschafft. Er war ein stattlicher Mann und außerordentlich gebildet, mit so einem kleinen Schnurr-bärt-chen.«

»Und... und... wie lebten sie denn miteinander, Fürst?«

»Nun ja, sie lebten ganz gut miteinander. Übrigens trennten sie sich bald wieder. Er plünderte sie aus und ging davon. Sie hatten sich wegen einer Sauce gezankt...«

»Mama, was soll ich spielen?« fragte Sinaida.

»Singe uns lieber etwas, Sinaida! Wie schön sie singt, Fürst! Lieben Sie die Musik?«

»O ja! Charmant, charmant! Ich liebe die Musik sehr. Ich bin im Auslande mit Beethoven bekannt gewesen.«

»Mit Beethoven! Denke dir nur, Sinaida, der Fürst ist mit Beethoven bekannt gewesen«, ruft Marja Alexandrowna entzückt. »Ach, Fürst! Sind Sie wirklich mit Beethoven bekannt gewesen?«
»Nun ja, ich habe mit ihm auf freund-schaft-lichem Fuße gestanden. Er hatte immer die Nase voll Schnupftabak. So ein komischer Mensch!«
»Beethoven?«
»Nun ja, Beethoven. Übrigens war es vielleicht auch nicht Beet-ho-ven, sondern ein anderer Deutscher. Es gibt da sehr viele Deutsche... Ich glaube, ich begehe eine Ver-wech-selung.«
»Was soll ich denn singen, Mama?« fragte Sinaida.
»Ach, Sinaida! Singe doch das Lied, in dem soviel von Rittertum vorkommt, du erinnerst dich wohl; es handelt von einer Burgherrin und ihrem Troubadour... Ach, Fürst! Wie ich diese Ritterzeit liebe! Diese Burgen, diese Burgen! Dieses mittelalterliche Leben! Diese Troubadours, Herolde, Turniere... Ich werde dich begleiten, Sinaida. Setzen Sie sich hierher, Fürst, näher heran! Ach, diese Burgen, diese Burgen!«
»Nun ja, die Burgen. Ich liebe die Burgen auch«, murmelte der Fürst voll Entzücken und sog sich mit seinem einzigen Auge ordentlich an Sinaida fest. »Aber... mein Gott!« rief er, »dieses Lied!... Aber... ich kenne dieses Lied! Dieses Lied habe ich schon vor langer Zeit gehört... Das erinnert mich so an... Ach, mein Gott!«
Ich unternehme nicht zu schildern, was mit dem Fürsten vorging, während Sinaida sang. Sie sang ein altes französisches Lied, das früher einmal sehr Mode gewesen war. Sinaida sang es sehr schön. Ihr reiner, klangreicher Alt hatte etwas zum Herzen Dringendes. Ihr schönes Gesicht, die wundervollen Augen, die fein gedrechselten Finger, mit denen sie die Notenblätter umschlug, das dichte, schwarze, glänzende Haar, die wogende Brust, die ganze stolze, schöne, edle Gestalt: Alles dies bezauberte den armen Alten endgültig. Er sah sie, während sie sang, unverwandt an und wußte sich vor Aufregung gar nicht zu lassen. Sein Greisen-

herz, erwärmt von dem Champagner, der Musik und den erwachenden Erinnerungen (und wer hätte keine lieben Erinnerungen?), klopfte immer schneller und schneller, so wie es seit langer Zeit nicht geklopft hatte... Er war nahe daran, vor Sinaida niederzuknien, und weinte beinah, als sie zu singen aufhörte.

»O, ma charmante enfant!« rief er, indem er ihre Fingerspitzen küßte, »vous me ravissez! Ich komme jetzt erst wieder zu mir, jetzt erst... Aber... aber... o, ma charmante enfant...«

Der Fürst war nicht imstande zu Ende zu sprechen.

Marja Alexandrowna fühlte, daß für sie der Augenblick zum Handeln gekommen war.

»Warum richten Sie sich selbst zugrunde, Fürst?« rief sie pathetisch. »Soviel Gefühl, soviel Lebenskraft, soviel seelischer Reichtum, und dabei sich für das ganze Leben in der Einsamkeit zu vergraben! Von den Menschen, von den Freunden zu fliehen! Das ist doch unverzeihlich! Kommen Sie zur Besinnung, Fürst! Schauen Sie das Leben mit hellem Blicke an! Rufen Sie in Ihrem Herzen die Erinnerungen an die Vergangenheit wach, die Erinnerungen an Ihre goldene Jugend, an Ihre goldenen, sorglosen Tage; rufen Sie sie wach, rufen Sie sie wach! Beginnen Sie wieder in der Gesellschaft, unter den Menschen zu leben! Fahren Sie ins Ausland, nach Italien, nach Spanien – nach Spanien, Fürst...! Brauchen Sie einen Führer, ein Herz, das Sie liebt, Sie verehrt, mit Ihnen fühlt? Aber Sie haben doch Freunde! Rufen Sie sie, rufen Sie sie, und sie werden in Scharen herbeikommen! Ich werde die erste sein, die alles verläßt und sich auf Ihren Ruf einstellt. Ich erinnere mich an unsere Freundschaft, Fürst; ich werde meinen Mann verlassen und mit Ihnen mitgehen... und wenn ich noch jung wäre, wenn ich so gut und schön wäre wie meine Tochter, so würde ich Ihre Gefährtin, Ihre Genossin, Ihr Weib werden, wenn Sie es wollten!«

»Und ich bin davon überzeugt, daß Sie seinerzeit une charmante personne waren«, sagte der Fürst und schneuzte sich in sein Taschentuch. Seine Augen waren feucht von Tränen.

»Wir leben in unseren Kindern fort, Fürst«, erwiderte Marja Alexandrowna mit tiefer Empfindung. »Auch ich habe meinen Schutzengel! Und das ist sie, meine Tochter, die Genossin meiner Gedanken, die Freundin meines Herzens, Fürst! Sie hat schon sieben Heiratsanträge abgelehnt, weil sie sich nicht von mir trennen wollte.«

»Dann wird sie also wohl mit Ihnen mitkommen, wenn Sie mich ins Ausland be-glei-ten? Wenn es so ist, dann werde ich unbedingt ins Ausland reisen«, rief der Fürst begeistert. »Un-be-dingt werde ich hinreisen! Und wenn ich mir mit der Hoffnung schmeicheln könnte... Aber sie ist ein entzükkendes, ein ent-zücken-des Kind! O, ma charmante enfant!...« Und der Fürst begann von neuem, ihr die Hände zu küssen. Der arme Mensch, er wollte sogar vor ihr niederknien.

»Aber... aber, Fürst, Sie sagen: ob Sie sich mit der Hoffnung schmeicheln können?« ergriff Marja Alexandrowna wieder das Wort; sie fühlte, daß ihr neue, schöne Redewendungen zuströmten. »Aber Sie sind sonderbar, Fürst! Glauben Sie denn wirklich, daß Sie der Beachtung von seiten der Frauen bereits unwert seien? Nicht Jugend ist es, was die Schönheit ausmacht. Denken Sie daran, daß Sie ein Mitglied der höchsten Aristokratie sind! Sie sind ein Repräsentant der feinsten, ritterlichsten Gefühle und... Manieren! Hat sich etwa Marija nicht in den alten Mazeppa verliebt? Ich erinnere mich gelesen zu haben, daß Lauzun, dieser bezaubernde Marquis am Hofe Ludwigs... ich habe vergessen des wievielten..., noch in vorgerückten Jahren, noch als Greis das Herz einer der ersten Schönheiten des Hofes gewann...! Und wer hat Ihnen gesagt, daß Sie ein alter Mann seien? Wer hat Ihnen das in den Kopf gesetzt? Werden denn Männer wie Sie überhaupt jemals alt? Sie mit einem solchen Reichtum an Gefühlen, an Gedanken, an Heiterkeit, an Witz, an Lebenskraft, an glänzenden Manieren! Aber zeigen Sie sich jetzt einmal irgendwo im Auslande in einem Badeorte mit einer jungen Frau, mit einer solchen Schönheit, wie es zum Beispiel meine Sinaida ist (ich rede nicht von ihr, ich ziehe sie nur zum Vergleiche heran), und Sie werden se-

hen, welchen kolossalen Eindruck Sie beide machen, Sie, ein Mitglied der höchsten Aristokratie, und sie, eine auserlesene Schönheit! Sie führen sie feierlich am Arme; sie singt in der glänzendsten Gesellschaft, Sie Ihrerseits werfen mit geistreichen Bemerkungen um sich – alle Kurgäste werden zusammenlaufen, um Sie beide anzusehen! Ganz Europa wird einen Ruf der Bewunderung ausstoßen; denn alle Zeitungen, alle Feuilletons in den Badeorten werden nur eine Stimme darüber sein… Fürst, Fürst! Und da fragen Sie, ob Sie sich mit der Hoffnung schmeicheln können?«
»Die Feuilletons… nun ja, nun ja!… Das ist in den Zeitungen…« murmelte der Fürst, der Marja Alexandrownas Geschwätz nur zur Hälfte verstanden hatte und immer mehr unterlag. »Aber… mein Kind, wenn Sie nicht er-mü-det sind, so singen Sie mir doch, bitte, das Lied, das Sie soeben gesungen haben, noch einmal!«
»Ach, Fürst! Aber sie singt ja auch noch andere Lieder, noch schönere… Erinnern Sie sich noch an L'hirondelle, Fürst? Sie haben das Lied früher gewiß schon gehört?«
»Ja, ich erinnere mich… oder, richtiger gesagt, ich habe es ver-ges-sen. Nein, nein, das vorige Lied, dasselbe, das sie soeben ge-sun-gen hat! L'hirondelle will ich nicht! Ich will dieses Lied…« bat der Fürst bettelnd, wie ein kleines Kind.
Sinaida sang das Lied noch einmal. Der Fürst konnte sich nicht mehr beherrschen und ließ sich vor ihr auf die Knie nieder. Er weinte.
»O, ma belle châtelaine!« rief er mit seiner vor Alter und Aufregung zitternden Stimme. »O, ma charmante châtelaine! O, mein liebes Kind! Sie haben so viele Erinnerungen in mir wach-ge-ru-fen… an Dinge, die längst vergangen sind Ich dachte damals, alles würde besser werden, als es nachher geworden ist. Ich sang damals Duette… mit einer Vikomtesse… dieses selbe Lied… aber jetzt… Ich weiß nicht, was jetzt!…«
Während dieser ganzen Rede ging dem Fürsten mehrmals der Atem aus, und er verschluckte sich zu wiederholten Malen. Es war zu merken, daß ihm die Zunge steif wurde. Einige Worte waren fast gar nicht zu verstehen. Man sah nur,

daß er im höchsten Grade gerührt war. Marja Alexandrowna goß unverzüglich Öl ins Feuer.
»Fürst! Aber Sie verlieben sich am Ende gar noch in meine Sinaida!« rief sie, da sie fühlte, daß der kritische feierliche Augenblick gekommen war.
Die Antwort des Fürsten übertraf ihre höchsten Erwartungen.
»Ich bin bis zum Wahnsinn in sie verliebt!« rief der alte Mann, der plötzlich ganz lebendig wurde; er lag noch immer auf den Knien und zitterte vor Aufregung am ganzen Leibe. »Ich möchte mein Leben für sie hingeben! Und wenn ich nur hoffen könnte... Aber heben Sie mich auf; ich bin ein wenig matt ge-wor-den... Ich... wenn ich nur hoffen könnte, daß ich ihr mein Herz anbieten darf, so... ich... sie würde mir alle Tage Lieder vor-sin-gen, und ich würde sie immerzu ansehen... sie immerzu ansehen... Ach, mein Gott!«
»Fürst, Fürst! Sie machen ihr ja einen Heiratsantrag! Sie wollen sie mir wegnehmen, meine Sinaida, mein treues Kind, meinen Engel, meine Sinaida! Aber ich lasse dich nicht von mir, Sinaida! Nur mit Gewalt soll man sie aus meinen Armen, aus meinen Mutterarmen reißen!« Marja Alexandrowna stürzte zu ihrer Tochter hin und umschlang sie fest mit den Armen, obgleich sie fühlte, daß sie recht stark zurückgestoßen wurde. Die Mama trug ein bißchen zu stark auf. Sinaida empfand das mit ganzer Seele und blickte mit unbeschreiblichem Ekel auf diese ganze Komödie. Indessen, sie schwieg; und das war alles, was Marja Alexandrowna brauchte.
»Sie hat neun Anträge abgewiesen, nur um sich nicht von ihrer Mutter trennen zu müssen!« rief sie. »Aber jetzt ahnt mein Herz, daß die Trennung bevorsteht! Schon vorhin habe ich bemerkt, daß sie Sie so eigentümlich ansah... Sie haben ihr durch ihr aristokratisches, feines Wesen imponiert, Fürst!... Oh, Sie werden uns voneinander trennen; das ahne ich!...«
»Ich ver-göt-tere sie!« murmelte der Fürst, der immer noch wie ein Espenblatt zitterte.

»Also du wirst deine Mutter verlassen!« rief Marja Alexandrowna und warf sich noch einmal ihrer Tochter um den Hals.
Sinaida beeilte sich, der peinlichen Szene ein Ende zu machen. Sie streckte dem Fürsten schweigend ihre schöne Hand hin und zwang sich sogar zu einem Lächeln. Der Fürst ergriff diese Hand ehrfurchtsvoll und bedeckte sie mit Küssen.
»Ich be-gin-ne erst jetzt zu leben«, murmelte er; er konnte vor Entzücken kaum reden.
»Sinaida!« sagte Marja Alexandrowna feierlich, »siehe diesen Mann an! Das ist der ehrenhafteste, edelste Mensch, den ich kenne! Das ist ein Ritter des Mittelalters! Aber sie weiß das, Fürst; sie weiß es, zum Schmerze meines Herzens... Oh! warum sind Sie hergekommen! Ich übergebe Ihnen mein Kleinod, meinen Engel! Behüten Sie ihn, Fürst! Eine Mutter fleht Sie darum an, und welche Mutter wird mich wegen meines Schmerzes tadeln?«
»Mama, lassen Sie es genug sein!« flüsterte Sinaida.
»Sie werden sie gegen jede Kränkung verteidigen, Fürst? Ihr Degen wird dem Verleumder oder dem Frechling entgegenblitzen, der sich erdreisten sollte, meine Sinaida zu beleidigen?«
»Hören Sie auf, Mama, oder ich...«
»Nun ja, entgegenblitzen...« murmelte der Fürst. »Ich beginne erst jetzt zu leben... Ich will, daß die Hochzeit jetzt gleich stattfindet, augenblicklich... ich... Ich will sofort nach Du-cha-no-wo schicken. Da habe ich Bril-lan-ten. Die will ich ihr zu Füßen legen...«
»Welch eine Glut! Welch eine Begeisterung! Welch ein Adel der Gesinnung!« rief Marja Alexandrowna. »Und Sie haben es fertiggebracht, Fürst, Sie haben es fertiggebracht, sich von der Welt zurückzuziehen? Das werde ich Ihnen tausendmal vorhalten! Ich bin außer mir, wenn ich an dieses teuflische Weib denke...«
»Was sollte ich denn tun? Ich hatte solche Furcht«, murmelte der Fürst, vor Aufregung schluchzend. »Sie wollten mich ins Ir-ren-haus bringen... Da bekam ich solche Angst!«

»Ins Irrenhaus! O diese Ungeheuer! O diese erbarmungslosen Menschen! O diese gemeine Tücke! Fürst, ich habe davon gehört! Aber das ist ja Wahnsinn von seiten dieser Menschen! Aber weshalb wollten sie denn das tun, weshalb?«

»Ich weiß selbst nicht weshalb!« antwortete der alte Mann und ließ sich vor Schwäche in einen Lehnstuhl sinken. »Wissen Sie, ich war auf einem Bal-le und erzählte da eine An-ek-dote, und die hat ihnen nicht ge-fal-len. Nun, und daraus entstand ein großer Skandal!«

»Wirklich nur deshalb, Fürst?«

»Nein. Ich spielte nach-her noch Karten, mit dem Fürsten Pjotr De-ment-jitsch, und blieb ohne sechs. Ich hatte zwei Kö-ni-ge und drei Damen... oder, richtiger gesagt, drei Damen und zwei Könige... Nein! einen Kö-nig! Und dann waren da auch noch Damen...«

«Und deshalb? Deshalb! O diese teuflische Unmenschlichkeit! Sie weinen, Fürst! Aber jetzt wird sich so etwas nicht wiederholen! Jetzt werde ich um Sie sein, mein Fürst; ich werde mich nicht von Sinaida trennen, und dann wollen wir einmal sehen, ob diese Menschen noch wagen werden, auch nur ein Wort zu sagen!... Und wissen Sie, Fürst, Ihre Heirat wird ihnen geradezu imponieren. Sie wird sie beschämen! Denn sie werden sehen, daß Sie noch fähig sind... das heißt, sie werden begreifen, daß eine solche Schönheit nicht einen Irrsinnigen geheiratet haben würde! Jetzt können Sie stolz das Haupt erheben. Sie werden allen gerade ins Gesicht sehen...«

»Nun ja, ich werde ihnen ge-ra-de ins Gesicht sehen«, murmelte der Fürst und schloß die Augen.

»Aber er ist ja ganz benommen«, dachte Marja Alexandrowna. »Ich verschwende unnütz meine Worte!«

»Sie sind aufgeregt, Fürst, ich sehe das; Sie müssen sich unbedingt beruhigen, sich von Ihrer Aufregung erholen«, sagte sie und beugte sich mütterlich zu ihm herab.

»Nun ja, ich möchte mich gern ein wenig hin-le-gen«, sagte er.

»Ja, ja! Beruhigen Sie sich, Fürst! Diese Aufregungen... Warten Sie, ich werde Sie selbst begleiten... Ich werde Sie selbst zu Bett bringen, wenn es nötig ist. – Warum sehen Sie dieses Porträt so an, Fürst? Es ist das Porträt meiner Mutter; sie war ein Engel von Frau! Oh, warum ist sie jetzt nicht unter uns! Sie war eine Heilige, Fürst, eine Heilige! Anders kann ich sie nicht nennen!«

»Eine Hei-li-ge? C'est joli... Ich habe auch eine Mutter gehabt... eine princesse... und denken Sie sich: sie war eine außerordentlich kor-pu-lente Frau... Aber ich wollte etwas anderes sagen... Ich bin ein wenig müde geworden. Adieu, ma charmante enfant!... Ich werde mit Wonne... ich werde heute... oder morgen... Nun, ganz gleich! Au revoir, au revoir!« Hier wollte er Sinaida eine Kußhand zuwerfen; aber er strauchelte und wäre beinahe an der Schwelle gefallen.

»Seien Sie vorsichtiger, Fürst! Stützen Sie sich auf meinen Arm!« rief Marja Alexandrowna.

»Charmant, charmant!« murmelte er beim Hinausgehen. »Jetzt beginne ich erst zu leben...«

Sinaida blieb allein im Zimmer zurück. Ein unbeschreiblicher Druck lastete auf ihrer Seele. Sie fühlte sich so angeekelt, daß ihr ordentlich übel wurde. Sie war nahe daran, sich selbst zu verachten. Ihre Wangen brannten. Die Hände zusammenpressend, die Zähne aufeinanderdrückend, den Kopf herabhängen lassend, so stand sie da, ohne sich vom Fleck zu rühren. Tränen der Scham rollten aus ihren Augen... In diesem Augenblicke öffnete sich die Tür, und Mosgljakow stürzte ins Zimmer herein.

NEUNTES KAPITEL

Er hatte alles gehört, alles!

Er trat tatsächlich nicht ins Zimmer, sondern stürzte herein, blaß vor Aufregung und vor Wut. Sinaida sah ihn erstaunt an.

»Also so sind Sie!« rief er keuchend. »Endlich habe ich erfahren, was Sie für eine sind!«

»Was ich für eine bin?« wiederholte Sinaida, ihn wie einen

Irrsinnigen anblickend, und ihre Augen begannen vor Zorn zu funkeln.
»Wie können Sie es wagen, in dieser Weise mit mir zu reden!« rief sie und trat auf ihn zu.
»Ich habe alles gehört!« rief Mosgljakow noch einmal triumphierend, wich aber unwillkürlich einen Schritt zurück.
»Sie haben es gehört? Sie haben an der Tür gehorcht?« fragte Sinaida, ihn verächtlich anblickend.
»Ja, das habe ich getan! Ja, ich habe mich zu einer so unwürdigen Handlungsweise entschlossen; aber dafür habe ich erfahren, daß Sie selbst eine höchst... Ich weiß nicht einmal, wie ich mich ausdrücken soll, um Ihnen zu sagen... als was für eine Sie sich jetzt herausgestellt haben!« antwortete er; aber er wurde unter Sinaidas Blicken immer zaghafter.
»Aber selbst wenn Sie alles gehört haben, in welcher Hinsicht können Sie mir einen Vorwurf machen? Welches Recht haben Sie, mir Vorwürfe zu machen? Welches Recht haben Sie, in dieser dreisten Art mit mir zu reden?«
»Ich? Welches Recht ich habe? Das fragen Sie noch? Sie wollen den Fürsten heiraten, und ich soll kein Recht haben, so zu fragen! Und Sie haben mir doch Ihr Wort gegeben; das ist die Sache!«
»Wann hätte ich das getan?«
»Welche Frage!«
»Ich habe Ihnen doch noch heute morgen, als Sie in mich drangen, mit aller Entschiedenheit geantwortet, daß ich Ihnen nichts Bestimmtes sagen könne.«
»Aber Sie haben mich nicht fortgewiesen, meinen Antrag nicht endgültig abgelehnt; also haben Sie mich als Reserve zurückbehalten! Also haben Sie mich angelockt.«
Auf dem Gesichte der erzürnten Sinaida wurde eine schmerzliche Empfindung sichtbar, wie von einem scharfen, durchdringenden inneren Schmerze; aber sie überwand dieses Gefühl.
»Wenn ich Sie nicht fortgewiesen haben«, antwortete sie klar und langsam, obgleich ihrer Stimme ein fast unmerkliches Zittern anzuhören war, »so habe ich das nur aus Mitleid unterlassen. Sie haben mich selbst darum gebeten, die

Entscheidung noch aufzuschieben, Ihnen nicht jetzt gleich nein zu sagen, sondern Sie erst näher kennenzulernen; Sie sagten: ›Dann, dann, wenn Sie sich davon überzeugt haben werden, daß ich ein achtenswerter Mensch bin, dann werden Sie mich vielleicht nicht zurückweisen.‹ Das waren Ihre eigenen Worte gleich beim Beginn Ihrer Bewerbung. Sie können diese Ihre Worte nicht ableugnen! Sie haben gewagt, mir jetzt zu sagen, ich hätte Sie angelockt. Aber Sie haben selbst meinen Widerwillen gesehen, als ich Sie heute wiedersah, zwei Wochen vor dem Termine, bis zu dem Sie fortzubleiben versprochen hatten, und diesen Widerwillen habe ich Ihnen nicht verheimlicht, sondern offen an den Tag gelegt. Sie haben das selbst bemerkt; denn Sie haben mich selbst gefragt, ob ich auch nicht böse darüber sei, daß Sie schon früher wiedergekommen wären. Sie werden wissen, daß man den nicht anlockt, dem man seinen Widerwillen gegen ihn nicht verheimlichen kann und vor allen Dingen nicht verheimlichen will. Sie haben zu sagen gewagt, ich hätte Sie als Reserve zurückbehalten. Darauf antworte ich Ihnen, daß ich mir über Sie diesen Gedanken zurechtgelegt hatte: ›Wenn er auch nicht mit sehr großem Verstande begabt ist, so ist er doch vielleicht ein guter Mensch, und man kann ihn darum heiraten.‹ Aber jetzt habe ich mich zu meinen Glücke davon überzeugt, daß Sie ein Dummkopf und obendrein ein Dummkopf mit einem schlechten Charakter sind, und daher bleibt mir nicht anderes übrig, als Ihnen Glück auf den Lebensweg und Glück auf die Reise zu wünschen. Leben Sie wohl!«

Nach diesen Worten wandte sich Sinaida von ihm ab und ging langsam zur Tür.

Mosgljakow, welcher merkte, daß für ihn alles verloren war, schäumte vor Wut.

»Ah, also bin ich ein Dummkopf!« schrie er, »also bin ich jetzt schon ein Dummkopf! Nun gut! Leben Sie wohl! Aber ehe ich abreise, werde ich es der ganzen Stadt erzählen, wie Sie und Ihre Mama den Fürsten betrunken gemacht und übertölpelt haben! Allen Leuten werde ich es erzählen! Sie sollen Mosgljakow kennenlernen!«

Sinaida zuckte zusammen und wollte schon stehenbleiben, um ihm zu antworten; aber nachdem sie einen Augenblick lang überlegt hatte, zuckte Sie nur verächtlich mit den Achseln und schlug die Tür hinter sich zu.
In diesem Augenblicke erschien Marja Alexandrowna auf der Schwelle. Sie hatte Mosgljakow letzte Worte gehört, erriet in einem Moment, wie die Sache lag, und bekam einen argen Schreck. Mosgljakow war noch nicht weggefahren; Mosgljakow befand sich noch in der Umgebung des Fürsten; Mosgljakow wollte in der Stadt Lärm schlagen, und doch war die Geheimhaltung der Sache, wenn auch nur für ganz kurze Zeit, dringend notwendig! Marja Alexandrowna stellte ihre Berechnungen an: in einem einzigen Augenblicke erwog sie alle Umstände, und schon war auch der Plan zur Besänftigung Mosgljakow entworfen.
»Was ist Ihnen, mon ami?« sagte sie, indem sie zu ihm herantrat und ihm freundschaftlich die Hand entgegenstreckte.
»Sie sagen: ›mon ami‹!« schrie er wütend. »Nach allem, was Sie machiniert haben, sagen Sie noch: ›mon ami‹! Darauf falle ich nicht herein, gnädige Frau! Glauben Sie wirklich, daß ich mich noch einmal von Ihnen werde täuschen lassen?«
»Es tut mir leid, sehr leid, daß ich Sie in einer so seltsamen Stimmung sehe, Pawel Alexandrowitsch. Was sind das für Ausdrücke! Sie vermögen sich nicht einmal einer Dame gegenüber zu beherrschen.«
»Einer Dame gegenüber! Sie... Sie sind alles, was Sie wollen, aber keine Dame!« schrie Mosgljakow. Ich weiß nicht, was er eigentlich mit diesem Ausrufe sagen wollte, aber wahrscheinlich etwas sehr Grobes.
Marja Alexandrowna sah ihm mit sanftem Blicke ins Gesicht. »Setzen Sie sich!« sagte sie traurig und wies ihm denselben Lehnsessel an, auf dem eine Viertelstunde vorher der Fürst sich ausgeruht hatte.
»Aber hören Sie mal, Marja Alexandrowna!« rief Mosgljakow verblüfft. »Sie sehen mich so an, als ob nicht Sie sich gegen mich vergangen hätten, sondern ich mich gegen Sie! Das

ist ja doch unerhört...! Ein solcher Ton!... Das übersteigt doch schließlich das Maß der menschlichen Geduld... Wissen Sie das wohl?«

»Mein Freund!« antwortete Marja Alexandrowna, »erlauben Sie mir, Sie immer noch so zu nennen; denn Sie haben keinen besseren Freund als mich, mein Freund! Sie leiden, Sie zermartern sich, Sie sind im tiefsten Herzen verwundet – und daher ist es nicht erstaunlich, daß Sie zu mir in diesem Tone reden. Aber ich bin entschlossen, Ihnen alles zu entdecken, Ihnen mein ganzes Herz offenzulegen, um so mehr, da ich mich Ihnen gegenüber selbst ein bißchen schuldig fühle. Setzen Sie sich hin, und lassen Sie uns miteinander reden!«

Marja Alexandrownas Stimme klang weich und schmerzlich. In ihrem Gesichte prägte sich ein inneres Leid aus. Erstaunt setzte sich Mosgljakow neben sie auf einen Lehnsessel.

»Sie haben an der Tür gehorcht?« fuhr sie fort, ihm vorwurfsvoll ins Gesicht blickend.

»Ja, das habe ich getan! Und gut, daß ich es getan habe; sonst wäre ich jetzt ein betrogener Tölpel! Wenigstens habe ich alle Ihre gegen mich gerichteten Intrigen erfahren«, antwortete Mosgljakow grob; durch seinen eigenen Zorn machte er sich Mut und reizte sich auf.

»Und Sie, Sie, ein so wohlerzogener Mann mit so vortrefflichen Grundsätzen, konnten sich zu einer solchen Handlungsweise entschließen? O mein Gott;«

Mosgljakow war so empört, daß er sogar vom Stuhle aufsprang.

»Aber, Marja Alexandrowna«, rief er, »so etwas anzuhören, das ist doch geradezu unerträglich! Denken Sie doch daran, wozu Sie selbst sich mit Ihren vortrefflichen Grundsätzen entschlossen haben, und dann verurteilen Sie andere Leute!«

»Noch eine Frage«, sagte sie, ohne auf seinen Vorwurf zu antworten; »wer hat Sie denn auf den Gedanken zu horchen gebracht, wer hat Ihnen etwas erzählt, wer hat hier spioniert? Das möchte ich gern wissen.«

»Sie müssen schon entschuldigen – das werde ich nicht sagen.«

»Gut. Ich kann es auch selbst in Erfahrung bringen. Ich habe gesagt, Pawel Alexandrowitsch, daß ich mich Ihnen gegenüber schuldig fühle. Aber wenn Sie alles, alle Umstände sorgsam prüfen, so werden Sie einsehen, daß, wenn ich mich auch schuldig gemacht habe, dies einzig und allein deswegen geschehen ist, weil ich *Ihnen* möglichst viel Gutes wünschte.«

»Mir? Gutes? Das geht denn doch über allen Spaß! Ich kann Ihnen versichern, daß Sie mich nicht noch einmal hinters Licht führen werden! Ein so dummer Junge bin ich nicht!« Er warf sich auf seinem Lehnstuhl so heftig herum, daß dieser knackte.

»Ich bitte Sie, mein Freund, seien Sie kaltblütiger, wenn es Ihnen möglich ist! Hören Sie mich aufmerksam an, und Sie werden mir selbst in allen Stücken beistimmen. Erstens: ich wollte Ihnen unverzüglich alles auseinandersetzen, alles, und Sie hätten die ganze Sache mit den geringsten Einzelheiten aus meinem Munde erfahren, ohne daß Sie sich zum Horchen hätten zu erniedriegen brauchen. Und wenn ich es Ihnen nicht schon früher, schon vorhin auseinandergelegt habe, so habe ich das nur deswegen unterlassen, weil sich die ganze Sache noch im Stadium des bloßen Projektes befand. Es war sehr möglich, daß überhaupt nichts zustande kam. Sie sehen: ich bin gegen Sie vollständig offenherzig. Zweitens: messen Sie meiner Tochter keine Schuld bei! Sie liebt Sie wahnsinnig, und es hat mir unglaubliche Anstrengungen gekostet, sie Ihnen abwendig zu machen und sie dahin zu bringen, daß sie einwilligte, den Antrag des Fürsten anzunehmen.«

»Ich hatte soeben das Vergnügen, den vollsten Beweis dieser wahnsinnigen Liebe zu hören«, bemerkte Mosgljakow ironisch.

»Gut. Aber wie haben Sie zu ihr gesprochen? Darf ein Verliebter in diesem Tone sprechen? Spricht denn ein Mann von Lebensart überhaupt in dieser Weise? Sie haben sie beleidigt und gereizt!«

»Na, um den Ton handelt es sich jetzt nicht, Marja Alexandrowna! Aber heute vormittag, nachdem Sie beide mir so freundliche Gesichter gemacht hatten, da haben Sie, als ich mit dem Fürsten weggefahren war, in netten Ausdrücken von mir geredet! Sie haben mich schlecht gemacht, das will ich Ihnen nur sagen. Ich weiß alles, alles!«

»Und gewiß aus ebenderselben schmutzigen Quelle?« bemerkte Marja Alexandrowna mit einem verächtlichen Lächeln. »Ja, Pawel Alexandrowitsch, ich habe schlecht von Ihnen gesprochen, Übles von Ihnen geredet und, wie ich gestehen muß, mir damit nicht wenig Mühe gegeben. Aber schon allein der Umstand, daß ich mich genötigt sah, ihr erst Schlechtes über Sie zu sagen, Sie vielleicht sogar zu verleumden, schon allein dieser Umstand beweist, wie schwer es für mich war, ihr die Einwilligung zur Lossage von Ihnen abzuringen! O Sie kurzsichtiger Mensch! Wenn sie Sie nicht liebte, hätte ich dann erst nötig gehabt, Schlechtes von Ihnen zu reden, Sie in einem lächerlichen, unwürdigen Lichte darzustellen, zu solchen extremen Mitteln meine Zuflucht zu nehmen? Und Sie wissen noch nicht alles! Ich mußte erst von meiner mütterlichen Autorität Gebrauch machen, um Sie ihr aus dem Herzen zu reißen, und erreichte erst nach unglaublichen Anstrengungen ihr nur äußerliche Einwilligung. Wenn Sie uns jetzt behorcht haben, so müssen Sie doch bemerkt haben, daß sie mit keinem Worte, mit keiner Gebärde mich dem Fürsten gegenüber unterstützt hat. Während dieser ganzen Szene hat sie kaum ein Wort gesprochen, und gesungen hat sie wie ein Automat. Ihre ganze Seele war voll Gram und Leid, und aus Mitleid mit ihr führte ich endlich den Fürsten von hier fort. Ich bin überzeugt, daß sie geweint hat, sobald sie allein geblieben war. Als Sie hier hereinkamen, müssen Sie ihre Tränen bemerkt haben...«

Mosgljakow erinnerte sich tatsächlich, daß er beim Hereinstürzen in das Zimmer Sinaida in Tränen gefunden hatte.

»Aber Sie, Sie, warum sind Sie so gegen mich gewesen, Marja Alexandrowna?« rief er. »Warum haben Sie Schlechtes von mir geredet und mich verleumdet, wie Sie das jetzt selbst zugeben?«

»Ah, das ist eine andere Sache! Sehen Sie, wenn Sie diese vernünftige Frage gleich zu Anfang gestellt hätten, so würden Sie schon längst eine Antwort darauf erhalten haben. Ja, Sie haben recht! Das alles habe ich getan, ich allein. Mischen sie Sinaida da nicht mit hinein! Und warum ich es getan habe? Darauf antworte ich: erstens um Sinaidas willen. Der Fürst ist reich, steht in hohem Ansehen und besitzt bedeutende Verbindungen; wenn Sinaida ihn heiratet, macht sie also eine glänzende Partie. Und wenn er sterben sollte (was sich vielleicht bald ereignet, denn wir müssen alle früher oder später sterben), dann ist Sinaida eine junge Witwe, eine Fürstin, ein Mitglied der höchsten Gesellschaft und vielleicht sehr reich. Dann kann sie heiraten, wen sie will, und vielleicht eine sehr reiche Partie machen. Aber selbstverständlich wird sie denjenigen heiraten, den sie liebt, denjenigen, den sie früher geliebt hat, dem sie durch ihre Heirat mit dem Fürsten das Herz zerrissen hat. Schon allein die Reue würde sie dahin bringen, ihr Verschulden dem früheren Geliebten gegenüber wieder gutzumachen.«

»Hm!« brummte Mosgljakow, der nachdenklich seine Stiefel betrachtete.

»Zweitens, und das will ich nur in aller Kürze erwähnen«, fuhr Marja Alexandrowna fort; »denn Sie werden dafür vielleicht überhaupt kein Verständnis haben. Sie lesen Ihren Shakespeare und schöpfen aus ihm alle Ihre edlen Empfindungen; aber im praktischen Leben sind Sie, wenn auch ein herzensguter Mensch, so doch noch sehr jung; ich aber bin eine Mutter, Pawel Alexandrowitsch! So hören Sie denn: ich gebe Sinaida dem Fürsten teilweise auch um seiner selbst willen zur Frau; denn ich will ihn durch diese Ehe retten. Ich habe diesen edlen, seelenguten, ritterlich-ehrenhaften Mann auch früher schon geliebt. wir waren Freunde. Er ist unglücklich in den Krallen dieses teuflichen Weibes. Sie wird ihn noch ins Grab bringen. Gott weiß es, daß ich Sinaida nur dadurch zur Einwilligung in eine Heirat mit ihm gebracht habe, daß ich ihr die ganze Heiligkeit einer solchen Tat der Selbstverleugnung vor Augen gestellt habe. Ihr edles Empfinden, der Zauber, den die Großtat ausübte, das war's, wovon sie sich hinreißen ließ. Es steckt in ihr selbst so etwas Ritterliches. Ich habe ihr vorgestellt, daß es ein im höchsten Sinne christliches Werk ist, die Stütze, der Trost, die Freundin, das Kind, das Schönheitsideal, der Abgott eines Mannes zu sein, der vielleicht nur noch ein Jahr zu leben hat. Nicht jenes gräßliche Weib, nicht Angst und Mutlosigkeit, sondern Licht, Freundschaft, Liebe würden ihn in den letzten Tagen seines Lebens umgeben. Er würde an seinem Lebensabende die Empfindung haben, daß er im Paradies sei! Wo steckt da Egoismus, sagen Sie, bitte selbst! Das ist eher das edle Werk einer Barmherzigen Schwester, aber kein Egoismus!«

»Also haben Sie es nur um des Fürsten willen getan, nur als das edle Werk einer Barmherzigen Schwester?« brummte Mosgljakow spöttisch.

»Auch diese Frage verstehe ich, Pawel Alexandrowitsch; sie ist deutlich genug. Sie glauben vielleicht, daß ich hier den Vorteil des Fürsten in jesuitischer Weise mit meinem eigenen Vorteile verquickt habe? Nun, vielleicht hat in meinem Kopfe auch diese Berechnung stattgefunden; nur ist sie dann eben keine jesuitische, sondern eine unwillkürliche gewesen. Ich weiß, daß Sie über ein so offenherziges Bekenntnis erstaunt sind; aber um eines bitte ich Sie, Pawel Alexandrowitsch: mischen Sie Sinaida in diese Sache nicht mit hinein! Sie ist rein wie eine Taube; alle Berechnungen sind ihr fremd; sie versteht nur zu lieben – das liebe, liebe Kind! Wenn wirklich jemand Berechnungen angestellt hat, so bin ich es gewesen, ich allein! Aber erstens, fragen Sie einmal streng Ihr Gewissen, und sagen Sie: wer hätte an meiner Stelle in einem ähnlichen Falle keine Berechnungen angestellt? Wir berechnen unsern Vorteil sogar bei unsern hochherzigsten, uneigennützigsten Handlungen; wir tun das, ohne uns dessen selbst bewußt zu werden, ganz unwillkürlich! Allerdings betrügen dabei fast alle Menschen sich selbst, indem sie sich einreden, daß sie nur aus Edelmut handeln. Ich aber will mich nicht betrügen: ich bin mir bewußt, daß ich, wie edel auch meine Ziele sind, doch auch rechne. Aber überlegen Sie einmal, ob ich wohl in meinem eigenen Interesse rechne! Ich brauche nichts mehr, Pawel Alexandrowitsch! Ich habe mein Leben hinter mir. Ich habe für sie gerechnet, für meinen Engel, für mein Kind, und – welche Mutter kann mir in diesem Falle einen Vorwurf machen?«

In Marja Alexandrownas Augen blitzten Tränen. Pawel Alexandrowitsch hörte diese offenherzige Beichte voller Erstaunen und blinzelte verständnislos mit den Augen.

»Nun ja, welche Mutter...« sagte er schließlich. »Was Sie da sagen, klingt alles sehr schön, Marja Alexandrowna; aber... aber Sie hatten mir doch Ihr Wort gegeben! Sie hatten mir Hoffnung gemacht... Überlegen Sie nur, wie mir jetzt zumute sein muß! Sehen Sie, ich kann ja jetzt mit langer Nase abziehen!«

»Aber glauben Sie denn, daß ich nicht auch an Sie gedacht habe, mon cher Paul? Vielmehr handelte es sich bei all diesen Berechnungen um einen so gewaltigen Vorteil für Sie, daß gerade der mich hauptsächlich dazu veranlaßt hat, mich auf dieses ganze Unternehmen einzulassen.«

»Mein Vorteil!« rief Mosgljakow, der diesmal wie vor den Kopf geschlagen war. »Wieso?«

»Mein Gott, kann jemand wirklich so schwer von Begriffen und so kurzsichtig sein?« rief Marja Alexandrowna, gen Himmel blickend. »Ja, die heutige Jugend! Da sieht man, was dabei herauskommt, wenn man sich in diesen Shakespeare vertieft und sich Träumereien überläßt und sich einbildet, ein eigenes Leben zu führen, während man doch nur einem fremden Verstande folgt und fremde Gedanken wiederholt! Sie fragen, mein guter, lieber Pawel Alexandrowitsch, wo da Ihr Vorteil steckt? Erlauben Sie mir der Deutlichkeit halber eine kleine Abschweifung: Sinaida liebt Sie – das ist zweifellos! Aber ich habe bemerkt, daß trotz ihrer offenbaren Liebe sich in ihrer Seele ein gewisses Mißtrauen gegen Sie, gegen die Beständigkeit Ihrer Gefühle und Ihrer Zuneigung verbirgt. Ich habe bemerkt, daß sie mitunter wie absichtlich sich Zwang auferlegt und sich gegen Sie kühl benimmt, eine Folge ihres Zweifels und Mißtrauens. Haben Sie das nicht selbst bemerkt, Pawel Alexandrowitsch?«

»Be-merkt ha-be ich es; sogar heute noch... Aber was wollen Sie damit sagen, Marja Alexandrowna?«

»Nun sehen Sie, also Sie haben es selbst bemerkt. Mithin habe ich mich nicht getäuscht. Es steckt in ihr ein seltsames Mißtrauen gegen die Beständigkeit Ihrer Zuneigung. Ich bin die Mutter und sollte das Herz meines Kindes nicht verstehen? Stellen Sie sich nun vor, daß Sie, statt mit Vorwürfen, ja mit Schimpfworten ins Zimmer zu stürzen und sie, die Reine, Schöne, Stolze, zu reizen, zu kränken, zu beleidigen und sie dadurch unwillkürlich in ihrem Mißtrauen betreffs Ihrer üblen Eigenschaften zu bestärken – stellen Sie sich vor, daß Sie diese Nachricht mit Sanftmut, mit Tränen des Bedauerns oder vielleicht auch der Verzweiflung, aber mit hohem Edelmute des Herzens aufgenommen hätten...«

»Hm!...«

»Nein, unterbrechen Sie mich nicht, Pawel Alexandrowitsch! Ich will Ihnen dieses ganze Bild vor Augen stellen, das für Ihre Einbildungskraft etwas Imponierendes haben wird. Stellen Sie sich vor, daß Sie zu ihr gekommen wären und gesagt hätten: ›Sinaida! Ich liebe dich mehr als mein Leben; aber Gründe, die in den Familienverhältnissen liegen, trennen uns. Ich habe für diese Gründe Verständnis. Sie zielen auf dein Glück ab, und ich wage nicht mehr, gegen sie anzukämpfen, Sinaida! Ich verzeihe dir. Sei glücklich, wenn du es kannst!‹ und dann hätten Sie einen Blick auf sie gerichtet, den Blick eines Opferlammes, wenn man sich so ausdrücken kann – stellen Sie sich das alles vor, und überlegen Sie, welchen Eindruck diese Worte auf ihr Herz gemacht hätten!«

»Ja, Marja Alexandrowna, nehmen wir an, daß sich das alles so verhält; ich verstehe das alles... aber wenn ich das nun auch gesagt hätte, so wäre ich doch leer ausgegangen...«

»Nein, nein, nein, mein Freund! Unterbrechen Sie mich nicht! Ich will unbedingt Ihnen das ganze Bild vor Augen stellen, mit allen Folgen, damit es eine edle, imponierende Wirkung auf Sie ausübe. Stellen Sie sich vor, daß Sie ihr später, nach einiger Zeit, in der höchsten Gesellschaft wiederbegegnen, auf einem Balle, bei glänzender Beleuchtung, bei berauschender Musik, inmitten der herrlichsten Frauen; und inmitten all dieses Festgetümmels sind Sie allein einsam, traurig, melancholisch, blaß, stehen an eine Säule gelehnt da (aber so, daß man Sie sehen kann) und folgen ihr in dem Gewoge des Balles mit Ihren Blicken. Sie tanzt. Die berauschenden Klänge eines Straußschen Walzers umfluten Sie; die geistreichen Gespräche der höchsten Gesellschaft schwirren umher – aber Sie sind einsam, blaß, von Ihrer Leidenschaft zerschmettert! Was meinen Sie, welchen Eindruck wird das auf Sinaida machen? Mit was für Augen wird sie Sie ansehen? ›Und ich‹, wird sie denken, ›ich konnte an diesem Menschen zweifeln, der mir alles, alles zum Opfer gebracht und sein Herz um meinetwillen zermartert hat!‹ Natürlich wird die frühere Liebe in ihrem Herzen mit unwiderstehlicher Kraft wieder hervorbrechen!«

Marja Alexandrowna hielt inne, um Atem zu schöpfen. Mosgljakow drehte sich auf dem Lehnstuhl so heftig herum, daß dieser wieder knackte. Marja Alexandrowna fuhr fort:

»Mit Rücksicht auf die Gesundheit des Fürsten fährt Sinaida mit ihm ins Ausland, nach Italien, nach Spanien – nach Spanien, wo Myrten und Zitronen sind und blauer Himmel und der Guadalquivir, in das Land der Liebe, wo man nicht leben kann ohne zu lieben, wo Rosen und Küsse sozusagen in der Luft umherfliegen! Sie fahren ebendorthin, ihr nach; Sie lassen Ihr Amt, Ihre Konnexionen, alles um ihretwillen im Stich! Dort beginnt eure Liebe mit unwiderstehlicher Gewalt; Liebe, Jugend, Spanien – o Gott; Natürlich ist eure Liebe eine makellose, heilige; aber freilich wird es euch schließlich eine Qual sein, einander so anzusehen. Sie verstehen mich, mon ami! Allerdings werden sich gemeine, boshafte Menschen finden, Kanaillen, die da behaupten werden, es sei überhaupt nicht verwandtschaftliche Zuneigung zu dem leidenden Manne gewesen, was Sie ins Ausland gelockt habe. Ich habe absichtlich eure Liebe eine makellose genannt, weil diese Menschen ihr am Ende eine ganz andere Bedeutung beilegen werden. Aber ich bin eine Mutter, Pawel Alexandrowitsch; wie sollte ich Sie etwas

Schlechtes lehren? Freilich wird der Fürst nicht imstande sein, euch beide zu beaufsichtigen; aber das tut nichts zur Sache! Kann man etwa darauf eine so schmähliche Verleumdung gründen? Schließlich wird er sterben und sich noch auf dem Sterbebette wegen seines Geschickes glücklich preisen. Nun sagen Sie, bitte: wen anders als Sie wird Sinaida dann heiraten? Und Ihre Verwandtschaft mit dem Fürsten ist so weitläufig, daß sie in keiner Weise ein Ehehindernis bilden kann. Sie heiraten die junge, reiche, vornehme Witwe, und zu welcher Zeit? Zu einer Zeit, wo die Vornehmsten der Vornehmen auf eine Heirat mit ihr stolz sein könnten! Durch sie werden Sie in den höchsten Gesellschaftskreisen Aufnahme finden; durch sie werden Sie auf einmal ein hohes Amt und alle damit verbundenen Ehren und Würden erhalten. Jetzt besitzen Sie nur hundertfünfzig Seelen; aber dann werden Sie reich sein; der Fürst wird in seinem Testamente alles in diesem Sinne ordnen; das nehme ich auf mich. Und schließlich die Hauptsache: sie wird dann den festen Glauben an Sie, an Ihr Herz, an Ihre Gefühle gewonnen haben, und Sie werden auf einmal für sie ein Held der Tugend und der Selbstverleugnung geworden sein!... Und da fragen Sie noch, worin der Vorteil für Sie besteht? Aber man muß ja geradezu blind sein, um diesen Vorteil nicht zu bemerken, ihn sich nicht mit der Denkkraft vorzustellen, ihn sich nicht auszurechnen, wenn sie zwei Schritte vor Ihnen steht, Sie ansieht, Sie anlächelt und selbst sagt: ›Da bin ich, dein Vorteil!‹ Pawel Alexandrowitsch, ich bitte Sie um alles in der Welt!«

»Marja Alexandrowna!« rief Mosgljakow in größter Aufregung; »jetzt habe ich alles verstanden! Ich habe mich roh, unwürdig und gemein benommen!«

Er sprang vom Stuhle auf und griff sich in die Haare.

»Und außerdem haben Sie keine Berechnungen für die Zukunft angestellt«, fügte Marja Alexandrowna hinzu. »Das ist die Hauptsache: keine Berechnungen für die Zukunft!«

»Ich bin ein Esel, Marja Alexandrowna!« schrie er ganz verzweifelt. »Jetzt ist alles verloren; denn ich habe sie wahnsinnig geliebt!«

»Vielleicht ist noch nicht alles verloren«, sagte Frau Moskaljowa leise, wie wenn sie über etwas nachdächte.
»Oh, wenn das möglich wäre! Helfen Sie mir! Belehren Sie mich! Retten Sie mich!«
Mosgljakow brach in Tränen aus.
»Mein Freund!« sagte Marja Alexandrowna mitleidsvoll, indem sie ihm die Hand reichte; »Sie haben das in der Hitze der Erregung getan, in aufwallender Leidenschaft, also gerade aus Liebe zu ihr! Sie waren in Verzweiflung, Sie wußten von sich selbst nicht! Das alles muß sie ja doch einsehen...«
»Ich liebe sie wahnsinnig und bin bereit, alles für sie hinzugeben!« rief Mosgljakow.
»Hören Sie, ich werde Sie bei ihr entschuldigen...«
»Marja Alexandrowna!«
»Ja, ich nehme das auf mich! Ich werde Sie mit ihr zusammenführen. Legen Sie ihr alles so dar, wie ich es Ihnen soeben auseinandergelegt habe!«
»O Gott! Wie gut Sie sind, Marja Alexandrowna!... Aber... könnten wir das nicht jetzt gleich tun?«
»Gott behüte! Oh, wie unerfahren Sie sind, mein Freund! Sie ist so stolz! Sie wird das als eine neue Grobheit, als eine Frechheit auffassen! Gleich morgen werde ich alles arrangieren; aber jetzt gehen Sie fort, irgenwohin, zum Beispiel zu diesem Kaufmann... kommen Sie meinetwegen am Abend wieder her; aber raten kann ich Ihnen auch dazu nicht!«
»Ich werde fortgehen, ich werde fortgehen! O Gott, Sie geben mir das Leben wieder! Aber noch eine Frage: wie, wenn nun der Fürst nicht so bald stirbt?«
»Ach, mein Gott, wie naiv Sie sind, mon cher Paul! Im Gegenteil, wir müssen für seine Gesundheit beten. Wir müssen diesem lieben, diesem guten, diesem ritterlich ehrenhften alten Manne von ganzem Herzen ein langes Leben wünschen! Und ich vor allem werde Tag und Nacht für das Glück meiner Tochter beten. Aber leider scheint es, daß der Gesundheitszustand des Fürsten hoffnungslos ist! Außerdem muß er jetzt in die Residenz fahren und Sinaida in die vornehme Gesellschaft einführen. Ich fürchte, ach, ich fürchte, daß

ihm das völlig den Garaus macht! Aber – wir werden beten, cher Paul; das übrige steht in Gottes Hand! ... Sie gehen schon? Ich segne Sie, mon ami! Hoffen Sie, dulden Sie, zeigen Sie sich als Mann; vor allen Dingen: zeigen Sie sich als Mann! Ich habe nie an dem Adel Ihrer Gesinnung gezweifelt...«

Sie drückte ihm fest die Hand, und Mosgljakow verließ auf den Fußspitzen das Zimmer.

»Na, den einen Dummkopf hätte ich betört!« sagte sie triumphierend. »Nun noch die übrigen...«

Die Tür öffnete sich, und Sinaida trat herein. Sie war ungewöhnlich blaß. Ihre Augen blitzten.

»Mama«, sagte sie, »bringen Sie die Sache schnell zu Ende, oder ich halte es nicht mehr aus! All das ist so schmutzig und gemein, daß ich am liebsten aus dem Hause laufen möchte. Quälen Sie mich nicht, reizen Sie mich nicht! Es wird mir übel, hören Sie wohl? Es wird mir übel von all diesem Schmutz!«

»Sinaida, was ist dir, mein Engel? Du... du hast an der Tür gehorcht!« rief Marja Alexandrowna und blickte Sinaida prüfend und berunruhigt an.

»Ja, das habe ich getan. Wollen Sie mir etwa darüber Vorhaltungen machen wie diesem Dummkopfe? Hören Sie, ich schwöre Ihnen: wenn Sie mich noch länger so quälen und mir in dieser gemeinen Komödie allerlei gemeine Rollen zuweisen, so werde ich alles hinwerfen und der ganzen Geschichte mit einem Schlage ein Ende machen. Es ist genug daran, daß ich mich zu der Hauptgemeinheit entschlossen habe! Aber... ich kannte mich selbst nicht! Ich ersticke in diesem üblen Geruche!...«

Sie ging hinaus und schlug die Tür heftig hinter sich zu.

Marja Alexandrowna sah ihr starr nach und wurde sehr nachdenklich.

»Ich muß mich beeilen, ich muß mich beeilen!« rief sie, sich plötzlich aufraffend. »Sie ist das Haupthindernis, die größte Gefahr, und wenn alle diese nichtswürdigen Menschen uns nicht die Sache allein unter uns zu Ende bringen lassen, sondern sie in der ganzen Stadt ausposaunen (was sicherlich schon geschehen ist), so ist alles verloren! Sie wird diesen ganzen Wirrwarr nicht ertragen können und sich weigern. Um jeden Preis und ohne Verzug muß ich den Fürsten auf unser Gut bringen! Ich werde selbst zuerst schnell hinfahren und meinen Tölpel von dort hierher schleppen; er muß doch wenigstens zu etwas zu gebrauchen sein! Unterdessen wird sich der Fürst ausschlafen – und dann fahren wir alle zusammen hin!«

Sie klingelte.

»Ist der Schlitten bereit?« fragte sie den eintretenden Diener.

»Schon lange«, antwortete dieser.

Die Pferde waren in dem Augenblick angespannt worden, als Marja Alexandrowna den Fürsten nach oben geleitete. Sie zog sich an, lief aber vor der Abfahrt noch zu Sinaida, um ihr ihren Plan in den Hauptzügen mitzuteilen und ihr einige Instruktionen zu geben. Aber Sinaida war nicht imstande, sie anzuhören. Sie lag auf dem Bette, mit dem Gesichte in den Kissen. Sie vergoß heiße Tränen und raufte sich ihr langes, wundervolles Haar; ihre weißen Arme waren bis zum Ellbogen entblößt. Mitunter zuckte sie zusammen, wie wenn ein kurzer Frostschauder durch alle ihre Glieder liefe. Marja Alexandrowna begann zu ihr zu sprechen; aber Sinaida hob nicht einmal den Kopf in die Höhe.

Nachdem Marja Alexandrowna einige Zeit neben der Daliegenden gestanden hatte, ging sie in starker Unruhe hinaus, und um sich nach einer anderen Seite hin schadlos zu halten, stieg sie in den Schlitten und befahl dem Kutscher, so schnell wie nur möglich zu fahren.

»Recht verdrießlich ist, daß Sinaida mein Gespräch mit Mosgljakow behorcht hat!« dachte sie, während sie im Schlitten saß. »Ich habe ihn fast mit denselben Worten beredet, deren ich mich ihr gegenüber bedient habe. Sie ist stolz und fühlt sich vielleicht beleidigt... Hm! Aber die Hauptsache, die Hauptsache ist, alles schnell zu erledigen, bevor meine Widersacherinnen es ausschnüffeln! Das wäre ein Malheur! Na, wenn nun das Unglück wollte, daß mein Dummkopf nicht zu Hause wäre; was dann?«

Bei diesem bloßen Gedanken bemächtigte sich ihrer eine Wut, die dem armen Afanassi Matwejewitsch nichts Gutes verhieß; sie drehte sich auf ihrem Platze hin und her vor Ungeduld. Die Pferde jagten dahin, so schnell sie laufen konnten.

ZEHNTES KAPITEL

Der Schlitten flog nur so. Wir haben bereits gesagt, daß in Marja Alexandrownas Kopfe bereits am Vormittage, während sie in der Stadt auf den Fürsten Jagd machte, ein genialer Gedanke aufblitzte. Wir versprachen, auf diesen Gedanken am gehörigen Orte zurückzukommen. Aber der Leser kennt ihn jetzt bereits. Dieser Gedanke war: sich ihrerseits des Fürsten zu bemächtigen und ihn möglichst schnell nach ihrem in der Nähe der Stadt gelegenen Gute zu bringen, wo der geistig beschränkte Afanassi Matwejewitsch in aller Harmlosigkeit vegetierte. Wir verheimlichen nicht, daß Marja Alexandrowna je länger je mehr von einer unerklärlichen Unruhe befallen wurde. Das kommt selbst bei wirklichen Helden vor, namentlich zu der Zeit, wo sie ihr Ziel nahezu erreicht haben. Eine Art von Instinkt sagte ihr, daß es gefährlich sei, in Mordassow zu bleiben. »Wenn wir aber erst einmal auf dem Gute sind«, meinte sie, »dann kann sich meinetwegen die ganze Stadt auf den Kopf stellen!« Allerdings war auch auf dem Gute keine Zeit zu verlieren. Es konnte alles mögliche passieren, alles mögliche, geradezu alles, wenn wir auch den nachher über meine Heldin von Übelwollenden verbreiteten Gerüchten keinen Glauben schenken, daß sie in diesem Augenblicke sogar vor der Polizei Bange gehabt habe. Kurz, sie sah ein, daß Sinaidas Trauung mit dem Fürsten möglichst beschleunigt werden müsse. Die Mittel dazu hatte sie an der Hand. Auf dem Gute konnte die beiden auch der Dorfgeistliche trauen. Man konnte die Trauung sogar schon übermorgen stattfinden lasse, nötigenfalls sogar schon morgen. Hatte es doch schon Eheschließungen gegeben, die nach zwei Stunden vollzogen worden waren! Dem Fürsten mußte man diese Eile, diesen Fortfall aller Feste, Verlobungsfeiern, Polterabende als das notwendige comme il faut bezeichnen; man mußte ihn nachdrücklich belehren, daß dies vornehmer, grandioser sei. Auch konnte man ihm alles als ein romantisches Abenteuer darstellen und auf diese Weise die empfindsamste Saite in seinem Herzen anschlagen. Schlimmstenfalls konnte man ihn ja auch durch Wein zu allem Erforderlichen anregen oder, noch besser, ihn in einem dauernden Zustande von Trunkenheit erhalten. Und mochte dann nachher passieren, was da wollte, Sinaida würde doch eine Fürstin sein! Wenn es aber nachher nicht ohne einen Skandal abgehen sollte, zum Beispiel in Petersburg oder in Moskau, wo der Fürst Verwandte hatte, so gab es da einen Trost. Erstens lag das alles noch in ziemlicher Ferne; und zweitens glaubte Marja Alexandrowna, daß es in der höchsten Gesellschaft fast nie ohne Skandal abgehe, namentlich bei Heiratssachen, und daß das sogar zum guten Tone gehöre, wiewohl Skandale in der höheren Gesellschaft nach ihrer Vorstelung immer etwas Besonderes, Grandioses haben mußten, so etwas in der Art des Grafen von Montechristo oder der Memoires du Diable. Und endlich, meinte sie, brauche Sinaida nur in der höchsten Gesellschaft zu erscheinen und ihre Mama sie zu unterstützen, dann würden alle, absolut alle im selben Augenblicke besiegt sein, und keine von all diesen Gräfinnen und Fürstinnen würde imstande sein, so eine echt Mordassower Kopfwäsche auszuhalten, wie sie, Marja Alexandrowna, sie ihnen zu verabfolgen befähigt sei, entweder allen zusammen oder einer jeden einzeln. Infolge aller dieser Erwägungen jagte Marja Alexandrowna jetzt nach ihrem Gute, um Afanassi Matwejewitsch zu holen, dessen Anwesenheit nach ihrem Urteile jetzt unumgänglich notwendig war. In der Tat: den Fürsten nach dem Gute bringen, das bedeutete ihn zu Afanassi Matwejewitsch bringen, mit dem der Fürst vielleicht gar nicht bekannt zu werden wünschte. Wenn aber Afanassi Matwejewitsch selbst die Einladung aussprach, so nahm die Sache ein ganz anderes Gesicht an. Zudem konnte das Erscheinen des bejahrten, würdigen Familienvaters, in Frack und weißer Binde, mit dem Hute in der Hand, der auf die erste Nachricht von der Ankunft des Fürsten expreß aus der Ferne herbeigekommen war, einen sehr angenehmen Eindruck machen und sogar der Eitelkeit des Fürsten schmeicheln. Eine so dringliche, feierliche Einladung würde sich auch schwer ablehnen lassen, dachte Marja Alexandrowna. Endlich hatte der Schlitten die drei Werst lange Strecke durchflogen, und der Kutscher Sofron brachte seine Pferde vor der Anfahrt eines langgestreckten, einstöckigen, hölzernen Gebäudes zum Stehen, das schon recht alt und von der Zeit geschwärzt aussah, eine lange Reihe von Fenstern aufwies und ringsum von alten Linden umstanden war. Das war Marja Alexandrownas Gutshaus und Sommerresidenz. Im Hause brannte bereits Licht.

»Wo ist der Tölpel?« schrie Marja Alexandrowna, die wie ein Sturmwind in die Wohnung hereinbrach. »Warum liegt dieses Handtuch hier? Ach, du hast dich abgetrocknet! Hast du wieder gebadet? Und immer schlürft er seinen Tee! Na, was reißt du die Augen auf, du unverbesserlicher Dummkopf? Warum ist dein Haar nicht geschnitten? Grischka! Grischka! Grischka! Warum hast du dem Herrn nicht das Haar geschnitten, wie ich es dir in der vorigen Woche befohlen habe?«

Als Marja Alexandrowna die Wohnung betrat, hatte sie Afanassi Matwejewitsch viel freundlicher zu begrüßen beabsichtigt; aber als sie sah, daß er aus dem Bade gekommen war und nun mit Genuß Tee trank, geriet sie in eine heftige Entrüstung, die sie nicht unterdrücken konnte. In der Tat: soviel Mühe und Sorge auf ihrer Seite und soviel ruhige Behaglichkeit auf seiten des zu keinem vernünftigen Werke tauglichen und verwendbaren Afanassi Matwejewitsch: ein solcher Kontrast versetzte ihr sofort einen Stich mitten ins Herz. Unterdessen saß der Tölpel oder, wenn wir uns höflicher ausdrücken wollen, derjenige, den sie Tölpel genannt hatte, beim Samowar und starrte vor Angst sinnlos, Mund und Augen weit aufreißend, seine Gattin an, die ihn durch ihr Erscheinen fast in Stein verwandelt hatte. Aus dem Vorzimmer kam die plumpe Gestalt des verschlafenen Grischka herein; mit den Augen blinzelnd betrachtete er diese ganze Szene.

»Er erlaubt ja nicht, daß ich ihm das Haar schneide; darum habe ich es nicht getan«, sagte er mürrisch mit heiserer Stimme. »Zehnmal bin ich mit der Schere zu ihm gekommen und habe gesagt: ›Die gnädige Frau wird herkommen, und dann kriegen wir es beide; was fangen wir dann an?‹ Aber der Herr sagte: ›Nein, warte noch damit; ich will mir zum Sonntag Locken brennen; dazu muß das Haar lang sein.‹

»Was? Er brennt sich Locken! Also du läßt dir beikommen, dir ohne mein Willen Locken zu brennen? Was sind das für Faxen? Ja, steht dir denn das zu deiner dummen Visage? Mein Gott, was ist hier für eine Unordnung! Wonach riecht es? Ich frage dich, du Greusal, wonach es hier riecht!« schrie die Gattin, die immer heftiger auf den unschuldigen, schon ganz betäubten Afanassi Matwejewitsch eindrang.

»Mü... Mütterchen!« murmelte der erschrockene Gatte, ohne von seinem Platze aufzustehen, und blickte seine Gebieterin mit flehenden Augen an; »Mü... Mütterchen!...«

»Wie oft habe ich es dir schon in deinen dummen Kopf eingepaukt, daß ich überhaupt nicht dein ›Mütterchen‹ bin? Wie könnte ich dein Mütterchen sein, du geistiger Zwerg! Wie kannst du es wagen, diese Benennung einer vornehmen Dame beizulegen, die ihren Platz in der höchsten Gesellschaft hat und nicht neben einen solchen Esel hingehört, wie du einer bist!«

»Ja... ja, aber, Marja Alexandrowna, du bist doch meine angetraute Ehefrau, und darum, siehst du wohl, sage ich so zu dir... wie der Mann zu seiner Frau zu sagen pflegt...« versuchte Afanassi Matwejewitsch einzuwenden und hob gleichzeitig beide Hände zu seinem Kopfe in die Höhe, um sein Haar zu schützen.

»Ach, du Fratze! Ach, du Holzkopf! Hat man wohl je eine dümmere Antwort gehört? Angetraute Ehefrau! Was gibt es denn jetzt noch für ›angetraute Ehefrauen‹? Bedient sich denn jetzt noch ein Mensch in den höchsten Gesellschafts-

kreisen dieses dummen, pfäffischen, widerwärtig gemeinen Ausdrucks ›angetraut‹? Und wie kannst du es wagen, mich daran zu erinnern, daß ich deine Frau bin, wo ich mich doch mit aller Anstrengung, mit aller Kraft meiner Seele bemühe, es zu vergessen? Warum bedeckst du deinen Kopf mit den Händen? Nun sehe mal einer, wie sein Haar aussieht! Quatschnaß, quatschnaß! Das wird in drei Stunden nicht wieder trocken! Wie soll ich ihn nun hinbringen? Wie soll ich ihn nun den Leuten zeigen? Was soll ich jetzt anfangen?«
Marja Alexandrowna rang die Hände vor Wut und lief im Zimmer hin und her. Das Unglück war ja allerdings nicht groß und ließ sich wieder gutmachen; aber die Sache war die, daß Marja Alexandrowna ihren herrschsüchtigen, sich alles untertänig machenden Geist nicht zügeln konnte. Es war ihr ein Bedürfnis, unaufhörlich ihren Zorn über Afanassi Matwejewitsch auszuschütten; denn die Tyrannei ist eben eine Gewohnheit, die zum Bedürfnis wird. Und dann ist es ja auch allgemein bekannt, daß manche feinen Damen einer gewissen Gesellschaftsphäre bei sich zu Hause hinter den Kulissen zu einem Benehmen fähig sind, das mit demjenigen, das sie in der Öffentlichkeit beobachten, einen außerordentlichen Kontrast bildet, und gerade diesen Kontrast wollte ich zur Anschauung bringen. Afanassi Matwejewitsch verfolgte angstvoll alle Bewegungen seiner Gattin, und es drang ihm dabei sogar der Schweiß aus den Poren.
»Grischka!« schrie sie endlich; »zieh den Herrn sofort an! Frack, Beinkleider, weiße Binde, weiße Weste – schnell! Und wo ist seine Kopfbürste, wo ist seine Kopfbürste?«
»Mütterchen! Aber ich komme ja aus dem Schwitzbade: ich kann mich ja erkälten, wenn ich jetzt nach der Stadt fahre…«
»Du wirst dich nicht erkälten!«
»Aber mein Haar ist ja noch ganz naß…«
»Das werden wir gleich trocken bekommen! Grischka, nimm die Kopfbürste und bürste ihn trocken; fester, fester, fester! So ist's recht, so ist's recht!«
Unter diesem Kommando begann der eifrige, treue Grischka das Haar seines Herrn aus Leibeskräften zu bür-

sten, wobei er ihn zu größerer Bequemlichkeit an der Schulter faßte und gegen das Sofa drückte. Afanassi Matwejewitsch runzelte die Stirn und fing beinah an zu weinen.

»Jetzt komm hierher! Heb ihn in die Höhe, Grischka! Wo ist die Pomade? Bück dich, bück dich, du Taugenichts; bück dich, du Müßiggänger!«

Und Marja Alexandrowna machte sich daran, ihren Gatten eigenhändig zu pomadisieren, und zerzauste dabei erbarmungslos sein dichtes, graumeliertes Haar, das er sich zu seinem Unglück nicht hatte kurz schneiden lassen. Afanassi Matwejewitsch räusperte sich und seufzte; aber er schrie nicht und hielt die ganze Operation demutsvoll aus.

»Alle meine Kraft hast du mir ausgesogen, du Schmutzfink!« schalt Marja Alexandrowna. »Bück dich noch mehr, bück dich!«

»Wieso habe ich dir denn die Kraft ausgesogen, Mütterchen?« stammelte der Gatte, während er den Kopf herunterbog, soweit er nur konnte.

»Tölpel! Verstehst nicht einmal einen bildlichen Ausdruck! Jetzt kämme dich; und du zieh ihn an, aber schnell!«

Unsere Heldin setzte sich auf einen Lehnstuhl und verfolgte mit dem Blicke eines Inquisitors die ganze Prozedur, wie Afanassi Matwejewitsch angekleidet wurde. Inzwischen hatte er sich schon wieder ein bißchen erholt und Mut geschöpft, und als es zum Umbinden der weißen Krawatte kam, erkühnte er sich sogar, so etwas wie eine eigene Meinung über die Form und Schönheit des Knotens laut werden zu lassen. Und als der ehrenwerte Mann zuletzt den Frack anzog, war er schon wieder ganz kuragiert geworden und betrachtete sich im Spiegel mit einer gewissen Selbstachtung.

»Wo willst du mich denn hinbringen, Marja Alexandrowna?« fragte er, sich zurechtputzend.

Marja Alexandrowna traute ihren Ohren nicht.

»Na, nun höre mal einer an! Ach, du Vogelscheuche! Wie kannst du dich erdreisten zu fragen, wo ich dich hinbringen will!«

»Aber ich muß das doch wissen, Mütterchen...«

»Halt den Mund! Und wenn du mich noch ein einziges Mal Mütterchen nennst, besonders dort, wo wir jetzt hinfahren, dann sollst du einen ganzen Monat lang keinen Schluck Tee zu trinken bekommen!«
Ganz erschrocken schwieg der Gatte.
»Nun seh einer, keinen einzigen Orden hat er in seiner Dienstzeit bekommen, so eine Vogelscheuche!« fuhr sie mit einem verächtlichen Blick auf Afanassi Matwejewitschs schwarzen Frack fort.
Afanassi Matwejewitsch fühlte sich nun schließlich doch gekränkt.
»Die Orden verleiht die vorgesetzte Behörde, Mütterchen; ich aber bin ein Rat und keine Vogelscheuche!« sagte er mit anständigem Unwillen.
»Was, was, was? Hast du hier räsonieren gelernt? Ach, du Bauer! Ach, du Rotznase! Schade nur, daß ich jetzt keine Zeit habe, mich mit dir abzugeben; sonst würde ich... Na, ich werde später daran denken! Gib ihm den Hut, Grischka! Gib ihm den Pelz! Hier müssen, während ich weg bin, alle diese drei Zimmer sauber gemacht und aufgeräumt werden; auch das grüne Eckzimmer. Nimm sofort die Bürste und den Besen zur Hand! Von den Spiegeln müssen die Überzüge abgenommen werden; ebenso von den Uhren; in einer Stunde muß alles fertig sein. Und du zieh selbst den Frack an und gib den Leuten Handschuhe; hast du gehört, Grischka, hast du gehört?«
Sie setzten sich in den Schlitten. Afanassi Matwejewitsch wunderte sich verständnislos. Unterdessen überlegte Marja Alexandrowna im stillen, wie sie ihrem Gatten gewisse für sein weiteres Verhalten notwendige Instruktionen am besten verständlich machen und einprägen könne. Aber der Gatte kam ihr zuvor und fing zuerst an zu reden.
»Weißt du, Marja Alexandrowna, ich habe heute einen ganz originellen Traum gehabt«, mit dieser Mitteilung unterbrach er ganz unerwartet das beiderseitige Stillschweigen.
»Schäme dich was, du verdammte Vogelscheuche! Ich dachte wunder was du sagen wolltest! Einen Traum hat er gehabt! Wie kannst du es wagen, mich mit deinen bäueri-

schen Träumen zu behelligen! Einen originellen Traum! Verstehst du denn überhaupt noch, was das bedeutet: originell? Hör mal, ich sage es dir zum letztenmal: wenn du dich heute bei mir unterstehst, auch nur ein Wort von deinem Traume zu erwähnen oder von irgend etwas anderem, dann werde ich... ich weiß gar nicht, was ich dann mit dir machen werde! Paß mal recht auf: Fürst K. ist zu mir zu Besuch gekommen. Besinnst du dich noch auf den Fürsten K.?«

»Ja, ich besinne mich auf ihn, Mütterchen, ich besinne mich auf ihn. Warum ist er denn zu dir gekommen?«

»Halt den Mund! Das geht dich nichts an! Du mußt ihn als Hausherr mit besonderer Liebenswürdigkeit sogleich zu uns auf das Gut einladen. Zu diesem Zwecke hole ich dich eben. Wir werden uns gleich heute in den Schlitten setzen und aus der Stadt wegfahren. Aber wenn du dich erdreisten solltest, auch nur ein Wort den ganzen Abend über zu sagen oder morgen oder übermorgen oder zu irgendwelcher anderen Zeit, dann lasse ich dich ein ganzes Jahr lang die Gänse hüten! Rede nichts, kein einziges Wort! Das ist deine ganze Obliegenheit. Verstanden?«

»Na, aber wenn mich nun jemand fragt?«

»Ganz egal; schweig du nur still!«

»Aber das geht doch nicht, daß ich immer stillschweige, Marja Alexandrowna!«

»Im Notfalle gib eine einsilbige Antwort; sage zum Beispiel: ›Hm!‹ oder etwas Ähnliches, um zu zeigen, daß du ein kluger Mensch bist und nachdenkst, bevor du antwortest.«

»Hm!«

»Versteh mich recht! Ich werde dich hinbringen und sagen, du hättest von der Ankunft des Fürsten gehört und seiest, ganz entzückt über seinen Besuch, sofort herbeigeeilt, um ihm deinen Respekt zu bezeigen und ihn auf das Gut einzuladen; hast du verstanden?«

»Hm!«

»Jetzt sollst du nicht ›hm‹ sagen, Dummkopf! Mir sollst du antworten.«

»Gut, Mütterchen; es wird alles nach deinem Willen geschehen; aber warum soll ich denn den Fürsten einladen?«

»Was, was? Willst du schon wieder selbst denken? Was geht es dich an, warum du das tun sollst? Wie kannst du dich unterstehen, danach zu fragen?«
»Aber ich muß darauf zurückkommen, Marja Alexandrowna: wie soll ich ihn denn einladen, wenn du mir befiehlst zu schweigen?«
»Ich werde für dich reden; du brauchst dich nur zu verbeugen, hörst du wohl? Nur zu verbeugen und den Hut in der Hand zu halten. Hast du verstanden?«
»Ja, ich habe es verstanden, Müt... Marja Alexandrowna.«
»Der Fürst ist sehr geistreich. Wenn er etwas sagt (mag er es auch nicht zu dir sagen), so antworte auf alles mit einem gutmütigen, heiteren Lächeln, hörst du?«
»Hm!«
»Schon wieder sagt er ›hm‹! Wenn du mit mir sprichst, sollst du nicht ›hm‹ sagen. Antworte einfach und geradezu: hast du gehört oder nicht?«
»Ich habe es gehört, Marja Alexandrowna, ich habe es gehört; wie sollte ich es nicht gehört haben! Ich sage nur zur Übung ›hm‹, wie du befohlen hast. Aber ich komme immer darauf zurück, Mütterchen: wie soll ich das machen: wenn der Fürst etwas sagt, dann soll ich ihn nach deinem Befehle ansehen und lächeln; aber wenn er mich nun etwas fragt, was dann?«
»Nein, was ist dieser Holzkopf schwer von Begriffen! Ich habe dir schon gesagt: halte den Mund! Ich werde an deiner Stelle antworten; du brauchst ihn nur anzusehen und zu lächeln.«
»Aber da wird er ja denken, daß ich stumm bin«, brummte Afanassi Matwejewitsch.
»Das wäre ja noch kein Unglück! Mag er das denken; dafür verbirgst du es vor ihm, daß du ein Dummkopf bist.«
»Hm... Na, aber wenn mich nun andere nach etwas fragen?«
»Es wird dich niemand fragen; es wird weiter niemand da sein. Sollte aber doch (was Gott verhüte!) jemand kommen und dich nach etwas fragen oder etwas zu dir sagen, dann

antworte sofort mit einem sarkastischen Lächeln. Weißt du denn auch, was das ist: ein sarkastisches Lächeln?«
»Das ist ein geistreiches Lächeln, nicht wahr, Mütterchen?«
»Schwatz keinen Unsinn, Tölpel; ein geistreiches Lächeln! Wer wird von dir Dummrian ein geistreiches Lächeln verlangen? Ein spöttisches Lächeln, verstehst du? Ein spöttisches, geringschätziges Lächeln.«
»Ach, dieser Tölpel macht mir rechte Sorge!« flüsterte Marja Alexandrowna vor sich hin. »Er legt es entschieden darauf an, mich mürbe zu machen! Es wäre wahrhaftig das beste, ihn gar nicht hinzubringen!«
Mit solchen Gedanken beschäftigt, steckte Marja Alexandrowna voll Unruhe und Unzufriedenheit fortwährend den Kopf aus dem Fenster der Schlittenkutsche hinaus und trieb den Kutscher zu Eile an. Die Pferde flogen nur so dahin; aber ihr erschien die Fahrt doch noch zu langsam. Afanassi Matwejewitsch saß schweigend in seiner Ecke und wiederholte in Gedanken seine Aufgaben. Endlich fuhr der Schlitten in die Stadt ein und hielt vor Marja Alexandrownas Hause.
Aber kaum war unsere Heldin auf die Stufen vor der Haustür hinausgesprungen, als sie plötzlich sah, daß ein zweispänniger, zweisitziger Verdeckschlitten bei dem Hause vorfuhr, eben der Schlitten, in welchem Anna Nikolajewna Antipowa auszufahren pflegte. In dem Schlitten saßen zwei Damen. Die eine von ihnen war natürlich Anna Nikolajewna selbst und die andere Natalja Dmitrijewna, seit kurzem ihr intime Freundin und Anhängerin. Marja Alexandrowna bekam einen Todesschreck. Aber sie hatte noch nicht Zeit gehabt, einen Schrei auszustoßen, als noch ein anderer Schlitten vorfuhr, in dem offenbar noch mehr Besucherinnen saßen. Es erschollen freudige Ausrufe:
»Da sind Sie ja, Marja Alexandrowna! Und mit Afanassi Matwejewitsch zusammen! Sie sind wohl eben angekommen? Von wo denn? Wie gut sich das trifft! Wir wollten zu Ihnen, auf den ganzen Abend! Welch eine Überraschung!«
Die Besucherinnen hüpften aus den Schlitten und zwit-

scherten wie die Schwalben. Marja Alexandrowna traute ihren Augen und Ohren nicht.
»Hol euch der Teufel!« dachte sie bei sich. »Das sieht wie eine Verschwörung aus! Das muß ich feststellen! Aber ihr sollt mich nicht überlisten, ihr Klatschbasen... Wartet nur!«...«

ELFTES KAPITEL

Als Mosgljakow aus Marja Alexandrownas Hause trat, war er anscheinend ganz getröstet. Sie hatte ihn vollständig enthusiasmiert. Zu Borodujew ging er nicht, da er das Bedürfnis hatte, allein zu sein. Die heroischen, romantischen Zukunftsträumereien, die seine Seele überfluteten, ließen ihn nicht zur Ruhe kommen. Es schwebte ihm eine feierliche Aussprache mit Sinaida vor, dann die edlen Tränen seines allesverzeihenden Herzens, seine Blässe und Verzweiflung auf dem glänzenden Petersburger Balle, Spanien, der Guadalquivir, seine Liebe und der sterbende Fürst, der ihre Hände vor seiner Todesstunde vereinigte. Dann seine wunderschöne Frau, die ihm treu ergeben war und ihn beständig wegen seines Heroismus und seiner erhabenen Gefühle bewunderte; beiläufig im stillen auch das entgegenkommende Benehmen irgendwelcher Gräfin aus den höchsten Gesellschaftskreisen, in die er durch seine Verheiratung mit Sinaida, der Witwe des Fürsten K., unfehlbar würde aufgenommen werden; der Posten eines Vizegouverneurs, eine Menge Geld – kurz, alles, was ihm Marja Alexandrowna mit so beredten Worten ausgemalt hatte, zog noch einmal vor seiner höchst zufriedenen Seele vorüber, reizte und lockte ihn und schmeichelte vor allen Dingen seiner Eitelkeit. Aber siehe da (und ich weiß wirklich nicht, wie ich das erklären soll), als er schon von all seinem Entzücken müde zu werden anfing, da kam ihm plötzlich ein recht verdrießlicher Gedanke: nämlich daß alles dies jedenfalls erst in der Zukunft lag, er jetzt aber doch mit langer Nase abzog. Als ihm dieser Gedanke kam, bemerkte er, daß er beim Umherwandern in eine sehr abgelegene Gegend, in eine einsame, ihm unbekannte Vorstadt von Mordassow, geraten war. Es wurde dunkel. Auf den Straßen, an denen zu beiden Seiten kleine, halb in die Erde gesunkene Häuschen standen, bellten wütend die Hunde, die sich in den Provinzstädten namentlich in denjenigen Stadtteilen in schrecklicher Menge vermehren, wo nichts zu bewachen und nicht zu stehlen ist. Feuchte Schneeflocken begannen herabzufallen. Nur selten begegnete ihm ein verspäteter Kleinbürger oder ein Weib in Schafpelz und Stiefeln. Über alles dies begann sich Pawel Alexandrowitsch aus nicht recht verständlichem Grunde zu ärgern – ein recht übles Zeichen, da uns doch vielmehr, wenn die Dinge eine gute Wendung genommen haben, alles in freundlichem, rosigem Licht erscheint. Pawel Alexandrowitsch erinnerte sich unwillkürlich daran, daß er bisher beständig in Mordassow den Ton angegeben hatte; es hatte ihm Vergnügen gemacht, wenn man ihm in allen Häusern zu verstehen gegeben hatte, daß er ein willkommener Heiratskandidat sei, und ihn zu dieser Würde beglückwünscht hatte. Er war sogar stolz darauf gewesen, daß er für eine gute Partie galt. Und nun stand er auf einmal vor aller Augen als ein Abgewiesener da! Es war zu erwarten, daß darüber sehr gelacht wurde. Und er konnte doch wirklich nicht allen Leuten auseinandersetzen, daß die Sache sich ganz anders verhielt, konnte ihnen nicht von den Petersburgern Bällen mit den Säulen und vom Guadalquivir erzählen! Bei diesen trüben, verdrießlichen Überlegungen geriet er schließlich auf einen Gedanken, der schon seit längerer Zeit, ohne daß er sich dessen recht bewußt geworden wäre, an seinem Herzen genagt hatte: »Aber ist das auch alles wahr? Wird das auch alles so in Erfüllung gehen, wie Marja Alexandrowna es ausgemalt hat?« Dabei erinnerte er sich, daß Marja Alexandrowna eine sehr schlaue Dame war, und daß sie, wie sehr sie auch der allgemeinen Hochachtung würdig war, doch vom Morgen bis zum Abend Klatschgeschichten erzählte und log. Er sagte sich, daß sie, wenn sie ihn jetzt aus dem Hause entfernt habe, wahrscheinlich ihre besonderen Gründe dafür gehabt habe, und daß Zunkunftsbilder auszumalen schließlich eine Kunst sei, die jeder verstehe. Er dachte auch an Sinaida und erinnerte sich an ihren Abschiedsblick, der ganz und gar keine verborgene, leidenschaftliche Liebe ausgedrückt hatte; und gleichzeitig fiel ihm ein, daß er doch vor einer Stunde von ihr ein Dummkopf genannt worden war. Bei dieser Erinnerung blieb Pawel Alexandrowitsch auf einmal wie angenagelt stehen und errötete vor Beschämung so stark, daß ihm beinah die Tränen kamen. Und es traf sich übel, daß ihm gerade im nächsten Augenblicke etwas Unangenehmes passierte: er stolperte und fiel von dem hölzernen Trottoir in eine Schneewehe. Während er in dem Schnee zappelte, kam eine Schar Hunde, die ihn schon lange mit ihrem Gebell verfolgt hatte, von allen Seiten auf ihn losgestürzt. Einer von diesen Kötern, ein ganz kleines, boshaftes Tier, hängte sich sogar an ihn, indem er mit den Zähnen den Schoß seines Pelzes packte. Nachdem er sich von den Hunden losgemacht hatte, schleppte sich Pawel Alexandrowitsch endlich, laut schimpfend und sein Schicksal verfluchend, mit zerrissenem Pelzschoße und mit unerträglichem Kummer im Herzen bis zur nächsten Staßenecke und bemerkte erst jetzt, daß er sich verirrt hatte. Bekanntlich kann jemand, der sich in einem unbekannten Stadtteil verirrt hat, und besonders bei Nacht, absolut nicht eine Straße entlanggehen: Alle Augenblicke ist es, als gebe ihm eine unsichtbare Kraft einen Stoß und veranlasse ihn, in allerlei Straßen und Gassen, die ihm auf seinem Wege vorkommen, einzubiegen. Nach dieser Methode verirrte sich denn auch Mosgljakow gründlich. »Hole der Teufel all diese hohen Ideen!« sagte er bei sich und spuckte vor Ärger aus. »Und hole euch alle der Teufel mit euren hohen Gefühlen und Guadalquiviren!« Ich sage nicht, daß Mosgljakow in diesem Augenblicke ein reizender junger Mann gewesen wäre. Endlich gelangte er nach zweistündigem Umherirren müde und matt wieder zu Marja Alexandrownas Haustür. Beim Anblick der vielen dort haltenden Schlitten wunderte er sich. »Ist denn wirklich Besuch da? Hat sie wirklich Gäste zum Abend eingeladen?« fragte er sich. »Was hat sie dabei für eine Absicht?« Er erkundigte sich bei einem Diener, der ihm begegnete, und erfuhr, daß Marja Alexandrowna auf dem Gute gewesen sei und Afanassi Matwejewitsch, in weißer Binde, von dort mitgebracht habe; der Fürst sei schon aufgewacht, aber noch nicht zu den Gästen heruntergekommen. Ohne ein Wort zu sagen, ging Pawel Alexandrowitsch nach oben zu seinem Onkel. In diesem Augenblicke befand er sich gerade in jener Gemütsverfassung, wo ein Mensch von schwachem Charakter imstande ist, sich aus Rachsucht zu einer schrecklichen, schändlichen Gemeinheit zu entschließen, ohne daran zu denken, daß er sie vielleicht sein ganzes Leben lang wird bereuen müssen.

Als er nach oben kam, fand er den Fürsten vor seinem Reisenecessaire auf einem Lehnstuhl sitzend, mit vollständig kahlem Kopfe, aber schon mit der Fliege und dem Backenbarte. Seine Perücke befand sich in den Händen seines alten, grauköpfigen Kammerdieners und Lieblings Iwan Pachomytsch; dieser kämmte sie mit tiefsinniger, respektvoller Miene zurecht. Was den Fürsten anbelangt, so bot er ein sehr klägliches Bild, da er sich von dem vorher genossenen Weine noch nicht recht erholt hatte. Er saß ganz zusammengesunken, matt und schlaff da, blinzelte mit den Augen und sah Mosgljakow an, als ob er ihn nicht erkenne.

»Wie befinden Sie sich, Onkelchen?« fragte dieser.

»Wie... Ach, du bist es«, erwiderte Onkelchen endlich. »Ich war ein bißchen eingeschlafen, mein Lieber. Ach, mein Gott!« rief er, plötzlich lebhaft werdend, »ich habe ja... keine Perücke auf!«

»Beunruhigen Sie sich darum nicht, Onkelchen! Ich... ich werde Ihnen behilflich sein, wenn es Ihnen recht ist.«

»Siehst du, da hast du nun mein Geheimnis erfahren! Ich habe doch gesagt, die Tür müßte zu-ge-schlos-sen werden. Nun, mein Freund, du mußt mir un-ver-züg-lich dein Ehrenwort darauf geben, daß du von meinem Geheimnis keinen Gebrauch machen und niemandem sagen wirst, daß ich falsches Haar trage.«

»Aber ich bitte Sie, Onkelchen! Halten Sie mich denn einer so gemeinen Handlungsweise für fähig?« rief Mosgljakow, der sich den Fürsten gern geneigt machen wollte... im Hinblick auf seine weiteren Absichten.

»Nun ja, nun ja! Und da ich sehe, daß du ein anständig denkender Mensch bist, so werde ich dich in Gottes Namen einmal in Erstaunen versetzen... und dir alle meine Geheimnisse enthüllen. Wie gefällt dir mein Schnurr-bart, lieber Freund?«

»Er sieht ausgezeichnet aus, Onkelchen! Ganz wundervoll! Wie haben Sie es nur fertiggebracht, ihn sich so lange zu erhalten?«

»Da bist du im Irrtume, mein Freund; er ist nach-gemacht!« erwiderte der Fürst und sah Pawel Alexandrowitsch triumphierend an.

»Wirklich? Das ist schwer zu glauben! Na, aber der Backenbart? Gestehen Sie es nur, Onkelchen, den färben Sie sich gewiß?«

»Ob ich ihn färbe? Nein, das tue ich nicht; aber er ist vollständig künstlich.«

»Künstlich? Nein, Onkelchen, da mögen Sie sagen, was Sie wollen, das glaube ich nicht. Sie machen sich über mich lustig!«

»Parole d'honneur, mon ami!« rief der Fürst triumphierend, »und stel-le dir das vor: alle, ab-so-lut alle, lassen sich ebenso wie du täu-schen. Sogar Stepanida Matwejewna glaubt es nicht, obgleich sie ihn mir selbst manchmal anmacht. Aber ich bin davon überzeugt, mein Freund, daß du mein Geheimnis bewahren wirst. Gib mir dein Ehrenwort...«

»Mein Ehrenwort, Onkelchen; ich werde es bewahren. Ich wiederhole Ihnen noch einmal: halten Sie mich denn einer solchen Gemeinheit für fähig?«

»Ach, mein Freund, was habe ich heute, während du fort warst, für einen schweren Fall getan! Feofil hat mich wieder mit dem Schlitten um-ge-wor-fen.«

»Wieder umgeworfen! Wann denn?«

»Wir waren schon nahe beim Kloster...«

»Ich weiß, Onkelchen, heute früh.«

»Nein, nein, vor zwei Stunden; länger ist es noch nicht her.

Ich fuhr nach dem Kloster, und er warf mich ohne weiteres mit dem Schlitten um; ich habe einen solchen Schreck bekom-men; mein Herz hat sich noch immer nicht beruhigt.«
»Aber, Onkelchen, Sie haben ja doch geschlafen!« sagte Mosgljakow erstaunt.
»Nun ja, ich habe geschlafen ... aber dann bin ich gefahren. Indessen habe ich ... indessen habe ich das vielleicht ... ach, wie seltsam das ist!«
»Ich versichere Ihnen, Onkelchen, daß Sie das nur geträumt haben! Sie haben ganz ruhig geschlafen, gleich vom Mittagessen an.«
»Wirklich?« Der Fürst dachte nach.
»Nun ja, ich habe es in der Tat vielleicht nur geträumt. Aber ich erinnere mich genau an alles, was mir geträumt hat. Zuerst träumte mir von einem schrecklichen Ochsen mit Hörnern; und dann träumte mir von einem Staats-an-walt, ebenfalls mit Hörnern ...«
»Das war gewiß Nikolai Wassiljewitsch Antipow, Onkelchen?«
»Nun ja, vielleicht war es der. Und dann träumte mir von Napoleon Bonaparte. Weißt du, mein Freund, alle Leute sagen mir, ich hätte mit Napoleon Bonaparte Ähnlichkeit ... und im Profil soll ich genau so aussehen wie ein alter Papst! Wie urteilst du darüber, mein Lieber: habe ich mit einem Papste Ähnlichkeit?«
»Ich glaube, daß Sie mehr wie Napoleon aussehen, Onkelchen!«
»Nun ja, en face. Übrigens glaube ich das auch selbst, mein Lieber. Und es träumte mir von ihm, wie er schon auf der Insel saß und weißt du, er war ein so gesprächiger, schlagfertiger, lustiger Patron, daß ich mich außer-ordentlich über ihn amüsiert ...«
»Sie sprechen von Napoleon, Onkelchen?« sagte Pawel Alexandrowitsch, indem er den Onkel nachdenklich anblickte. Ein sonderbarer Gedanke begann in seinem Kopfe zu hämmern, ein Gedanke, von dem er sich selbst noch nicht ordentlich Rechenschaft geben konnte.
»Nun ja, von Na-po-leon. Ich sprach mit ihm von Philoso-

phie. Aber weißt du, mein Freund, es tat mir sogar leid, daß sie mit ihm so streng verfahren sind... die Eng-län-der. Gewiß, hätte man ihn nicht an die Kette gelegt gehabt, so würde er sich sogleich wieder auf die Menschen gestürzt haben. Ich hätte ihn anders behandelt. Ich hätte ihn auf eine un-be-wohnte Insel gesetzt...«

»Warum denn auf eine unbewohnte?« fragte Mosgljakow zerstreut.

»Nun, meinetwegen auch auf eine be-wohn-te; aber sie müßte nur von vernünftigen Menschen bewohnt sein. Nun, und dann hätte ich allerlei Zer-streu-ungen für ihn eingerichtet: Theater, Musik, Ballet, und alles auf Staatskosten. Spazieren zu gehen hätte ich ihm natürlich nur unter Aufsicht erlaubt; denn sonst hätte er sich sogleich wieder davon-ge-macht. Er aß eine gewisse Sorte von Pasteten sehr gern. Nun, da hätte ich ihm auch diese Pasteten alle Tage zubereiten lassen. Ich hätte ihn sozusagen vä-ter-lich behandelt. Er würde bei meiner Behandlung auch sein früheres Tun bereut haben...«

Mosgljakow hörte das Geschwätz des erst halb wachen alten Mannes zerstreut mit an und biß sich vor Ungeduld auf die Nägel. Er wollte gern das Gespräch auf die Heirat bringen; er wußte selbst noch nicht warum, aber in seinem Herzen kochte eine grenzenlose Wut. Auf einmal schrie der Alte vor Erstaunen auf.

»Ach, mon ami! Das habe ich ja ganz vergessen, dir zu sagen! Denke dir nur, ich habe ja heute einen Hei-rats-an-trag gemacht!«

»Einen Heiratsantrag, Onkelchen!« rief Mosgljakow, der plötzlich lebendig wurde.

»Nun ja, einen Hei-rats-an-trag. Pachomytsch, gehst du schon? Nun gut. C'est une charmante personne... Aber... ich muß dir gestehen, mein Lieber, ich habe da un-be-dacht gehandelt. Ich komme erst jetzt zu dieser Er-kennt-nis. Ach, mein Gott!«

»Aber erlauben Sie, Onkelchen, wann haben Sie denn diesen Heiratsantrag gemacht?«

»Ich muß dir gestehen, mein Freund, ich weiß selbst nicht

genau wann. Ob ich auch das nur geträumt habe? Ach, wie son-der-bar das doch alles ist!«

Mosgljakow zitterte vor Entzücken. Ein neuer Gedanke blitzte in seinem Kopfe auf.

»Aber wem und wann haben Sie denn den Heiratsantrag gemacht, Onkelchen?« fragte er noch einmal ungeduldig.

»Der Tochter vom Hause, mon ami, ... à cette belle personne... übrigens habe ich vergessen, wie sie heißt. Aber, siehst du, mon ami, ich kann ja doch gar nicht hei-ra-ten. Was soll ich nun machen?«

»Ja, Sie werden sich allerdings zugrunde richten, wenn sie heiraten. Aber erlauben Sie mir, Ihnen noch eine Frage vorzulegen, Onkelchen! Sind Sie fest davon überzeugt, daß Sie wirklich einen Heiratsantrag gemacht haben?«

»Ja, ich... ich bin davon überzeugt.«

»Aber wenn Ihnen nun das alles nur geträumt hat, ebenso wie das, daß Sie zum zweitenmal mit dem Schlitten umgeworfen seien?«

»Ach, mein Gott! In der Tat, vielleicht habe ich auch das nur geträumt! Daher weiß ich jetzt gar nicht, wie ich mich dort blik-ken las-sen soll. Könnte man wohl zu-ver-läs-sig in Erfahrung bringen, mein Freund, auf irgendwelchem in-di-rek-ten Wege, ob ich einen Heiratsantrag gemacht habe oder nicht? Denn in welcher Lage befinde ich mich sonst, denke doch nur!«

»Wissen Sie was, Onkelchen? Ich glaube, es ist da überhaupt nichts in Erfahrung zu bringen.«

»Wieso?«

»Ich glaube sicher, daß Sie es nur geträumt haben.«

»Ich selbst glaube es ebenfalls, mein Lie-ber, um so mehr, da ich oft Ähnliches träume.«

»Nun sehen Sie wohl, Onkelchen! Bedenken Sie, daß Sie beim Frühstück ein bißchen getrunken haben, und dann beim Mittagessen, und schließlich...«

»Nun ja, mein Freund, vielleicht kommt es gerade da-her.«

»Ich glaube das um so mehr, Onkelchen, da Sie, wenn sie auch noch so enthusiasmiert waren, doch unter keinen Umständen einen so unvernünftigen Heiratsantrag in wachem

Zustande machen konnten. Soweit ich Sie kenne, Onkelchen, sind Sie ein im höchsten Grade vernünftiger Mensch und...«

»Nun ja, nun ja.«

»Erwägen Sie nur das eine: wenn das Ihre Verwandten erführen, die sowieso schon schlecht auf Sie zu sprechen sind, was würde dann wohl geschehen?«

»Ach, mein Gott!« rief der Fürst erschrocken; »ja, was würde dann geschehen?«

»Ich bitte Sie! Ihre Verwandten würden alle wie aus einem Munde schreien, Sie hätten das nicht bei vollem Verstande getan; Sie seien betrogen worden. Und am Ende würden sie Sie irgendwo unter Aufsicht einsperren.«

Mosgljakow wußte, wodurch man den alten Mann in Angst setzen konnte.

»Ach, mein Gott!» rief der Fürst, wie Espenlaub zitternd. »Würden sie mich wirklich einsperren?«

»Überlegen Sie daher selbst, Onkelchen: hätten Sie wohl einen so unvernünftigen Heiratsantrag in wachem Zustande machen können? Sie verstehen sich doch selbst auf Ihren Vorteil. Ich bin in vollem Ernste davon überzeugt, daß Sie das alles nur geträumt haben.«

»Sicherlich habe ich es nur geträumt, si-cher-lich habe ich es nur geträumt!« stimmte ihm der Fürst ganz erschrocken bei. »Ach, wie verständig du das alles auseinandergesetzt hast, mein Lieber! Ich bin dir von Herzen dankbar, daß du mich darüber auf-ge-klärt hast.«

»Und ich freue mich außerordentlich, Onkelchen, daß ich heute noch einmal mit Ihnen zusammengekommen bin. Stellen Sie sich das nur vor: ohne mich hätten Sie sich tatsächlich irren und denken können, Sie seien ein Bräutigam; und dann wären Sie als Bräutigam hinuntergegangen. Stellen Sie sich das nur vor, wie gefährlich das gewesen wäre!«

»Nun ja... ja, gefährlich!«

»Denken Sie nur daran, daß dieses Mädchen dreiundzwanzig Jahre alt ist; niemand will sie zur Frau nehmen, und auf einmal erscheinen Sie, ein reicher, vornehmer Mann, und glauben ihr Bräutigam zu sein! Da würden diese Leute die-

sen Gedanken sofort aufgreifen, Ihnen versichern, daß Sie in der Tat ihr Bräutigam seien, und Sie mit ihr, vielleicht sogar mit Gewalt, verheiraten. Und dann würden sie darauf spekulieren, daß Sie vielleicht bald sterben werden.«
»Wirklich?«
»Und schließlich sollten Sie nicht vergessen, Onkelchen, daß ein Mann mit Ihren vortrefflichen Eigenschaften...«
»Nun ja, mit meinen vortrefflichen Eigenschaften...«
»Mit Ihrem Verstande, mit Ihrer Liebenswürdigkeit...«
»Nun ja, mit meinem Verstande, ja!...«
»Und schließlich, Sie sind ein Fürst. Würden Sie sich wohl eine solche Partie aussuchen, wenn Sie wirklich aus irgendwelchem Grunde sich genötigt sähen zu heiraten? Bedenken Sie nur: was würden Ihre Verwandten dazu sagen?«
»Ach, mein Freund, sie würden mich in Stücke reißen! Ich habe von ihnen schon soviel Tücke und Bosheit erfahren... Denke nur, ich vermute, daß sie mich ins Ir-ren-haus sperren wollten. Nun, ich bitte dich, mein Freund, hat das einen Sinn? Nun, was sollte ich denn da machen... im Ir-ren-hause?«
»Selbstverständlich, Onkelchen, und darum werde ich jetzt nicht von Ihrer Seite weichen, wenn Sie nach unten gehen. Es sind jetzt Gäste dort.«
»Gäste? Ach, mein Gott!«
»Beunruhigen Sie sich nicht, Onkelchen; ich werde bei Ihnen sein.«
»Aber wie dank-bar bin ich dir, mein Lieber; du bist geradezu mein Retter! Aber weißt du was? Ich werde lieber wegfahren.«
»Morgen, Onkelchen, morgen früh um sieben Uhr. Heute aber müssen Sie sich allen empfehlen und sagen, daß Sie wegfahren werden.«
»Ganz bestimmt werde ich wegfahren... zu Vater Missail... Aber, mein Freund – wenn sie mich nun dort zum Bräutigam machen?«
»Seien Sie unbesorgt, Onkelchen; ich werde bei Ihnen sein. Und schließlich: mögen die Leute Ihnen andeuten und zu Ihnen sagen, was sie wollen, sagen Sie nur geradeheraus,

daß Sie das alles nur geträumt hätten... wie es ja auch wirklich der Fall gewesen ist...«

»Nun ja, ich habe es be-stimmt nur geträumt! Aber, weißt du, mein Freund, es war doch ein ent-zük-ken-der Traum! Sie ist wunderbar schön, und, weißt du, solche Formen...«

»Na, adieu, Onkelchen; ich gehe nach unten, und Sie...«

»Wie! Du willst mich allein lassen!« rief der Fürst erschrokken.

»Nein, Onkelchen; wir wollen nach unten gehen, aber getrennt; zuerst ich und dann Sie. Das wird das beste sein.«

»Nun gut. Ich muß noch einen Gedanken niederschreiben.«

»Schön, Onkelchen; schreiben Sie Ihren Gedanken nieder, und kommen Sie dann ohne Verzug herunter. Morgen früh aber...«

»Morgen früh fahre ich zum Mönchpriester, unbedingt zum Mönch-prie-ster! Charmant, charmant! Aber, weißt du, mein Freund, sie ist wun-der-bar schön... solche Formen... und wenn ich einmal durchaus heiraten müßte, so würde ich...«

»Gott möge Sie davor bewahren, Onkelchen!«

»Nun ja, Gott möge mich davor bewahren!... Nun, dann adieu, mein Lieber; ich werde sogleich... ich will das nur erst nie-der-schrei-ben. A pro-pos, ich wollte dich schon längst fragen: hast du die Memoiren von Casanova gelesen?«

»Ja, ich habe sie gelesen, Onkelchen; wieso?«

»Nun ja... Siehst du, ich habe jetzt wieder ver-ges-sen, was ich dich fragen wollte...«

»Es wird Ihnen schon später einfallen, Onkelchen. Auf Wiedersehen!«

»Auf Wiedersehen, mein Freund, auf Wiedersehen! Aber es war doch ein entzückender Traum, ein ent-zük-ken-der Traum!«

ZWÖLFTES KAPITEL

»Wir kommen alle zu Ihnen, alle! Auch Praskowja Jljinitschna wird kommen, und Luisa Karlowna wollte ebenfalls kommen,« zwitscherte Anna Nikolajewna beim Eintritt in den Salon und sah sich neugierig nach allen Seiten um. Sie war ein recht hübsches kleines Dämchen, bunt, aber reich gekleidet, und sie wußte auch selbst recht wohl, daß sie hübsch war. Sie hatte erwartet, den Fürsten mit Sinaida in irgendeiner Ecke versteckt zu erblicken.

»Auch Katerina Petrowna wird kommen, und Felissata Michailowna wollte gleichfalls hier sein«, fügte Natalja Dmitrijewna hinzu, eine Dame von kolossalem Körperbau, deren Formen dem Fürsten so gefallen hatten, und die auffallend einem Grenadier glich.

Sie trug ein winziges rosa Hütchen, das ganz auf dem Hinterkopfe saß. Schon seit drei Wochen war sie Anna Nikolajewnas intimste Freundin, nachden sie schon lange um sie herumscherwenzelt und ihr den Hof gemacht hatte. Dem äußeren Ansehen nach zu urteilen, konnte man glauben, daß sie imstande war, ihre Freundin auf einen Schluck zu verschlingen, mitsamt allen Knöchelchen.

»Ich will gar nicht von dem (ich kann wohl sagen) Entzükken reden, daß ich darüber empfinde, Sie beide bei mir zu sehen, und noch dazu für einen Abend«, ließ sich Marja Alexandrowna in verbindlichster Manier vernehmen, nachdem sie von dem ersten Erstaunen wieder zu sich gekommen war; »aber sagen Sie mir, bitte, welches Wunder Sie heute zu mir geführt hat, nachdem ich schon ganz daran verzweifelt war, diese Ehre zu haben.«

»O mein Gott, Marja Alexandrowna, wie Sie aber auch sind!« sagte Natalja Dmitrijewna in einem affektierten, süßlichen, piepigen Tone, der einen merkwürdigen Gegensatz zu ihrem Äußeren bildete.

»Mais, ma charmante«, zwitscherte Anna Nikolajewna, »es ist ja doch notwendig, unbedingt notwendig, daß wir endlich einmal mit unseren Vorbereitungen zu dieser Theatervorstellung fertig werden. Noch heute sagte Pjotr Michailowitsch zu Kallist Stanislawitsch, er bedauere sehr, daß diese unsere Angelegenheit nicht vom Fleck komme und wir uns immer nur miteinander stritten. Da sind nun heute wir vier zusammengekommen und haben gedacht: wir wollen zu Marja Alexandrowna fahren und alles mit einemmal in Ordnung bringen! Natalja Dmitrijewna hat auch den andern davon Mitteilung gemacht. Sie werden sämtlich kommen. Da können wir uns nun über alles einigen, und die Sache wird gut gelingen. Man soll nicht sagen, daß wir uns immer nur stritten, nicht wahr, mon ange?« fügte sie neckisch hinzu und küßte Marja Alexandrowna. – »Ach, mein Gott! Sinaida Afanasjewna! Aber sie werden ja von einem Tage zum andern immer schöner!«

Anna Nikolajewna eilte auf Sinaida zu, um sie zu küssen.

»Sie hat ja auch weiter nichts zu tun, als schöner zu werden«, fügte Natalja Dmitrijewna süßlich hinzu und rieb sich die großen, plumpen Hände.

»Ach, hole diese Bande der Teufel! An die Theatervorstellung habe ich ja gar nicht gedacht! Das haben sie schlau gemacht, diese nichtswürdigen Weiber!« sagte Marja Alexandrowna im stillen für sich; sie war außer sich vor Wut.

»Und zu unserem Entschlusse herzukommen, mein Engel«, fügte Anna Nikolajewna noch hinzu »hat auch noch der Umstand wesentlich mitgewirkt, daß Sie jetzt diesen lieben Fürsten bei sich im Hause haben. Sie wissen ja, in Duchanowo war unter den früheren Besitzern ein Theater. Wir haben uns schon erkundigt und haben erfahren, daß da all diese alten Dekorationen, ein Vorhang und sogar Kostüme noch irgendwo aufbewahrt werden. Der Fürst war heute bei mir; aber ich war von seiner Ankunft so überrascht, daß ich ganz vergessen habe, von diesen Dingen mit ihm zu reden. Jetzt wollen wir die Rede absichtlich auf das Theater bringen; Sie werden uns dabei helfen, und der Fürst wird Befehl geben, uns diesen ganzen alten Kram herzuschicken. Bei wem könnte man denn auch hier so etwas wie eine Dekoration machen lassen? Die Hauptsache ist aber: wir wollen auch den Fürsten selbst für unsere Theatervorstellung interessieren. Er muß unbedingt subscribieren; es ist ja zum Besten der Armen. Vielleicht übernimmt er sogar eine Rolle; er ist ja so liebenswürdig und mit allem einverstanden. Dann wird sich alles wunderschön machen!«

»Gewiß wird er eine Rolle übernehmen. Man kann ihn ja jede beliebige Rolle spielen lassen«, fügte Natalja Dmitrijewna mehrdeutig hinzu.

Anna Nikolajewna hatte zu Marja Alexandrowna nicht die Unwahrheit gesagt: alle Augenblicke kamen noch mehr Damen angefahren. Marja Alexandrowna fand kaum Zeit, sie zu begrüßen und diejenigen Ausrufe zu tun, die in solchen Fällen von dem Anstande und dem feinen Tone verlangt werden.

Ich unternehme es nicht, alle Besucherinnen zu schildern. Ich sage nur, daß in dem Blicke einer jeden eine ganz besondere Tücke lag. Allen stand eine starke Spannung und eine lebhafte Ungeduld auf dem Gesichte geschrieben. Einige der Damen waren mit der entschiedenen Absicht gekommen, Zeuginnen eines ungewöhnlichen Skandals zu werden, und würden sich sehr geärgert haben, wenn sie hätten wieder auseinandergehen müssen, ohne einen solchen mitangesehen zu haben. Äußerlich benahmen sich alle äußerst liebenswürdig; aber Marja Alexandrowna bereitete sich festen Mutes darauf vor, von ihnen angegriffen zu werden. Sie wurde mit Fragen nach dem Fürsten überschüttet, die durchaus harmlos zu sein schienen; aber doch steckte in einer jeden eine Andeutung, ein geheimer Nebensinn. Es wurde Tee gebracht, und alle nahmen Platz. Eine Gruppe okkupierte den Flügel. Sinaida antwortete auf die Aufforderung zu spielen und zu singen in trockenem Tone, sie fühle sich nicht ganz wohl. Die Blässe ihres Gesichtes bestätigte das. Sogleich regnete es bedauernde Fragen, und sogar dabei fand sich die Möglichkeit, sich nach diesem und jenem zu erkundigen und Anspielungen zu machen. Manche fragten auch nach Mosgljakow und wandten sich mit diesen Fragen speziell an Sinaida. Marja Alexandrowna verzehnfachte sich in dieser kritischen Zeit; sie sah alles, was in jeder Ecke des Zimmers vorging, hörte, was jede der Besucherinnen sagte, obgleich ihrer etwa zehn waren, und antwortete sofort auf alle Fragen, wobei sie selbstverständlich bewies, daß sie nicht auf den Mund gefallen war. Sie ängstigte sich um Sinaida und wunderte sich darüber, daß diese nicht hinausging, wie sie es bisher immer bei so zahlreichem Besuche getan hatte. Auch Afanassi Matwejewitsch erregte die Aufmerksamkeit der Damen. Sie pflegten sich sonst immer alle über ihn lustig zu machen, um Marja Alexandrowna durch den Spott über ihren Gatten zu kränken. Jetzt aber hielten sie es für möglich, von dem beschränkten und offenherzigen Afanassi Matwejewitsch einiges in Erfahrung zu bringen. Marja Alexandrowna beobachtete mit Unruhe, wie ihr Gatte von den Damen umlagert wurde. Zudem gab er auf alle Fragen sein »Hm« mit einer so unglücklichen, gezwungenen Miene zur Antwort, daß sie allen Grund hatte, wütend zu werden.

»Marja Alexandrowna! Afanassi Matwejewitsch will überhaupt nicht mit uns reden!« rief ein keckes Dämchen mit scharfen Augen, das sich entschieden vor niemand fürchtete und nie verlegen wurde. »Befehlen Sie ihm doch, gegen Damen höflicher zu sein!«

»Ich weiß wirklich selbst nicht, was mit ihm heute ist«, antwortete Marja Alexandrowna heiter lächelnd, indem sie ihr Gespräch mit Anna Nikolajewna und Natalja Dmitrijewna unterbrach; »er ist so wortkarg! Auch mit mir hat er kaum ein Wort geredet. Warum antwortest du denn Felissata Michailowna nicht, Athanase? Wonach haben Sie ihn denn gefragt?«

»Aber... aber... Mütterchen, du hast doch selbst...« murmelte Afanassi Matwejewitsch ganz erstaunt und verwirrt. Er stand in diesem Augenblicke gerade an dem geheizten Kamin, hatte die eine Hand in einer malerischen Pose, die er sich selbst ersonnen hatte, in die Weste gesteckt und hielt in der andern die Teetasse. Die Fragen der Damen hatten ihn so verlegen gemacht, daß er rot geworden war wie ein junges Mädchen. Als er seine Rechtfertigung begann, begegnete er einem so furchtbaren Blicke seiner erzürnten Gattin, daß er vor Schreck beinahe das Bewußtsein verlor. Da er nicht wußte, was er tun sollte, sich aber zunächst einigermaßen zu erholen und sich dann in der Achtung zu restituieren wünschte, so wollte er seinen Tee schlürfen, aber der Tee war sehr heiß. Weil er den Schluck nicht richtig bemessen hatte, verbrannte er sich furchtbar, ließ die Tasse fallen, verschluckte sich und hustete so heftig, daß er sich genötigt sah, das Zimmer auf eine Weise zu verlassen, was bei allen Anwesenden Erstaunen hervorrief. Kurz, für Marja Alexandrowna war alles klar: Sie merkte, daß ihre Gäste schon alles wußten und mit den schlimmsten Absichten bei ihr zusammengekommen waren. Die Lage war gefährlich. Sie konnten den geistesschwachen alten Fürsten in seinem Vorhaben, Sinaida zu heiraten, irre machen, ihm in ihrer eigenen Gegenwart davon abraten. Sie konnten ihn sogar noch an diesem selben Abend mir ihr veruneinigen, ihn ihr abspenstig machen und mit sich fortlocken. Es war von ihnen alles zu erwarten. Aber das Schicksal hielt für sie noch eine andere Prüfung bereit: die Tür öffnete sich, und es erschien Mosgljakow, den sie bei Borodujew glaubte, und den sie an diesem Abend absolut nicht erwartete bei sich zu sehen. Sie fuhr zusammen, wie wenn ihr jemand einen Stich versetzt hätte.

Mosgljakow blieb in der Tür stehen und ließ, etwas verlegen, seinen Blick bei allen Anwesenden herumgehen. Er war nicht imstande, seine Aufregung zu unterdrücken, die sich deutlich auf seinem Gesichte ausprägte.

»Ach, mein Gott! Pawel Alexandrowitsch!« riefen mehrere Damen.

»Ach, mein Gott! Da ist ja Pawel Alexandrowitsch! Und Sie sagten doch, Marja Alexandrowna, er wäre zu Borodujew gegangen? Es wurde uns gesagt, Sie hätten sich bei Borodujew versteckt, Pawel Alexandrowitsch!« sagte Natalja Dmitrijewna mit ihrer piepigen Stimme.

»Versteckt?« erwiderte Mosgljakow mit einem schiefen Lächeln. »Ein sonderbarer Ausdruck! Entschuldigen Sie, Natalja Dmitrijewna! Ich verberge mich vor niemand und beabsichtige niemand zu verbergen,« fügte er mit einem bedeutsamen Blick auf Marja Alexandrowna hinzu.

Marja Alexandrowna begann plötzlich zu zittern.

»Wie? Sollte auch dieser Tölpel rebellisch werden?« dachte sie und sah Mosgljakow forschend an. »Das wäre das Schlimmste von allem...«

»Ist das wahr, Pawel Alexandrowitsch, daß Sie den Abschied bekommen haben... ich meine natürlich im Dienste?« erlaubte sich die dreiste Felissata Michailowna zu fragen und sah ihm spöttisch gerade ins Gesicht.

»Den Abschied? Wieso den Abschied? Ich lasse mich einfach versetzen. Ich bekomme eine Stelle in Petersburg«, antwortete Mosgljakow trocken.

»Nun, dann wünsche ich Ihnen Glück«, fuhr Felissata Michailowna fort. »Und wir bekamen schon einen Schreck, als wir hörten, daß Sie es auf eine Stelle bei uns hier in Mordassow abgesehen hätten. Hier bieten die Stellen keine Sicherheit, Pawel Alexandrowitsch; man wird im Handumdrehen abgehalftert.«

»Höchstens noch die Lehrerstellen an der Kreisschule; da ist es noch möglich, eine Vakanz zu finden«, bemerkte Natalja Dmitrijewna.

Die Anspielung war so plump und deutlich, daß Anna Nikolajewna verlegen wurde und ihre boshafte Freundin heimlich mit dem Fuße stieß.

»Glauben Sie wirklich, daß Pawel Alexandrowitsch sich dazu entschließen würde, eine Lehrerstelle anzunehmen?« warf Felissata Michailowna dazwischen.

Aber Pawel Alexandrowitsch fand darauf keine rechte Antwort. Er drehte sich um und stieß auf Afanassi Matwejewitsch, der ihm die Hand entgegenstreckte. Mosgljakow aber nahm höchst dummerweise diese Hand nicht, sondern machte ihm spöttisch eine tiefe Verbeugung. Im höchsten Grade gereizt ging er geradewegs zu Sinaida hin und flüsterte, indem er ihr wütend ins Gesicht sah:

»Das alles habe ich Ihnen zu verdanken. Warten Sie, ich werden Ihnen noch heute abend zeigen, ob ich ein Dummkopf bin oder nicht.«

»Wozu wollen Sie das aufschieben? Das sieht man ja auch jetzt«, antwortete Sinaida laut und maß voller Widerwillen ihren früheren Bewerber mit den Augen.

Erschrocken darüber, daß sie so laut gesprochen hatte, wandte sich Mosgljakow eilig von ihr ab.
»Kommen Sie von Borodujew?« entschloß sich Marja Alexandrowna endlich zu fragen.
»Nein, ich komme von meinem Onkel.«
»Von Ihrem Onkel? Also sind Sie jetzt beim Fürsten gewesen?«
»Ach, mein Gott! Also ist der Fürst schon aufgewacht? Und uns wurde gesagt, er schliefe noch!« fügte Natalja Dimitrijewna mit einem boshaften Blick auf Marja Alexandrowna hinzu.
»Beunruhigen Sie sich nicht wegen des Fürsten, Natalja Dimitrijewna!« antwortete Mosgljakow; »er ist aufgewacht und Gott sei Dank jetzt wieder bei vollem Verstande. Vorher war er betrunken gemacht worden, zuerst bei Ihnen und dann hier vollends, so daß er ganz den Gebrauch der Denkkraft verloren hatte, die bei ihm sowieso nicht die stärkste ist. Aber jetzt haben wir, Gott sei Dank, uns miteinander ausgesprochen, und er hat wieder angefangen vernünftig zu denken. Er wird sogleich herkommen, um sich von Ihnen, Marja Alexandrowna, zu verabschieden und Ihnen für all Ihre Gastfreundschaft zu danken. Morgen aber werden wir bei Tagesanbruch zusammen nach dem Kloster fahren, und ich werde ihn dann unfehlbar selbst nach Duchanowa begleiten, um ein nochmaliges Umwerfen mit dem Schlitten, wie es sich heute ereignet hat, zu verhüten; dort aber wird ihn aus meinen Händen Stepanida Matwejewna in Empfang nehmen, die dann gewiß schon aus Moskau zurückgekehrt sein wird und ihn künftig um keinen Preis noch einmal wird wegreisen lassen – dafür übernehme ich jede Garantie.«
Während Mosgljakow das sagte, blickte er Marja Alexandrowna grimmig an. Diese daß da, als ob sie vor Überraschung die Sprache verloren hätte. Mit Betrübnis gestehe ich, daß meine Heldin, vielleicht zum erstenmal in ihrem Leben, es mit der Angst bekam.
»Also morgen bei Tagesanbruch wird er wegfahren? Wie geht das zu?« fragte Natalja Dimitrijewna, sich an Marja Alexandrowna wendend.

»Wie geht das zu?« wurde unter den Besucherinnen in naivem Tone gefragt. »Und wir hatten gehört, daß... Nein, das ist doch wirklich sonderbar!«
Aber die Hausfrau wußte nicht mehr, was sie antworten sollte. Auf einmal wurde die allgemeine Aufmerksamkeit in einer höchst ungewöhnlichen, exzentrischen Weise hiervon abgelenkt. Aus dem anstoßenden Zimmer wurde ein auffallender Lärm und eine scharfe, laute Stimme vernehmbar, und plötzlich kam völlig unerwartet Sofja Petrowna Karpuchina in Marja Alexandrownas Salon hereingestürzt. Sofja Petrowna war unstreitig die exzentrischste Dame in ganz Mordassow, so exzentrisch, daß sogar unlängst in Mordassow der Beschluß gefaßt worden war, sie in Gesellschaft nicht mehr zu empfangen. Ich muß noch bemerken, daß sie regelmäßig jeden Abend Punkt sieben Uhr etwas Likör genoß (um des Magens willen, wie sie sagte) und sich nachher jedesmal in einem höchst emanzipierten Geisteszustande befand, um keinen stärkeren Ausdruck zu gebrauchen. Gerade jetzt, wo sie so unerwartet zu Marja Alexandrowna hereingestürzt kam, befand sie sich wieder in diesem Geisteszustande.
»Ah, also so machen Sie es, Marja Alexandrowna«, schrie sie so laut, daß es alle im Zimmer Anwesenden hörten, »also so behandeln Sie mich! Lassen Sie sich nicht stören; ich bin nur auf ein Augenblickchen herangekommen; ich werde mich bei Ihnen nicht hinsetzen. Ich bin expreß hergefahren, um zu hören, ob das wahr ist, was man mir gesagt hat. Ah! also bei Ihnen finden Bälle, Bankette und Verlobungsfeiern statt; aber Sofja Petrowna kann bei sich zu Hause sitzen und Strümpfe stricken! Die ganze Stadt haben Sie eingeladen, aber mich nicht! Und vorhin, als ich hergekommen war, um Ihnen zu erzählen, was Natalja Dimitrijewna bei sich zu Hause mit dem Fürsten anstellte, da nannten Sie mich Ihre liebe Freundin und mon ange. Und jetzt sitzt diese selbe Natalja Dimitrijewna, auf die Sie vorhin mit den schärfsten Ausdrücken geschimpft haben, und die selbst auf Sie geschimpft hat, die sitzt jetzt bei Ihnen als Gast. Beunruhigen Sie sich nicht, Natalja Dimitrijewna! Ich brauche Ihre Scho-

kolade à la santé nicht, die Tafel zu zehn Kopeken. Ich trinke bei mir zu Hause öfter als Sie welche!«

»Auch anderes; das sieht man!« bemerkte Natalja Dimitrijewna.

»Aber, ich bitte Sie, Sofja Petrowna«, rief Marja Alexandrowna, die vor Ärger ganz rot geworden war, »was ist denn mit Ihnen? So kommen Sie doch zur Besinnung!«

»Beunruhigen Sie sich nicht um mich, Marja Alexandrowna; ich weiß alles, alles; ich habe alles erfahren!« schrie Sofja Petrowna mit ihrer scharfen, kreischenden Stimme, umringt von allen Besucherinnen, die sich, wie es schien, an dieser unerwarteten Szene höchlichst ergötzten. »Ich habe alles erfahren! Ihre Nastasja ist zu mir gelaufen gekommen und hat mir alles erzählt. Sie haben diesen Fürsten geangelt, ihn betrunken gemacht und ihn dazu veranlaßt, Ihrer Tochter einen Heiratsantrag zu machen, die schon kein Mann mehr heiraten mag; und nun hoffen Sie auch selbst ein großes Tier zu werden, eine Herzogin in einem Spitzenkleide, pfui Teufel! Beunruhigen Sie sich nicht; ich bin selbst eine Frau Oberst! Wenn Sie mich nicht zu der Verlobungsfeier eingeladen haben, so spucke ich darauf! Ich habe mit feineren Leuten verkehrt, als Sie sind. Ich habe bei der Gräfin Salichwatskaja diniert, und der Oberkommissar Kurotschkin hat sich um meine Hand beworben! Da habe ich wohl Ihre Einladung sehr nötig; pfui Teufel!«

»Hören Sie, Sofja Petrowna«, antwortete Marja Alexandrowna, die ganz außer sich war; »ich muß Sie darauf aufmerksam machen, daß man nicht in dieser Weise in ein anständiges Haus eindringt, und noch dazu in solchem Zustande, und daß, wenn Sie mich nicht sofort von Ihrer Gegenwart und von Ihrem Wortschwall befreien, ich unverzüglich meine Maßregeln ergreifen werde.«

»Ich weiß, Sie werden Ihren Domestiken Befehl geben, mich hinauszuführen! Seien Sie unbesorgt, ich werde den Weg auch allein finden. Leben Sie wohl; bringen Sie unter die Haube, wen Sie wollen; Sie aber, Natalja Dimitrijewna, brauchen nicht über mich zu lachen; ich spucke auf Ihre Schokolade! Wenn ich hier auch nicht eingeladen worden

bin, so habe ich doch auch vor keinem Fürsten den Kosakentanz getanzt. Und Sie, Anna Nikolajewna, warum lachen Sie? Suschilow hat sich das Bein gebrochen; jetzt eben hat man ihn nach Hause gebracht! Und wenn Sie, Felissata Michailowna, Ihrer barfüßigen Matroschka nicht befehlen, Ihre Kuh rechtzeitig hereinzulassen, damit sie nicht jeden Tag vor meinen Fenstern brüllt, so werde ich Ihrer Matroschka die Beine entzweischlagen. Leben Sie wohl, Marja Alexandrowna; lassen Sie es sich gut gehen! Pfui Teufel!«
Sofja Petrowna verschwand. Die Damen lachten. Marja Alexandrowna war äußerst verlegen.
»Ich glaube, sie hatte getrunken«, äußerte Natalja Dimitrijewna in süßem Tone.
»Aber trotzdem, welche Dreistigkeit!«
»Quelle abominable femme!«
»Na, Sie hat uns wieder einmal zum Lachen gebracht!«
»Ach, was für unpassende Dinge sie geredet hat!«
»Aber was hat sie da von einer Verlobungsfeier gesagt? Was ist das für eine Verlobungsfeier?« fragte Felissata Michailowna spöttisch.
»Aber das ist ja entsetzlich!« brach endlich Marja Alexandrowna los. »Diese Ungeheuer sind es, die mit vollen Händen die absurdesten Gerüchte aussäen! Das Erstaunliche, Felissata Michailowna, ist nicht, daß sich solche Damen in unserer Gesellschaft befinden; nein, das Allererstaunlichste ist, daß man die Dienste dieser Damen annimmt, sie anhört, sie unterstützt, ihnen glaubt, sie...«
»Der Fürst, der Fürst!« riefen auf einmal alle Besucherinnen.
»Ach, mein Gott! Ce cher prince!«
»Na, Gott sei Dank! Jetzt werden wir das ganze Geheimnis erfahren!« flüsterte Felissata Michailowna ihrer Nachbarin zu.

DREIZEHNTES KAPITEL

Der Fürst trat ein und lächelte anmutig. Die ganze Unruhe, in die Mosgljakow eine Viertelstunde vorher sein Hasenherz versetzt hatte, verschwand beim Anblicke der Damen. Er zerschmolz gewissermaßen sogleich wie ein Stückchen Konfekt. Die Damen begrüßten ihn mit hellem Freudengeschrei. Überhaupt muß man sagen, daß die Damen unsern alten Herrn immer sehr freundlich behandelten und sich gegen ihn außerordentlich familiär benahmen. Er besaß die Eigenschaft, ihnen durch seine Person unglaublich viel Vergnügen zu bereiten. Felissata Michailowna hatte sogar am Vormittag beteuert (natürlich nicht im Ernst), sie sei bereit, sich auf seine Knie zu setzen, wenn ihm das angenehm wäre; denn er sei ein gar zu lieber, lieber alter Herr, unendlich lieb und nett! Marja Alexandrowna heftete ihre Augen fest auf ihn; sie wünschte, wenigstens etwas auf seinem Gesichte zu lesen, um daraus schließen zu können, welchen Ausgang ihre kritische Lage haben werde. Soviel war klar, daß Mosgljakow etwas Schlimmes angerichtet hatte, und daß ihr ganzes Unternehmen stark ins Wanken gekommen war.

Aber auf dem Gesichte des Fürsten war nichts zu lesen. Er war ebenso wie vorher, ebenso wie immer.

»Ach, mein Gott! Da ist ja der Fürst! Wir haben schon so auf Sie gewartet!« riefen mehrere Damen.

»Mit solcher Ungeduld, Fürst, mit solcher Ungeduld!« zwitscherten andere.

»Das ist mir außerordentlich schmei-chel-haft«, lispelte der Fürst und setzte sich an den Tisch, auf dem der Samowar siedete. Die Damen umringten ihn sogleich. Bei Marja Alexandrowna blieben nur Anna Nikolajewna und Natalja Dimitrijewna zurück. Afanassi Matwejewitsch lächelte respektvoll. Mosgljakow lächelte ebenfalls und blickte Sinaida mit herausfordernder Miene an; diese aber wandte ihm nicht die geringste Aufmerksamkeit zu, sondern ging zu ihrem Vater und setzte sich neben ihm auf einen Lehnsessel am Kamin.

»Ach, Fürst, ist es wahr, was da gesagt wird, daß Sie von uns wegfahren wollen?« zirpte Felissata Michailowna.
»Nun ja, mesdames, ich will wegfahren. Ich will un-ver-züg-lich ins Aus-land fahren.«
»Ins Ausland, Fürst, ins Ausland!« riefen alle im Chor. »Wie sind Sie nur auf diesen Einfall gekommen?«
»Nun ja, ins Ausland«, erwiderte der Fürst mit einem gewissen Stolze. »Und wissen Sie, ich will besonders wegen der neu-en I-dee-en hinfahren.«
»Wieso wegen der neuen Ideen? Was sind das für neue Ideen?« sagten die Damen und sahen sich untereinander an.
»Nun ja, wegen der neuen Ideen«, wiederholte der Fürst im Tone größter Sicherheit. »Alle fahren jetzt wegen der neuen I-dee-en hin. Sehen Sie, da möchte ich mir auch neu-e I-dee-en zulegen.«
»Sie wollen doch nicht etwa in eine Freimaurerloge eintreten, liebstes Onkelchen?« warf Mosgljakow dazwischen, der augenscheinlich vor den Damen mit seinem Esprit und mit seiner Ungeniertheit paradieren wollte.
»Nun ja, mein Freund, du hast dich nicht geirrt«, antwortete der Onkel zur allgemeinen Überraschung. »Ich habe tat-säch-lich vor vielen Jahren im Auslande einer Freimaurerloge an-ge-hört und hatte sogar persönlich sehr viele hochherzige Ideen. Ich hatte damals sogar vor, vieles für die mo-der-ne Auf-klä-rung zu tun, und war in Frankfurt schon ganz entschlossen, meinen Sidor, den ich ins Ausland mitgenommen hatte, frei-zu-las-sen. Aber zu meiner Verwunderung lief er von selbst von mir fort. Er war ein höchst son-der-ba-rer Mensch. Später begegnete ich ihm einmal in Paris; er sah wie ein Stutzer aus, trug einen Backenbart und ging mit einer Mamsell auf dem Boulevard. Er sah mich an und nickte mir mit dem Kopfe zu. Und die Mamsell, die er bei sich hatte, war so ein keckes Ding, mit munteren Augen, ein ver-füh-re-risches Persönchen...«
»Na, Onkelchen! Da werden Sie wohl, wenn Sie diesmal ins Ausland reisen, alle Ihre Bauern freilassen!« rief Mosgljakow und lachte aus vollem Halse.

»Du hast meine Absicht vollkommen er-ra-ten, mein Lieber«, antwortete der Fürst, ohne sich zu bedenken. »Eben das habe ich vor, sie alle freizulassen.«
»Aber ich bitte Sie, Fürst, die werden ja dann alle sofort von Ihnen weglaufen, und wer wird Ihnen dann den Pachtzins bezahlen?« rief Felissata Michailowna.
»Gewiß, sie werden alle auseinanderlaufen«, stimmte Anna Nikolajewna ihr aufgeregt bei.
»Ach, mein Gott! Werden sie denn wirklich weg-lau-fen?« rief der Fürst erstaunt.
»Sie werden weglaufen; sofort werden sie alle weglaufen und Sie allein lassen«, versicherte Natalja Dimitrijewna.
»Ach, mein Gott! Nun, dann werde ich sie nicht frei-las-sen. Übrigens war das nur so ein Gedanke von mir.«
»Das ist auch das beste, Onkelchen!« bekräftigte Mosgljakow.
Bis dahin hatte Marja Alexandrowna schweigend zugehört und beobachtet. Es schien ihr, daß der Fürst sie vollständig vergessen habe, und daß das sehr auffallend sei.
»Gestatten Sie, Fürst«, begann sie laut und würdevoll, »daß ich Ihnen meinen Mann, Afanassi Matwejewitsch, vorstelle. Er ist expreß vom Gute hergefahren, sobald er hörte, daß Sie in meinem Hause abgestiegen seien.«
Afanassi Matwejewitsch lächelte und nahm eine wichtige Miene an. Er glaubte, daß er gelobt worden sei.
»Ach, ich freue mich sehr«, sagte der Fürst. »A-fa-nassi Matwejewitsch! Erlauben Sie, da kommt mir eine Er-in-nerung. A-fa-nassi Mat-we-jewitsch. Nun ja, das ist der, der auf dem Gute wohnt. Charmant, charmant; ich freue mich sehr. Mein Freund«, rief der Fürst, sich zu Mosgljakow wendend, »das ist ja ebenderselbe, du erinnerst dich wohl, der vorhin in dem Verse vor-kam. Wie war es doch nur? ›Ist aus der Tür der Eheherr, so fährt die Frau sogleich nach ...‹ nun ja, die Frau fuhr ebenfalls nach ir-gend-ei-ner Stadt.«
»Ach, Fürst, ganz richtig: ›Ist aus der Tür der Eheherr, so fährt die Frau sogleich nach Twer;‹ das ist ja aus dem Vaudeville, das die Schauspieler bei uns im vorigen Jahre gespielt haben«, fiel Felissata Michailowna ein.

»Nun ja, richtig: nach Twer; ich ver-ges-se es immer. Charmant, charmant! Also eben der sind Sie? Ich freue mich außerordentlich, Ihre Be-kannt-schaft zu machen«, sagte der Fürst und streckte, ohne vom Lehnstuhl aufzustehen, dem lächelnden Afanassi Matwejewitsch die Hand hin. »Nun, wie steht es mit Ihrer Gesundheit?»

»Hm...«

»Er ist gesund, Fürst, ganz gesund«, antwortete Marja Alexandrowna eilig.

»Nun ja, das sieht man auch, daß er ge-sund ist. Und Sie wohnen immer auf dem Gute? Nun, ich freue mich sehr. Aber wie rot-bak-kig er aussieht, und immer lacht er...«

Afanassi Matwejewitsch hatte fortwährend gelächelt, sich verbeugt und sogar Scharrfüße gemacht. Aber bei der letzten Bemerkung des Fürsten konnte er sich nicht halten und prustete auf einmal ohne rechten Anlaß in der dümmsten Weise vor Lachen los. Alle lachten. Die Damen kreischten vor Vergnügen. Sinaida wurde dunkelrot und sah mit funkelnden Augen ihre Mutter an, die ihrerseits vor Ärger beinah platzte. Es war Zeit, das Gesprächsthema zu wechseln.

»Wie haben Sie geschlafen, Fürst?« fragte sie mit honigsüßer Stimme und gab gleichzeitig durch einen drohenden Blick ihrem Manne zu verstehen, daß er sich sofort an seinen Platz zu scheren habe.

»Ach, ich habe sehr gut geschlafen«, erwiderte der Fürst; »und wissen Sie, ich habe einen entzük-kenden Traum gehabt, einen ent-zük-ken-den Traum!«

»Einen Traum! Ich höre schrecklich gern Träume erzählen!« rief Felissata Michailowna.

»Ich auch, ich höre es auch sehr gern!« fügte Natalja Dimitrijewna hinzu.

»Einen ent-zük-ken-den Traum!« wiederholte der Fürst mit einem seligen Lächeln. »Aber dafür ist dieser Traum auch das tiefste Geheimnis!«

»Wie, Fürst? Läßt er sich wirklich nicht erzählen? Das ist gewiß ein ganz wunderbarer Traum?« bemerkte Marja Alexandrowna.

»Das tief-ste Ge-heim-nis«, wiederholte der Fürst, dem es ein Genuß war, die Neugier der Damen zu reizen.
»Dann ist es gewiß furchtbar interessant!« riefen die Damen.
»Ich möchte darauf wetten, daß der Fürst im Traum vor irgendeiner schönen weiblichen Person auf den Knien gelegen und ihr eine Liebeserklärung gemacht hat!« rief Felissata Michailowna. »Nun, gestehen Sie nur, Fürst, daß es so ist! Liebster Fürst, gestehen Sie es!«
»Gestehen Sie es, Fürst, gestehen Sie es!« wurde von allen Seiten gerufen.
Der Fürst hörte dieses ganze Geschrei mit einem wonnevollen Gefühle des Triumphes. Die Vermutung der Damen schmeichelte seiner Eitelkeit außerordentlich, so daß er sich beinah die Lippen leckte.
»Obgleich ich gesagt habe, daß mein Traum das tiefste Geheimnis ist«, antwortete er endlich, »so sehe ich mich doch genötigt einzugestehen, daß Sie, gnädige Frau, ihn zu meinem Erstaunen fast voll-ständig er-raten haben.«
»Ich habe es erraten!« rief Felissata Michailowna ganz entzückt. »Nun, Fürst! Jetzt mögen Sie machen, was Sie wollen, aber Sie müssen es uns entdecken, wer diese Ihre schöne weibliche Person ist!«
»Das müssen Sie uns unbedingt entdecken!«
»Ist es eine Hiesige oder eine Auswärtige?«
»Liebster Fürst, entdecken Sie es uns!«
»Liebes Seelchen, bester Fürst, entdecken Sie es uns! Und wenn es Sie das Leben kostet, aber entdecken Sie es uns!« rief man von allen Seiten.
»Mesdames, mesdames!... Wenn Sie denn so hart-näk-kig darauf bestehen, es zu erfahren, so kann ich Ihnen nur eines entdecken: daß es das ent-zük-kendste und, ich kann wohl sagen, ma-kel-lo-seste junge Mädchen ist, das ich kenne«, sagte, vor Seligkeit fast vergehend, der Fürst unter Kaubewegungen.
»Das entzückendste junge Mädchen! Und... eine Hiesige! Wer könnte das sein?« fragten die Damen, indem sie einander bedeutsam ansahen und sich wechselseitig zublinzelten.

»Selbstverständlich wird es diejenige sein, die hier für die erste Schönheit gilt«, sagte Natalja Dimitrijewna; sie rieb ihre großen, roten Hände und blickte mit ihren Katzenaugen nach Sinaida hin. Mit ihr gleichzeitig richteten auch alle andern ihre Blicke auf Sinaida.
»Aber wenn Sie so etwas träumen, Fürst, warum sollten Sie dann nicht auch in Wirklichkeit heiraten?« fragte Felissata Michailowna und ließ einen bedeutsamen Blick bei allen herumgehen.
»Und eine wie gute Braut wir Ihnen verschaffen würden!« fiel eine andere Dame ein.
»Liebster Fürst, heiraten Sie doch!« winselte eine dritte.
»Heiraten Sie doch, heiraten Sie doch!« ertönte es von überall her. »Warum sollten Sie nicht heiraten?«
»Nun ja... warum sollte ich nicht heiraten?« stimmte ihnen der Fürst bei, der durch all dieses Geschrei ganz wirr geworden war.
»Onkelchen!« rief Mosgljakow.
»Nun ja, mein Freund, ich ver-ste-he dich! Ich wollte Ihnen eigentlich sagen, mesdames, daß ich nicht mehr imstande bin zu heiraten und, nachdem ich einen entzückenden Abend bei unserer liebenswürdigen Wirtin werde verlebt haben, mich gleich morgen zu dem Mönchpriester Missail in das Kloster begeben und dann geradewegs ins Ausland reisen werde, um dort die eu-ro-päische Aufklärung bequemer verfolgen zu können.«
Sinaida wurde blaß und sah mit einem unaussprechlichen Ausdrucke von Leid ihre Mutter an. Aber Marja Alexandrowna hatte bereits ihren Entschluß gefaßt. Bis dahin hatte sie nur abgewartet und sondiert, obwohl sie merkte, daß die Sache arg verdorben war, und daß ihre Feinde ihr einen großen Vorsprung abgewonnen hatten. Jetzt endlich begriff sie alles und beschloß, auf einmal, mit einem Schlage, die hundertköpfige Hydra zu vernichten. Würdevoll erhob sie sich von ihrem Lehnsessel, näherte sich festen Schrittes dem Tische und maß mit einem stolzen Blick ihre zwerghaften Feinde. In diesem Blicke leuchtete das Feuer einer höheren Eingebung. Sie hatte sich vorgenommen, alle diese boshaf-

ten Klatschbasen in Erstaunen zu versetzen und aus der Fassung zu bringen, den nichtswürdigen Mosgljakow wie eine Schabe zu zerquetschen und durch einen einzigen entschlossenen, kühnen Schlag ihren ganzen verlorenen Einfluß auf den idiotischen Fürsten wieder zurückzuerobern. Selbstverständlich war dazu eine außerordentliche Dreistigkeit erforderlich; aber diese Eigenschaft besaß Marja Alexandrowna in hohem Maße!

»Mesdames«, begann sie feierlich und würdevoll (Marja Alexandrowna war überhaupt eine große Freundin feierlichen Wesens), »mesdames, ich habe Ihr Gespräch und Ihre munteren, geistreichen Scherze lange mit angehört und finde, daß es für mich Zeit ist, auch meinerseits ein Wort zu sagen. Sie wissen, wir haben uns hier alle ganz zufällig zusammengefunden (und ich freue mich so, freue mich so sehr darüber)... Niemals würde ich mich dazu entschlossen haben, ein wichtiges Familiengeheimnis als erste auszusprechen und es früher zu verlautbaren, als dies das gewöhnliche Gefühl für Anstand verlangt. Im besonderen bitte ich meinen lieben Gast um Verzeihung; aber es schien mir, daß er selbst durch entfernte Anspielungen auf diesen selben Umstand mir zu verstehen geben will, daß eine förmliche, feierliche Enthüllung unseres Familiengeheimnisses ihm nicht unangenehm sein werde, ja daß er diese Enthüllung sogar wünsche... Nicht wahr, Fürst, ich habe mich nicht geirrt?«

»Nun ja, Sie haben sich nicht geirrt... und ich freue mich sehr, sehr...« anwortete der Fürst, der absolut nicht begriff, um was es sich handelte.

Marja Alexandrowna hielt des größeren Effektes halber einen Augenblick inne, um Atem zu schöpfen, und ließ ihren Blick über die ganze Gesellschaft hinschweifen. Alle Besucherinnen horchten in höchster Aufregung und Neugier auf ihre Worte. Mosgljakow fuhr zusammen; Sinaida errötete und erhob sich von ihrem Lehnstuhl. Afanassi Matwejewitsch schnaubte sich, in Erwartung von etwas Ungewöhnlichem, für jeden Fall die Nase.

»Ja, mesdames, ich bin mit Freuden bereit, Ihnen mein Familiengeheimnis anzuvertrauen. Heute nach Tische hat der

Fürst, hingerissen von der Schönheit und... den vortrefflichen Eigenschaften meiner Tochter, ihr die Ehre eines Heiratsantrages erwiesen. Fürst!« schloß sie, und ihre Stimme zitterte vor Tränen und Aufregung, »lieber Fürst, Sie dürfen, Sie können mir nicht zürnen wegen meiner Indiskretion! Nur die außerordentliche Freude über dieses Familienereignis hat meinem Herzen dieses liebe Geheimnis vor der Zeit entreißen können, und... welche Mutter kann mir in diesem Falle einen Vorwurf machen?«

Ich finde keine Worte, um die Wirkung zu schildern, die dieser unerwartete Schritt Marja Alexandrownas hervorbrachte. Alle waren starr vor Staunen. Die treulosen Besucherinnen hatten beabsichtigt, Marja Alexandrowna dadurch zu erschrecken, daß sie ihr Geheimnis schon wüßten; sie hatten beabsichtigt, sie durch die vorzeitige Aufdeckung dieses Geheimnisses niederzuschmettern; sie hatten beabsichtigt, sie vorläufig nur durch bloße Anspielungen zu peinigen: und nun waren sie durch eine solche kühne Offenherzigkeit wie vor den Kopf geschlagen. Eine so furchtlose Offenherzigkeit ließ auf innere Stärke schließen. »Also wird der Fürst tatsächlich nach seinem eigenen Willen Sinaida heiraten? Also ist er nicht angelockt, betrunken gemacht und getäuscht worden? Also wird er nicht heimlicher, spitzbübischer Weise zur Heirat gezwungen? Also fürchtet Marja Alexandrowna niemanden? Also ist es nicht mehr möglich, diese Heirat zu hintertreiben, wenn der Fürst, ohne gezwungen zu sein, heiratet?« Ein ganz kurzes Geflüster wurde vernehmbar, das sich auf einmal in helle Freudenrufe verwandelte. Als erste stürzte Natalja Dmitrijewna auf Marja Alexandrowna zu, um sie zu umarmen; nach ihr Anna Nikolajewna und nach dieser Felissata Michailowna. Alle sprangen von ihren Plätzen in die Höhe und rannten bunt durcheinander; viele der Damen waren blaß vor Wut. Sie begannen die verlegene Sinaida zu beglückwünschen; sie klammerten sich sogar an Afanassi Matwejewitsch. Marja Alexandrowna breitete malerisch die Arme aus und drückte beinahe mit Gewalt ihre Tochter an ihre Brust. Nur der Fürst blickte auf diese Szene mit einem sonderbaren Erstaunen, obgleich er wie vorher lächelte. Übrigens gefiel ihm die Szene zum Teil. Als er sah, wie die Mutter ihre Tochter umarmte, zog er sein Taschentuch heraus und wischte sich sein Auge, in welches ein Tränchen getreten war. Natürlich stürmten sie auch auf ihn mit Glückwünschen ein.

»Wir gratulieren, Fürst! Wir gratulieren!« wurde von allen Seiten gerufen.

»Also Sie heiraten?«

»Also heiraten Sie wirklich?«

»Liebster Fürst, also Sie heiraten?«

»Nun ja, nun ja«, antwortete der Fürst, der mit den Glückwünschen und dem allgemeinen Entzücken sehr zufrieden war, »und ich gestehe Ihnen, daß mir am allermeisten Ihre liebenswürdige Anteilnahme gefällt, die ich nie-mals vergessen werde, nie-mals ver-ges-sen werde. Charmant! Charmant! Sie haben mich sogar bis zu Tränen ge-rührt...«

»Geben Sie mir einen Kuß, Fürst!« rief Felissate Michailowna alle übertönend.

»Und ich muß Ihnen gestehen«, fuhr der Fürst, häufig durch Ausrufe von allen Seiten unterbrochen, fort, »ich wundere mich am allermeisten darüber, daß Marja Iwa-now-na, unsere verehrte Wirtin, meinen Traum mit so außerordentlichem Scharfsinn erraten hat. Gerade als ob sie statt meiner diesen Traum gehabt hätte. Ein au-ßer-or-dent-licher Scharfsinn! Ein au-ßer-or-dent-licher Scharfsinn!«

»Ach, Fürst, reden Sie wieder von einem Traume?«

»Gestehen Sie es doch ein, Fürst, gestehen Sie es doch ein!« riefen alle Damen, ihn umringend.

»Ja, Fürst, es ist kein Grund mehr, es zu verheimlichen; es ist Zeit, dieses Geheimnis offenzulegen!« sagte Marja Alexandrowna in entschiedenem, ernstem Tone. »Ich habe Ihre feine bildliche Ausdrucksweise verstanden und weiß das bezaubernde Zartgefühl zu würdigen, mit dem Sie mir angedeutet haben, daß Sie eine Veröffentlichung Ihrer Verlobung wünschten. Ja, mesdames, das ist die Wahrheit; der Fürst ist heute vor meiner Tochter niedergekniet und hat ihr in wachem Zustande, und nicht im Traum, einen feierlichen Heiratsantrag gemacht.«

»Es war vollständig wie in wachem Zustande, und sogar die nä-he-ren Um-stände waren dieselben«, bestätigte der Fürst. »Mademoiselle«, fuhr er mit außerordentlicher Höflichkeit fort, indem er sich an Sinaida wandte, die von ihrem Erstaunen immer noch nicht wieder zu sich gekommen war, »Mademoiselle! Ich schwöre Ihnen, daß ich nie gewagt haben würde, Ihren Namen auszusprechen, wenn ihn nicht andere vor mir aus-ge-spro-chen hätten. Es war ein entzückender Traum, ein entzückender Traum, und ich bin doppelt glücklich, daß es mir vergönnt ist, Ihnen dies jetzt aus-zu-sprechen. Charmant! Charmant!...«

»Aber ich bitte Sie, was stellt denn das vor? Er redet ja immer von einem Traume!« flüsterte Anna Nikolajewna der aufgeregten und etwas blaß gewordenen Marja Alexandrowna zu.

Ach, Marja Alexandrownas Herz empfand auch ohne solche unheilverkündenden Bemerkungen schon längst einen dumpfen Schmerz und bebte angstvoll.

»Wie hängt das zusammen?« flüsterten die Damen und tauschten bedeutsame Blicke aus.

»Aber ich bitte Sie, Fürst«, begann Marja Alexandrowna mit einem schmerzlich verzerrten Lächeln, »ich versichere Ihnen, daß Sie mich in Erstaunen versetzen. Was ist das bei Ihnen für eine sonderbare Idee, daß Sie das nur geträumt hätten? Ich muß Ihnen gestehen, ich habe bis jetzt geglaubt, daß Sie einen Scherz machten; aber... Wenn es ein Scherz ist, so ist es ein sehr übel angebrachter Scherz... Ich will es gern auf Rechnung Ihrer Zerstreutheit setzen, aber...«

»Es ist bei ihm vielleicht tatsächlich eine Folge von Zerstreutheit«, lispelte Natalja Dmitrijewna.

»Nun ja... vielleicht ist es eine Folge von Zerstreutheit«, stimmte ihr der Fürst bei, der immer noch nicht ganz verstand, was man von ihm verlangte. »Und denken Sie sich, da will ich Ihnen gleich ein Ge-schicht-chen erzählen. Ich wurde in Petersburg zu einer Be-erdigungsfeier eingeladen, in einer gewissen Familie, maison bourgeoise, mais honnête, und ich glaubte irrtümlich, zur Feier eines Namenstages eingeladen zu sein. Aber die Feier des Namenstages hatte schon in der vorhergehenden Wo-che statt-ge-funden. Ich bestellte ein Kamelienbukett für die Dame, die, wie ich glaubte, ihren Namenstag beging. Ich trete ein, und was sehe ich? Ein achtungswerter, älterer Mann liegt als Leiche auf dem Tische, so daß ich ganz er-staunt war. Ich wußte gar nicht, wo ich mit dem Bu-kett blei-ben sollte.«

»Aber, Fürst, um Geschichten handelt es sich hier nicht!« unterbrach ihn Marja Alexandrowna ärgerlich. »Meine Tochter hat es wahrhaftig nicht nötig, auf Bewerber Jagd zu machen; aber heute nach Tische haben Sie selbst hier an diesem Flügel ihr einen Heiratsantrag gemacht. Ich habe Sie nicht dazu angeregt... Dieser Antrag hat mich, ich kann wohl sagen, frappiert... Selbstverständlich ging mir damals ein Gedanke durch den Kopf; aber ich verschob das alles bis zu Ihrem Erwachen. Indes, ich bin eine Mutter, und sie ist meine Tochter... Sie selbst haben soeben von einem Traume gesprochen, und ich glaubte, daß Sie in dieser bildlichen Einkleidung von Iher Verlobung Mitteilung machen wollten. Ich weiß sehr wohl, daß man Sie vielleicht irre macht... ich habe sogar eine Vermutung darüber, wer das tut... aber... geben Sie jetzt recht schnell eine befriedigende Erklärung ab, Fürst! In dieser Weise darf man mit einer anständigen Familie nicht Scherz treiben...«

»Nun ja, in dieser Weise darf man mit einer anständigen Familie nicht Scherz treiben«, pflichtete ihr der Fürst verständnislos bei; indes begann er schon allmählich unruhig zu werden.

»Aber das ist keine Antwort auf meine Frage, Fürst. Ich bitte Sie, mir eine bündige Antwort zu geben; bestätigen Sie, bestätigen Sie hier sogleich in Gegenwart aller, daß Sie vorhin meiner Tochter einen Heiratsantrag gemacht haben!«

»Nun ja, ich will es gern bestätigen. Übrigens habe ich das alles bereits erzählt, und Felissate Jakowlewna hat meinen Traum ganz richtig erraten.«

»Es war kein Traum! Es war kein Traum!« rief Marja Alexandrowna aufgebracht. »Es war kein Traum, sondern Sie befanden sich in wachem Zustande, Fürst, in wachem Zustande, hören Sie wohl, in wachem Zustande!«

»In wachem Zustande!« rief der Fürst und erhob sich erstaunt von seinem Lehnsessel. »Nun, mein Freund, wie du es vorhin prophezeit hast, so ist es wirklich eingetroffen!« fügte er, zu Mosgljakow gewendet, hinzu. »Aber ich versichere Ihnen, verehrte Marja Stepanowna, daß Sie sich irren! Ich bin vollkommen davon überzeugt, daß ich das nur geträumt habe!«

»O Gott, erbarme dich!« rief Marja Alexandrowna.

»Regen Sie sich nicht auf, Marja Alexandrowna!« mischte sich Natalja Dmitrijewna ein. »Der Fürst hat es vielleicht vergessen... Er wird sich wieder daran erinnern.«

»Ich bin erstaunt über Sie, Natalja Dmitrijewna«, erwiderte Marja Alexandrowna empört; »kann man denn solche Dinge vergessen? Ist denn das menschenmöglich? Ich bitte Sie, Fürst! Machen Sie sich über uns lustig? Oder ahmen Sie vielleicht einen der von Dumas geschilderten leichtfertigen Patrone aus der Zeit der Regentschaft nach? So einen Fairelacour oder Lauzun? Aber abgesehen davon, daß das nicht zu Ihren Jahren paßt, versichere ich Ihnen, daß Ihnen das nicht gelingen wird! Meine Tochter ist keine französiche Vikomtesse. Vorhin hat sie hier, sehen Sie, hier an dieser Stelle Ihnen ein Lied gesungen, und entzückt von ihrem Gesange sind Sie vor ihr auf die Knie gefallen und haben ihr einen Heiratsantrag gemacht. Phantasiere ich denn etwa? Schlafe ich denn? Reden Sie, Fürst: schlafe ich oder nicht?«

»Nun ja... übrigens vielleicht nicht...« antwortete der Fürst, der ganz verwirrt war. »Ich will nur sagen, daß ich jetzt, wie ich glaube, nicht schlafe. Sehen Sie, vorhin habe ich geschlafen und habe geträumt, weil ich eben schlief...«

»Mein Gott, was heißt das: nicht schlafen, schlafen, schlafen, nicht schlafen! Weiß der Teufel, was das heißen soll! Reden Sie im Fieber, Fürst?«

»Nun ja, weiß der Teufel... übrigens bin ich jetzt schon ganz konfus geworden, glaube ich...« versetzte der Fürst und ließ seine unruhigen Blicke rings umhergehen.

»Aber wie können Sie denn das geträumt haben«, rief Marja Alexandrowna aufgeregt, »wenn ich doch Ihnen selbst Ih-

ren eigenen Traum mit solchen Einzelheiten erzähle, obgleich Sie ihn noch niemandem von uns erzählt haben?«
»Aber vielleicht hat ihn der Fürst doch schon jemandem erzählt«, meinte Natalja Dmitrijewna.
»Nun ja, vielleicht habe ich ihn wirklich jemandem erzählt«, stimmte ihr der Fürst, ganz fassungslos, bei.
»Ist das einmal eine Komödie!« flüsterte Felissata Michailowna ihrer Nachbarin zu.
»Ach, du mein Gott! Aber da hört doch wirklich alle Geduld auf!« rief Marja Alexandrowna und rang ganz außer sich die Hände. »Sie hat Ihnen doch ein Lied gesungen, ein Lied gesungen! Haben Sie denn auch das nur geträumt?«
»Nun ja, es ist mir wirklich, als ob sie ein Lied gesungen hätte«, murmelte der Fürst nachdenklich.
Und auf einmal belebte eine Erinnerung sein Gesicht.
»Mein Freund«, rief er, sich zu Mosgljakow wendend, »ich vergaß vorhin dir zu sagen, daß da wirklich so ein Lied gesungen wurde, und in diesem Liede kamen immer Burgen vor, eine ganze Menge Burgen; und dann war da auch so ein Troubadour! Nun ja, an alles das erinnere ich mich... es war so rührend, daß ich sogar weinte... Aber jetzt, siehst du, bin ich wirklich bedenklich geworden und möchte glauben, daß sich das in Wahrheit zugetragen hat und ich es nicht bloß geträumt habe.«
»Ich muß Ihnen gestehen, Onkelchen«, antwortete Mosgljakow mit möglichster Ruhe, obgleich ihm die Stimme vor Aufregung zitterte, »ich muß Ihnen gestehen, es scheint mir, daß es sehr leicht ist, diese ganze Sache in befriedigender Weise zu erklären. Ich glaube, Sie haben tatsächlich Gesang gehört. Sinaida Afanasjewna singt vorzüglich. Nach dem Mittagessen sind Sie hierhergeführt worden, und Sinaida Afanasjewna hat Ihnen ein Lied vorgesungen. Ich war damals nicht hier; aber Sie sind wahrscheinlich gerührt geworden und haben sich an alte Zeiten erinnert; vielleicht haben Sie sich an eben jene Vikomtesse erinnert, mit der Sie selbst einmal Lieder gesungen haben, und von der Sie selbst uns am Vormittag erzählt hatten. Nun, und als Sie sich dann schlafen gelegt hatten, da hat Ihnen infolge der angenehmen

Empfindungen geträumt, daß Sie verliebt wären und einen Heiratsantrag machten...«

Marja Alexandrowna war geradezu starr über eine solche Frechheit.

»Ach, mein Freund, so wird es auch tatsächlich gewesen sein!« rief der Fürst ganz entzückt. »Eben infolge der angenehmen Empfindungen! Ich erinnere mich wirklich, daß mir ein Lied vorgesungen wurde und ich deswegen im Traume heiraten wollte. Und die Erinnerung an die Vikomtesse war mir ebenfalls lebendig geworden... Ach, wie klug du das enträtselt hast, mein Lieber! Nun, ich bin jetzt vollständig davon überzeugt, daß ich das alles nur geträumt habe! Marja Wassiljewna! Ich versichere Ihnen, daß Sie sich geirrt haben! Es war ein Traum. Ich würde mir ja auch nicht erlauben, mit Ihren edelsten Empfindungen mein Spiel zu treiben...«

»Ah, jetzt sehe ich deutlich, wer die ganze Sache verdorben hat!« rief Marja Alexandrowna außer sich vor Wut, indem sie sich zu Mosgljakow wandte. »Sie, mein Herr, Sie ehrloser Mensch, haben das alles angestiftet! Um sich dafür zu rächen, daß Sie selbst einen Korb erhalten hatten, haben Sie diesem unglücklichen Idioten den Kopf wirr gemacht! Aber diesen schändlichen Streich sollen Sie mir büßen, Sie nichtswürdiger Mensch! Den sollen Sie mir büßen, büßen, büßen!«

»Marja Alexandrowna!« rief seinerseits Mosgljakow, der rot wie ein Krebs geworden war. »Ihre Worte sind dermaßen... Ich weiß gar nicht, wie ich Ihre Worte bezeichnen soll... Keine feine Dame wird sich erlauben... wenigstens trete ich für meinen Verwandten ein. Sie müssen doch selbst sagen, ihn so zu verlocken...«

»Nun ja, so zu verlocken...« echote der Fürst, der sich hinter Mosgljakow zu verstecken suchte.

»Afanassi Matwejewitsch!« kreischte Marja Alexandrowna mit einer Stimme, die gar nicht wie ihre eigene klang. »Hören Sie denn nicht, wie man uns beschimpft und entehrt? Oder haben Sie sich schon vollständig von all Ihren Pflichten losgesagt? Sind Sie wirklich nicht ein Familienvater, sondern ein häßlicher Holzklotz? Warum blinzeln Sie mit den Augen? Ein anderer Mann hätte schon längst die seiner Familie zugefügte Beleidigung mit Blut abgewaschen!...«

»Liebe Frau!« begann Afanassi Matwejewitsch mit wichtiger Miene, stolz darauf, daß man auch seiner zu benötigen anfing. »Liebe Frau! Hast du nicht wirklich das alles geträumt und dann beim Erwachen alles auf deine Art durcheinander gewirrt...«

Aber es war ihm nicht beschieden, seine scharfsinnige Vermutung vollständig auszusprechen. Bis dahin hatten die Gäste sich noch beherrscht und sich heimtückischerweise den Anschein wohlanständiger Ehrbarkeit gegeben. Aber nun erfüllte eine laute Salve des unbändigsten Gelächters das ganze Zimmer. Marja Alexandrowna vergaß alle Regeln des Anstandes und machte Miene, auf ihren Gatten loszustürzen, wahrscheinlich um ihm sofort die Augen auszukratzen. Aber man hielt sie mit Gewalt fest. Natalja Dmitrijewna benutzte die Umstände und träufelte wenigstens noch ein Tröpfchen Gift hinzu.

»Ach, Marja Alexandrowna, vielleicht ist es auch wirklich so zugegangen; aber Sie regen sich so auf«, sagte sie in honigsüßem Tone.

»Wie soll es zugegangen sein? Was soll geschehen sein?« schrie Marja Alexandrowna, die noch nicht recht verstanden hatte.

»Ach, Marja Alexandrowna, so etwas kommt doch manchmal vor...«

»Was kommt denn vor? Wollen Sie mich foltern?«

»Vielleicht haben Sie es wirklich nur geträumt.«

»Geträumt? Ich geträumt? Und Sie wagen es, mir das gerade ins Gesicht zu sagen?«

»Nun, vielleicht ist es doch wirklich so gewesen«, mischte sich Felissata Michailowna hinein.

»Nun ja, vielleicht ist doch wirklich so gewesen«, murmelte auch der Fürst.

»Auch er, auch er haut wieder in denselben Kerb! Herr du mein Gott!« rief Marja Alexandrowna und schlug die Hände zusammen.

»Wie Sie sich aufregen, Marja Alexandrowna! Denken Sie doch daran, daß Träume von Gott kommen. Und wenn Gott etwas will, so kann Ihn niemand hindern, und alles geschieht nach Seinem heiligen Willen. Sich darüber zu erzürnen, ist zwecklos.«
»Nun ja, sich darüber zu erzürnen, ist zwecklos«, wiederholte der Fürst.
»Aber halten Sie mich denn für eine Wahnsinnige, wie?« brachte Marja Alexandrowna nur mit Mühe hervor, da die Wut ihr den Atem versetzte. Das ging schon über menschliche Kraft hinaus. Sie suchte eilig einen Stuhl und fiel in Ohnmacht. Es entstand ein wildes Durcheinander.
»Sie ist doch nur aus Anstand in Ohnmacht gefallen«, flüsterte Natalja Dmitrijewna ihrer Freundin Anna Nikolajewna ins Ohr.
Aber in diesem Augenblicke, in dem Augenblicke, wo die verständnislose Verwunderung der Anwesenden ihren Gipfelpunkt erreicht hatte und die Spannung dieser ganzen Szene auf den höchsten Grad gestiegen war, trat plötzlich eine bis dahin stumme Person hervor – und sofort änderte sich der ganze Charakter der Szene...

VIERZEHNTES KAPITEL

Sinaida Afanasjewna hatte in ihrem ganzen Wesen eine sehr romantische Anschauungsweise. Wir wissen nicht, ob dies, wie Marja Alexandrowna selbst behauptete, daher kam, daß sie »diesen dummen« Shakespeare mit »ihrem jämmerlichen Schulmeister« zuviel gelesen hatte; aber noch nie während ihres ganzen Lebens in Mordassow hatte sich Sinaida eine so ungewöhnlich romantische oder, richtiger gesagt, heroische Handlung erlaubt, wie die, welche wir jetzt sogleich schildern werden.
Blaß, mit entschlossenem Blicke, aber fast zitternd vor Aufregung, wunderbar schön in ihrer Empörung, trat sie vor. Nachdem sie einen langen, herausfordernden Blick über alle Anwesenden hatte hingleiten lassen, wandte sie sich inmit-

ten des plötzlich eintretenden Stillschweigens an ihre Mutter, die bei der ersten Bewegung der Tochter sogleich wieder aus ihrer Ohnmacht zu sich gekommen war und die Augen geöffnet hatte.

»Mama«, sagte Sinaida, »wozu die Betrügerei? Wozu sollen wir uns noch durch Lüge beflecken? Alles ist schon jetzt dermaßen schmutzig, daß es wirklich nicht die erniedrigende Mühe lohnt, diesen Schmutz zu verbergen!«

»Sinaida! Sinaida! Was ist mit dir? Komm zur Besinnung!« rief Marja Alexandrowna erschrocken und sprang von ihrem Lehnstuhl auf.

»Ich habe Ihnen gesagt, ich habe Ihnen von vornherein gesagt, Mama, daß ich all diese Schmach nicht ertragen werde«, fuhr Sinaida fort. »Ist es denn unumgänglich nötig, daß wir uns noch mehr erniedrigen, uns noch mehr beschmutzen? Wissen Sie aber, Mama, daß ich alles auf mich nehmen werde, weil ich die größte Schuld trage. Ich, ich habe durch meine Einwilligung diese garstige Intrige ermöglicht! Sie sind eine Mutter; Sie lieben mich; Sie wollten auf Ihre Art und nach Ihren Begriffen mein Glück zimmern. Ihnen kann man noch verzeihen, aber mir, mir niemals!«

»Sinaida, willst du denn wirklich alles erzählen?... O Gott, ich ahnte es, daß dieser Dolchstoß meinem Herzen nicht erspart bleiben würde!«

»Ja, Mama, ich werde alles erzählen! Ich bin beschimpft; Sie und wir alle sind beschimpft!«

»Du übertreibst, Sinaida! Du bist außer dir und weißt nicht, was du redest! Und wozu willst du alles erzählen? Das hat ja keinen Sinn... Wir brauchen uns nicht zu schämen. Ich werde sofort nachweisen, daß wir uns nicht zu schämen brauchen...«

»Nein, Mama!« rief Sinaida mit einer Stimme, die vor Zorn zitterte, »ich will nicht länger vor diesen Leuten schweigen, deren Meinung ich verachte, und die nur hergekommen sind, um sich über uns lustig zu machen! Ich will keine Beleidigungen von ihnen ertragen; keine von diesen Damen hat das Recht, mich mit Schmutz zu bewerfen. Sie würden alle auf der Stelle bereit sein, Dinge zu tun, die dreißigmal schlimmer wären als das, was ich und Sie getan haben! Dürfen sie es wagen, sind sie dazu geeignet, unsere Richterinnen zu sein?«

»Nun, das ist ja nett! Höre mal einer, in welchem Tone die redet! Was soll das vorstellen? Wir werden hier beleidigt!« wurde von allen Seiten gerufen.

»Sie weiß offenbar selbst nicht, was sie redet«, sagte Natalja Dmitrijewna.

Wir bemerken in Parenthese, daß Natalja Dmitrijewna recht hatte. Wenn Sinaida diese Damen nicht für würdig hielt, sie zu richten, welchen Zweck hatte es dann, ihnen solche Enthüllungen und Bekenntnisse zu machen? Überhaupt übereilte sich Sinaida Afanasjewna gar zu sehr. Das war in der Folge auch die Meinung der besten Köpfe in Mordassow. Alles hätte sich noch zurechtschieben und in Ordnung bringen lassen! Allerdings hatte auch Marja Alexandrowna an diesem Abend durch ihre Eilfertigkeit und durch ihren Hochmut sich selbst geschadet. Sie hätte sich nur über den idiotischen alten Mann lustig zu machen und ihn aus dem Hause zu jagen brauchen! Aber Sinaida wandte sich, als ob sie absichtlich gegen alle gesunde Vernunft und gegen die Mordassower Weisheitsregeln handeln wollte, an den Fürsten.

»Fürst«, sagte sie zu dem alten Manne, der sich sogar respektvoll von seinem Stuhle erhob, so imponierte sie ihm in diesem Augenblicke. »Fürst! Verzeihen Sie mir, verzeihen Sie uns! Wir haben Sie getäuscht, wir haben Sie verlockt...«

»Willst du wohl schweigen, Unglückliche!« rief Marja Alexandrowna außer sich.

»Gnädige Frau, gnädige Frau! Ma charmante enfant...« murmelte der konsternierte Fürst.

Aber Sinaidas stolzer, impulsiver und im höchsten Grade phantastischer Charakter riß sie in diesem Augenblicke fort, gegen alle von dem realen Leben geforderten Anstandsrücksichten. Sie vergaß sogar ihre Mutter, die infolge dieser Geständnisse geradezu von Krämpfen befallen wurde.

»Ja, wir haben Sie beide getäuscht, Fürst: meine Mutter da-

durch, daß sie Sie dahin brachte, mir einen Heiratsantrag zu machen, und ich dadurch, daß ich meine Zustimmung dazu gab.
Sie wurden mit Wein halb trunken gemacht; ich willigte ein, Ihnen etwas vorzusingen und mich Ihnen gegenüber zu verstellen. Wir haben Sie, den Schwachen, Schutzlosen, übertölpelt, wie sich Pawel Alexandrowitsch ausgedrückt hat; wir haben Sie übertölpelt wegen Ihres Reichtums und wegen Ihres Fürstentitels. Alles das war furchtbar gemein, und ich bereue es tief. Aber ich schwöre Ihnen, Fürst, daß ich mich zu dieser Gemeinheit nicht aus gemeinen Motiven entschlossen hatte. Ich wollte... Aber was rede ich! Es ist eine doppelte Gemeinheit, sich in einer solchen Sache rechtfertigen zu wollen! Aber ich versichere Ihnen, Fürst, daß ich, wenn ich etwas von Ihnen erhalten hätte, dafür Ihr Spielzeug, Ihre Magd, Ihre Tänzerin, Ihre Sklavin gewesen wäre... das hatte ich mir geschworen, und ich würde meinen Schwur gewissenhaft gehalten haben!«
Ein heftiger Krampf in der Kehle zwang sie in diesem Augenblicke innezuhalten. Alle Gäste waren geradezu starr geworden und hörten mit weit geöffneten Augen zu. Das überraschende und ihnen ganz unbegreifliche Auftreten Sinaidas hatte sie vollständig verblüfft. Nur der Fürst war bis zu Tränen gerührt, obwohl er kaum die Hälfte von dem verstanden hatte, was Sinaida gesagt hatte
»Aber ich werde Sie heiraten, ma belle enfant, wenn Sie es wirk-lich wün-schen«, murmelte er »und das wird für mich eine große Ehre sein! Nur versichere ich Ihnen, daß es tatsäch-lich wie ein Traum war... Nun, was träume ich nicht alles zusammen? Wozu regen Sie sich also so auf? Ich habe sogar eigentlich noch nichts begriffen, mon ami«, fuhr er, zu Mosgljakow gewendet fort; »bitte, mach wenigstens du mir die Sache klar...«
»Und Sie, Pawel Alexandrowitsch«, unterbrach ihn Sinaida, sich ebenfalls an Mosgljakow wendend, »Sie, den ich eine Zeitlang schon beinahe als meinen künftigen Gatten betrachtete, Sie, der sich jetzt so grausam an mir gerächt hat, konnten auch Sie sich auf die Seite dieser Leute schlagen,

um mich zu demütigen? Und Sie sagten, daß Sie mich liebten! Aber es steht mir nicht zu, Sie moralisches Verhalten zu lehren! Ich bin schuldiger als Sie. Ich habe Ihnen Übles getan; denn ich habe Sie tatsächlich durch Versprechungen hingehalten, und meine heutigen Äußerungen waren Lüge und Hinterlist! Ich habe Sie nie geliebt, und wenn ich mich entschlossen hätte, Sie zu heiraten, so hätte ich es einzig und allein getan, um von hier irgenwohin wegzukommen, weg aus dieser verdammten Stadt, und um all diesen Schmutz einmal loszuwerden. Aber ich schwöre Ihnen: wenn ich Sie geheiratet hätte, so wäre ich Ihnen eine gute, treue Frau gewesen... Sie haben sich grausam an mir gerächt, und wenn das Ihrem Stolze schmeichelt...«

»Sinaida Afanasjewna!« rief Mosgljakow.

»Wenn Sie immer noch einen Haß gegen mich hegen...«

»Sinaida Afanasjewna!!«

»Wenn Sie mich jemals«, fuhr Sinaida, ihre Tränen niederkämpfend, fort, »wenn Sie mich jemals geliebt haben...«

»Sinaida Afanasjewna!!!«

»Sinaida, Sinaida, meine Tochter!« rief Marja Alexandrowna kläglich.

»Ich bin ein Schurke, Sinaida Afanasjewna, ich bin ein Schurke und weiter nichts!« versicherte Mosgljakow, und alle gerieten in eine gewaltige Aufregung. Ausrufe des Erstaunens und der Entrüstung ließen sich vernehmen; aber Mosgljakow stand wie angeschmiedet auf seinem Flecke, unfähig zu denken und ratlos...

Für schwache, hohle Charaktere, die an beständige Unterordnung gewöhnt sind und endlich einmal den Entschluß fassen, sich aufzulehnen und zu empören und fest und konsequent zu sein, gibt es immer eine nicht so ferne Grenzlinie ihrer Festigkeit und Konsequenz. Ihre Auflehnung ist anfangs gewöhnlich recht energisch. Ihre Energie geht sogar bis zur Raserei. Sie stürzen gleichsam mit zugekniffenen Augen auf die Hindernisse los und laden sich immer eine ihre Kräfte fast übersteigende Last auf die Schultern. Aber wenn der Rasende bis zu einem bestimmten Punkte gelangt ist, so macht er plötzlich, als ob er vor sich selbst einen Schreck bekäme, wie betäubt halt und legt sich die schreckliche Frage vor: »Was habe ich da angerichtet?« Dann wird er sofort matt, schluchzt, verlangt eine Aussprache, fällt auf die Knie, bittet um Verzeihung und fleht, es möge alles beim alten belassen werden; aber nur schnell, so schnell wie irgend möglich, möchte er seine Bitte erhört sehen!... Fast dasselbe begab sich jetzt mit Mosgljakow. Nachdem er außer sich geraten und wütend geworden war, nachdem er ein Unheil angerichtet hatte, das er jetzt in seinem ganzen Umfange nur sich allein zuschrieb, nachdem er seiner Entrüstung und seinem verletzten Ehrgefühl Genüge getan und wegen seiner Handlungsweise einen Haß auf sich selbst geworfen hatte: da machte er auf einmal, von Gewissensbissen gequält, vor Sinaidas unerwartetem, kühnem Schritte halt. Ihre letzten Worte schlugen ihn völlig zu Boden. Der Übergang von einem Extrem in das andere war das Werk eines Augenblikkes.

»Ich bin ein Esel, Sinaida Afanasjewna!« rief er in einem Anfall wütender Reue. »Nein, was sage ich: ›ein Esel‹? Das ist noch gar nichts gesagt! Ich bin unvergleichlich viel schlechter als ein Esel! Aber ich werde es Ihnen beweisen, Sinaida Afanasjewna, ich werde es Ihnen beweisen, daß auch ein Esel ein anständiger Mensch sein kann!... Onkelchen! Ich habe Sie betrogen! Ich, ich, ich habe Sie betrogen! Sie haben es nicht geträumt; Sie haben wirklich, in wachem Zustande, einen Heiratsantrag gemacht, und ich, ich Schurke, habe aus Rachsucht, weil ich einen Korb bekommen hatte, Ihnen eingeredet, daß Sie das alles nur geträumt hätten.«

»Da kommen ja erstaunlich merkwürdige Dinge zutage«, zischelte Natalja Dmitrijewna ihrer Freundin Anna Nikolajewna ins Ohr.

»Mein Freund«, antwortete der Fürst, »bit-te, be-ru-hi-ge dich; du hast mich wirklich durch dein Schreien erschreckt. Ich ver-si-che-re dir, daß du dich irrst... Ich bin ja meinetwegen bereit zu heiraten, wenn es nun einmal nö-tig ist; aber du selbst hast mich ja davon überzeugt, daß es nur ein Traum war...«

»Oh, wie soll ich Sie nun vom Gegenteil überzeugen! Wer gibt mir an, wie ich ihn jetzt vom Gegenteil überzeugen kann? Onkelchen, Onkelchen! Das ist ja doch eine wichtige Sache, eine höchst wichtige Familienangelegenheit! Sammeln Sie doch Ihre Gedanken! Denken Sie nach!«

»Nun gut, mein Freund, ich werde nach-den-ken. Warte mal; gestatte, daß ich mir alles nach der Reihe ins Gedächtnis zurückrufe. Zuerst träumte mir von meinem Kutscher Fe-o-fil...«

»Ach! Um Feofil handelt es sich jetzt doch nicht, Onkelchen!«

»Nun ja, nehmen wir an, daß es sich nicht um ihn handelt. Dann war da Na-po-le-on; und dann war mir, als ob wir Tee tränken und eine Dame käme und uns allen Zucker wegäße...«

»Aber Onkelchen«, platzte Mosgljakow in einer temporären Verdunkelung seines Verstandes heraus, »das hat Ihnen ja Marja Alexandrowna selbst heute über Natalja Dmitrijewna erzählt! Ich bin ja dabeigewesen und habe es selbst gehört! Ich hatte mich versteckt und belauschte Sie durch das Schlüsselloch...«

»Wie, Marja Alexandrowna!« unterbrach ihn Natalja Dmitrijewna, »also haben Sie auch schon dem Fürsten erzählt, daß ich bei Ihnen Zucker aus der Dose gestohlen hätte! Also komme ich zu Ihnen, um Zucker zu stehlen!«

»Hinaus! Machen Sie, daß Sie aus meinem Hause kommen!« schrie Marja Alexandrowna, die nun ganz in Verzweiflung geraten war.

»Nein, nicht ›hinaus‹, Marja Alexandrowna; erlauben Sie sich nicht, so zu mir zu reden! ...also ich stehle bei Ihnen Zucker? Ich habe schon längst gehört, daß Sie solche Schändlichkeiten über mich in Umlauf bringen. Sofja Petrowna hat es mir ausführlich erzählt... Also ich stehle bei Ihnen Zucker?...«

»Aber, mesdames«, rief der Fürst, »das habe ich ja doch nur geträumt! Was träume ich nicht alles zusammen?...«

»So ein verdammtes Trampeltier!« murmelte Marja Alexandrowna halblaut.

»Was? Ich bin ein Trampeltier?« kreischte Natalja Dmitrijewna. »Aber Sie, was sind Sie denn für eine? Ich weiß längst, daß Sie mich ein Trampeltier nennen! Ich habe wenigstens einen richtigen Ehemann; aber Sie, Sie haben einen Dummkopf zum Manne...«
»Nun ja, ich erinnere mich, es war auch ein Tram-pel-tier da«, murmelte der Fürst unbewußt vor sich hin, in Erinnerung an das Gespräch, das er nach Tische mit Marja Alexandrowna gehabt hatte.
»Wie? Auch Sie erdreisten sich, eine adlige Dame mit Schimpfworten zu belegen? Wie können Sie sich unterstehen, Fürst, so etwas zu einer adligen Dame zu sagen? Wenn ich ein Trampeltier bin, dann sind Sie ein einbeiniger Krüppel...«
»Wer? Ich bin ein einbeiniger Krüppel?«
»Na ja, ein einbeiniger Krüppel; und Zähne haben Sie auch nicht. Nun haben Sie es gehört, was Sie für einer sind!«
»Und dazu ist er auch noch einäugig!« rief Marja Alexandrowna.
»Sie tragen ein Korsett statt der Rippen!« fügte Natalja Dmitrijewna hinzu.
»Die Gesichtshaut ist durch Sprungfedern gespannt!«
»Eigenes Haar hat er auch nicht!...«
»Und der Schnurrbart des Dummrians ist ebenfalls falsch!« versicherte Marja Alexandrowna.
»Aber meine Nase werden Sie doch wenigstens echt sein lassen, Marja Stepanowna!« rief der Fürst, ganz betäubt durch diese plötzlichen Offenherzigkeiten. »Mein Freund! Daran bist du schuld; du hast mich verraten; du hast erzählt, daß ich falsches Haar trage...«
»Onkelchen!«
»Nein, mein Freund, ich kann hier nicht länger bleiben! Bringe mich irgendwo anders hin... Quelle société! Wohin hast du mich hier gebracht, mein Gott!«
»Sie Idiot, Sie Schuft!« schrie Marja Alexandrowna.
»Mein Gott!« sagte der Fürst, der ganz blaß geworden war, »ich habe nur ein we-nig ver-ges-sen, warum ich eigentlich hierher gekommen bin; aber ich werde mich so-gleich dar-

auf be-sin-nen. Bringe mich fort, lieber Freund, irgendwohin; sonst zer-rei-ßen Sie mich hier noch! Und außerdem... muß ich un-ver-züglich einen neuen Gedanken niederschreiben...«

»Kommen Sie, Onkelchen, es ist noch nicht spät; ich werde Sie sogleich in ein Gasthaus bringen und mich selbst mit Ihnen dort einquartieren...«

»Nun ja, in ein Gast-haus. Adieu, ma char-mante enfant... Sie allein... nur Sie allein... sind tugendhaft. Sie sind ein ed-les Mäd-chen! Laß uns gehen, mein Lieber! O mein Gott!«

Aber ich werde nicht schildern, wie diese unangenehme Szene nach dem Fortgange des Fürsten endete. Die Gäste fuhren unter Geschrei und Schimpfworten ab. Marja Alexandrowna blieb endlich allein zurück, inmitten der Ruinen und Trümmer ihres früheren Ruhmes. O weh! Ihre Macht, ihr Ruhm, ihr Ansehen, alles war an diesem einen Abend dahingegangen. Marja Alexandrowna sah ein, daß sie sich nie wieder zu ihrer früheren Höhe würde erheben können. Der langjährige Despotismus, den sie über die ganze Gesellschaft ausgeübt hatte, war unwiederbringlich vernichtet. Was blieb ihr jetzt übrig zu tun? Sich philosophisch zu trösten? Aber das lag nicht in ihrem Wesen. Sie wütete die ganze Nacht hindurch. Sinaida war entehrt; es würde einen endlosen Klatsch geben! Schauderhaft!

Als wahrheitsliebender Historiker muß ich erwähnen, daß derjenige, der bei Marja Alexandrownas katzenjämmerlicher Stimmung die meiste Schelte abbekam, Afanassi Matwejewitsch war. Er verkroch sich schließlich in eine Rumpelkammer, wo er bis zum Morgen arg fror. Endlich brach auch der Morgen an; aber auch der brachte nichts Gutes. Ein Unglück kommt nie allein.

FÜNFZEHNTES KAPITEL

Wenn das Schicksal einmal jemanden mit Unglück heimsucht, so folgt auch Schlag auf Schlag ohne Ende. Das ist schon längst beobachtet worden. An der Schmach und Schande, von der Marja Alexandrowna am vorhergehenden Tag betroffen worden war, war es noch nicht genug! Nein! Das Schicksal hatte noch Ärgeres, Schlimmeres für sie in Bereitschaft.

Schon vor zehn Uhr morgens verbreitete sich auf einmal in der ganzen Stadt ein seltsames und fast unglaubliches Gerücht, das von allen mit der boshaftesten Schadenfreude aufgenommen wurde, daß heißt in der Weise, wie wir gewöhnlich jede außerordentliche Skandalgeschichte aufnehmen, die sich mit einem von unseren Bekannnten zuträgt. »Bis zu einem solchen Grade sich von Scham und Gewissen loszusagen!« wurde von allen Seiten gerufen; »bis zu einem solchen Grade sich zu erniedrigen; bis zu einem solchen Grade alle Bande zu zerreißen!« und so weiter, und so weiter. Was sich aber zugetragen hatte, war folgendes. Früh morgens, es war eben erst sieben Uhr, kam ein armes, klägliches altes Weib in Verzweiflung und Tränen in Marja Alexandrownas Haus gelaufen und bat das Stubenmädchen, so schnell wie möglich das gnädige Fräulein zu wecken, nur das gnädige Fräulein, und zwar heimlich, damit Marja Alexandrowna es ja nicht merke. Sinaida kam, blaß und erschrocken, sogleich zu der Alten herausgelaufen. Diese fiel vor ihr nieder, küßte ihr die Füße, benetzte sie mit Tränen und flehte sie an, ohne Verzug mit ihr zu ihrem kranken Wassili zu kommen, der die ganze Nacht über so krank, so krank gewesen sei, daß er diesen Tag nicht mehr überleben werde. Die Alte sagte schluchzend zu Sinaida, Wassili selbst ließe sie zu sich rufen, um in seiner Todesstunde von ihr Abschied zu nehmen; er beschwöre sie bei allen heiligen Engeln, bei allem, was früher gewesen sei; und wenn sie nicht komme, so werde er in Verzweiflung sterben. Sinaida entschloß sich sogleich dazu, mitzugehen, obwohl die Erfüllung einer solchen Bitte offenbar allen früheren boshaften Gerüchten über eine zutage gekommene Korrespondanz, über ihr skandalöses Benehmen und so weiter zur Bestätigung dienen mußte. Ohne ihrer Mutter etwas davon zu sagen, warf sie einen Mantel um und lief sogleich mit der alten Frau durch die ganze Stadt nach einer der ärmlichsten Vorstädte Mordassows, nach einer ganz einsamen Straße, wo ein altes, schief gewordenes, halb in die Erde gesunkenes Häuschen stand, mit einer Art von Ritzen statt der Fenster und rings von hohen Schneewehen umgeben.

In diesem Häuschen, in einem kleinen, niedrigen, dumpfigen Stübchen, in dem der gewaltige Ofen die Hälfte des ganzen Raumes einnahm, lag auf einem aus unangestrichenen Brettern zusammengeschlagenen Bette, auf einer Matratze, die so dünn war wie ein Eierkuchen, ein junger Mann, mit einem alten Mantel zugedeckt. Sein Gesicht war blaß und ausgemergelt; die Augen glänzten krankhaft; die Arme waren dünn und hart wie Stöcke; er atmete mühsam und heiser. Es war ihm anzusehen, daß er einmal schön gewesen sein mußte; aber die Krankheit hatte die feinen Züge seines hübschen Gesichtes zerstört, welches schrecklich und kläglich anzuschauen war, wie das Gesicht eines jeden Schwindsüchtigen oder, richtiger gesagt, Sterbenden. Seine alte Mutter, die ein ganzes Jahr lang, beinah bis zur letzten Stunde, auf die Genesung ihre Wassili gewartet hatte, sah nun endlich ein, daß er nicht mehr lange leben werde. Sie stand jetzt neben seinem Bette, von Gram gebeugt, mit gefalteten Händen, ohne Tränen, sah ihn an und konnte sich an ihm nicht sattsehen und vermochte, obgleich sie es wußte, dennoch nicht zu begreifen, daß nach einigen Tagen ihren Wassili, ihr Goldkind, dort auf dem Armenkirchhof die gefrorene Erde unter den Schneewehen bedecken werde. Aber Wassili blickte in diesem Augenblicke nicht nach ihr hin. Sein ganzes abgemagertes Märtyrergesicht atmete jetzt Seligkeit. Er sah endlich diejenige vor sich, von der er ganze zwei Jahre lang geträumt hatte, im Wachen und im Schlafe, in den langen, schmerzerfüllten Nächten seiner Krankheit. Er verstand, daß sie ihm verziehen hatte, da sie wie ein Engel Gottes in seiner Todesstunde bei ihm erschienen war.

Sich über ihn beugend drückte sie ihm die Hände, weinte, lächelte ihm zu, blickte ihn wieder mit ihren wundervollen Augen an, und – und alles Frühere, unwiederbringlich Verlorene, erstand in der Seele des Sterbenden von neuem. Das Leben flammte noch einmal in seinem Herzen auf, und es schien, als wollte es in dem Augenblicke, wo es ihn verließ, den Dulder empfinden lassen, wie schwer es sei, von ihm zu scheiden.

»Sinaida«, sagte er, »liebe Sinaida! Weine nicht über mich, gräme dich nicht, sei nicht traurig, erinnere mich nicht daran, daß ich bald sterben werde. Ich werde dich ansehen, so wie ich dich jetzt ansehe, und werde fühlen, daß unsere Seelen wieder vereinigt sind, daß du mir verziehen hast; ich werde wieder deine Hände küssen wie früher und werde vielleicht sterben, ohne den Tod zu merken! Du bist mager geworden, liebe Sinaida! Du mein Engel, mit welcher Herzensgüte du mich jetzt ansiehst! Erinnerst du dich wohl noch, wie du früher gelacht hast? Erinnerst du dich wohl noch... Ach, Sinaida, ich bitte dich nicht um Verzeihung; ich will das Geschehene nicht einmal erwähnen; denn, liebe Sinaida, wenn auch du mir vielleicht verziehen hast, so werde doch ich selbst mir niemals verzeihen. Es hat lange Nächte gegeben, Sinaida, schlaflose, schreckliche Nächte, und in diesen Nächten habe ich hier auf diesem Bette gelegen und nachgedacht, lange und viel hin und her gedacht, und ich bin schon längst zu der Erkenntnis gelangt, daß es für mich das beste ist, wenn ich sterbe, weiß Gott, das beste!... Ich tauge nicht zum Leben, liebe Sinaida!«

Sinaida weinte und drückte stumm seine Hände, als wollte sie ihm dadurch das Weiterreden wehren.

»Warum weinst du, mein Engel?« fuhr der Kranke fort. »Weinst du deswegen, weil ich sterbe, nur deswegen? Aber alles übrige ist ja schon längst gestorben, schon längst begraben! Du bist klüger als ich, du hast ein reineres Herz, und daher weißt du schon längst, daß ich ein schlechter Mensch bin. Kannst du mich denn noch lieben? Und wie schwer ist es mir geworden, den Gedanken zu ertragen, daß du es weißt, daß ich ein schlechter, hohler Mensch bin! Aber wie-

viel Eigenliebe dabei war, vielleicht auch Eigenliebe von edler Art... ich weiß es nicht! Ach, meine Teure, mein ganzes Leben war ein phantastische Träumerei. Ich habe mich immer meinen phantastischen Träumereien überlassen, aber ich habe nicht gelebt; ich bin stolz gewesen und habe den großen Haufen verachtet; aber worauf bin ich den Menschen gegenüber stolz gewesen? Ich weiß es selbst nicht. Auf meine Herzensreinheit, auf den Adel meiner Gefühle? Aber das war ja alles nur in meinen Träumereien vorhanden, Sinaida, wenn wir Shakespeare lasen; aber wenn es zum Handeln kam, dann zeigte ich, wie es mit meiner Herzensreinheit und mit dem Adel meiner Gefühle stand...«
»Hör auf!« sgte Sinaida, »hör auf!... Da ist alles unrichtig; du marterst dich ohne Grund!«
»Warum willst du, daß ich aufhöre, Sinaida? Ich weiß, du hast mir verziehen, mir vielleicht schon längst verziehen; aber du hast über mich zu Gericht gesessen und erkannt, was ich für ein Mensch bin; das ist es, was mich quält. Ich bin deiner Liebe unwürdig, Sinaida! Du bist auch im Handeln ehrenhaft und hochherzig gewesen; du bist vor deine Mutter hingetreten und hast ihr gesagt, du werdest mich heiraten und keinen anderen, und du hättest dein Wort gehalten; denn bei dir stehen die Taten nicht im Widerspruch zu den Worten. Aber ich, ich! Als es zum Handeln kam... Weißt du wohl, Sinaida, daß ich damals nicht einmal begriff, was du mir für ein Opfer brächtest, wenn du micht heiratetest! Nicht einmal dafür hatte ich Verständnis, daß du, wenn du mich heiratetest, vielleicht Hungers sterben würdest. Ja, dieser Gedanke kam mir überhaupt nicht! Ich dachte nur, du würdest mich, den großen Dichter (natürlich den großen Dichter, der ich zu werden hoffte), heiraten, und wollte die Gründe nicht gelten lassen, die du zur Unterstützung deiner Bitte um Aufschub der Hochzeit aufführtest; ich quälte dich, tyrannisierte dich, machte dir Vorwürfe, verachtete dich, und es kam schließlich dahin, daß ich dir mit einer Veröffentlichung jenes Briefes drohte. Ich war in diesem Augenblicke nicht einmal ein richtiger Schurke. Ich war einfach ein jämmerlicher Kerl! Oh, wie mußtest du

mich verachten! Nein, es ist gut, daß ich sterbe! Es ist gut, daß du mich nicht geheiratet hast! Ich hätte nichts von deinem Opfer begriffen; ich hätte dich gequält, dich wegen unserer Armut gepeinigt; ja, nach einer Reihe von Jahren hätte ich dich vielleicht sogar als ein Hemmnis meines Lebens gehaßt. Aber jetzt ist es besser! Jetzt haben wenigstens meine bitteren Tränen mein Herz gereinigt. Ach, liebe Sinaida! Liebe mich, wenn auch nur ein klein bißchen, so wie du mich früher liebtest! Wenn auch nur in dieser letzten Stunde... Ich weiß ja, daß ich deiner Liebe nicht würdig bin, aber... aber... o du mein Engel!«

Während dieser ganzen Rede hatte Sinaida, die selbst schluchzte, ihn mehrmals am Weiterreden zu hindern versucht. Aber er hatte nicht auf sie gehört; es quälte ihn das Verlangen, sich ganz auszusprechen, und er hatte fortgefahren zu reden, wiewohl nur mühsam, keuchend, mit heiserer, fast versagender Stimme.

»Wenn du mir nicht begegnet wärest und mich nicht lieb gewonnen hättest, so wärest du am Leben geblieben!« sagte Sinaida. »Ach, warum, warum sind wir zusammengekommen!«

»Nein, meine Teure, nein, mache dir keine Vorwürfe deswegen, weil ich sterbe«, fuhr der Kranke fort. »Ich allein bin an allem schuld! Und wieviel Eitelkeit und Romantik war dabei! Hat man dir das Nähere über die Dummheit erzählt, die ich damals beging, Sinaida? Siehst du, es war hier vor etwa drei Jahren ein Untersuchungsgefangener, ein Bösewicht und Mörder; aber als er nun verurteilt war und körperlich gezüchtigt werden sollte, da erwies er sich als der kleinmütigste Mensch. Da er wußte, daß an einem Kranken die Züchtigung nicht vollstreckt wird, so verschaffte er sich Branntwein, schüttete Schnupftabak hinein und trank es aus. Er bekam davon ein so heftiges, so andauerndes Bluterbrechen, daß es ihm die Lungen ruinierte. Er wurde ins Lazarett gebracht und starb nach einigen Monaten an der Schwindsucht. Nun, siehst du, mein Engel, an diesen Gefangenen erinnerte ich mich gleich an jenem Tage... nun, du weißt schon, nach der Geschichte mit dem Briefe... und ich beschloß, mich ebenso umzubringen: aber was meinst du wohl, weshalb ich gerade die Schwindsucht wählte? Warum erhängte oder ertränkte ich mich nicht? Hatte ich Furcht vor einem schnellen Tode? Vielleicht auch das, – aber ich habe immer die Vorstellung, liebe Sinaida, als ob es bei mir auch damals nicht ohne süße romantische Dummheiten abging! Ich hatte immer den Gedanken: wie schön wird es sein, wenn ich als Schwindsüchtiger sterbend auf meinem Bette liegen werde und du dich quälen und martern wirst, weil du an meiner Schwindsucht schuld seiest; du wirst selbst mit dem Bekenntnis deiner Schuld zu mir kommen und vor mir auf die Knie fallen. Ich werde dir verzeihen und in deinen Armen sterben... Das ist dumm, liebe Sinaida, sehr dumm; nicht wahr?«

»Denke nicht an diese Dinge!« sagte Sinaida. »Sprich nicht davon! Ein solcher Mensch bist du nicht... laß uns lieber an anderes zurückdenken, an unsere schöne, glückliche Zeit!«

»Es ist mir ein bitterer Schmerz, meine Teure; darum rede ich davon. Zwei Jahre lang habe ich dich nicht gesehen! Jetzt möchte ich meine ganze Seele offen vor dich hinlegen! Diese ganze Zeit über, von damals an, bin ich ja völlig allein gewesen, und ich glaube, es ist keine Minute gewesen, wo ich nicht an dich gedacht hätte, mein Engel, mein Augapfel! Und weißt du was, liebe Sinaida? Wie gerne hätte ich etwas getan, mich irgendwie so verdient gemacht, daß ich dich gezwungen hätte, deine Meinung über mich zu ändern. Bis auf die letzte Zeit hatte ich nicht geglaubt, daß ich sterben würde; ich war ja nicht sogleich bettlägerig geworden, ich ging noch lange mit kranker Brust umher. Und wie viele lächerliche Pläne ich hatte! Ich phantasierte zum Beispiel davon, auf einmal ein großer Dichter zu werden, in den ›Vaterländischen Aufzeichnungen‹ ein solches Gedicht erscheinen zu lassen, wie bisher noch keines auf der Welt existiert hat. Ich gedachte, in diesem Gedichte alle meine Gefühle auszuströmen, meine ganze Seele, so daß, wo du auch sein möchtest, ich immer bei dir wäre und dich unaufhörlich durch meine Werke an mich erinnerte; und meine schönste Träumerei war die: du würdest endlich nachdenklich werden und sagen: ›Nein, er ist doch kein so schlechter Mensch, wie ich gedacht habe!‹ Das war dumm, liebe Sinaida, sehr dumm, nicht wahr?«

»Nein, nein, Wassili, nein!« sagte Sinaida.

Sie warf sich an seine Brust und küßte seine Hände.

»Und wie eifersüchtig ich die ganze Zeit über gewesen bin! Ich glaube, ich wäre gestorben, wenn ich von deiner Hochzeit gehört hätte! Ich habe heimlich zu dir geschickt und ausspionieren lassen, was du tatest... sie« (er wies durch eine Kopfbewegung auf seine Mutter hin) »hat das immer besorgt. Du hast diesen Mosgljakow doch nicht geliebt, liebe Sinaida? O mein Engel! Wirst du auch an mich denken, wenn ich werde gestorben sein? Ich weiß, daß du es tun wirst; aber die Jahre werden vergehen, und dein Herz wird erkalten, und es wird Winter in deiner Seele werden, und du wirst mich vergessen, liebe Sinaida!«

»Nein, nein, niemals! Ich werde auch nicht heiraten... Du bist der erste, den ich liebgewonnen habe; ich werde dich lebenslänglich lieben...«

»Alles stirbt, liebe Sinaida, alles, sogar die Erinnerungen. Auch unsere edlen Gefühle sterben. An ihre Stelle tritt die Vernunft. Darüber darf man nicht murren! Genieße das Leben, Sinaida, lebe lange, lebe glücklich! Liebe auch einen andern, wenn er dir gefällt; einen Toten kannst du ja doch nicht lieben! Nur vergiß mich nicht; denke wenigstens mitunter an mich; an das Schlechte denke nicht zurück, verzeihe das Schlechte; es hat ja in unserer Liebe doch auch Gutes gegeben, liebe Sinaida! O die goldenen, unwiederbringlichen Tage!... Höre, mein Engel, ich habe immer die Abendzeit, die Stunde des Sonnenunterganges geliebt. Erinnere dich meiner ab und zu in dieser Stunde! O nein, nein! Warum muß ich sterben? O wie gern möchte ich jetzt ein neues Leben beginnen! Gedenke, meine Teure, gedenke, gedenke jener Zeit! Damals war Frühling, und die Sonne schien so hell, die Blumen blühten, rings um uns war gleichsam ein Feiertag... Aber jetzt! Sieh hin, sieh hin!«

Und der Arme wies mit seiner abgezehrten Hand nach dem befrorenen trüben Fenster. Dann ergriff er Sinaidas Hände,

drückte sie an seine Augen und schluchzte bitterlich. Das Schluchzen sprengte fast seine gequälte Brust.
Den ganzen Tag über litt er, härmte sich und weinte. Sinaida tröstete ihn, so gut sie konnte; aber sie selbst war vor Seelenschmerz dem Tode nahe. Sie sagte, sie werde ihn nie vergessen und nie einen andern so lieben, wie sie ihn geliebt habe. Er glaubte es ihr, lächelte und küßte ihr die Hände; aber die Erinnerungen an die Vergangenheit hatten nur die Wirkung, seine Seele zu quälen und zu martern. So verging der ganze Tag. Unterdessen hatte die erschrockene Marja Alexandrowna wohl zehnmal zu Sinaida geschickt und sie bitten lassen, sie möchte doch nach Hause zurückkehren und ihr Renommee bei der Gesellschaft nicht vollständig verderben. Endlich, als es schon dunkel wurde, entschloß sie sich, vor Angst fast kopflos, selbst zu Sinaida hinzugehen. Sie ließ ihre Tochter in die andere Stube rufen und flehte sie beinah fußfällig an, »ihrem Herzen doch diesen letzten, schlimmsten Dolchstoß zu ersparen«. Sinaida, ganz krank, mit glühendem Kopfe, hörte die Bitten ihrer Mutter an, ohne sie zu verstehen. Marja Alexandrowna ging endlich wieder fort, voller Verzweiflung, da Sinaida sich vorgenommen hatte, in dem Hause des Sterbenden zu übernachten. Die ganze Nacht über wich sie nicht von seinem Bette. Aber der Zustand des Kranken verschlimmerte sich immer mehr. Ein neuer Tag brach an; aber es war keine Hoffnung mehr, daß der Dulder ihn bis zu Ende erleben werde. Die alte Mutter war wie eine Irrsinnige; sie ging umher, als ob sie nichts begriffe, und reichte ihrem Sohne die Arzneien; dieser wollte sie jedoch nicht mehr nehmen. Sein Todeskampf dauerte lange. Er konnte nicht mehr reden, und nur unzusammenhängende, heisere Laute brachen aus seiner Brust hervor. Bis zum letzten Momente sah er immer nach Sinaida hin, suchte sie immer mit seinen Blicken, und als es ihm schon dunkel um die Augen wurde, tastete er immer noch mit unsicherer, irrender Hand nach der ihrigen, um sie in der seinigen zu drücken. Unterdessen verging der kurze Wintertag. Und als endlich der letzte scheidende Strahl der Sonne das befrorene einzige Fensterchen der kleinen Stube vergoldete,

da flog die Seele des Dulders aus dem entkräfteten Körper diesem Strahle nach. Als die Mutter den Leichnam ihres heißgeliebten Wassili vor sich liegen sah, schlug sie die Hände zusammen, schrie auf und warf sich an die Brust des Toten.

»Du arglistige Schlange, du bist es gewesen, die ihn behext hat!« schrie sie in ihrer Verzweiflung Sinaida zu. »Du hast ihn mir entrissen, du Verfluchte; du hast ihn zugrunde gerichtet, du Übeltäterin!«

Aber Sinaida hörte nichts mehr. Sie stand wie denkunfähig neben dem Toten. Endlich beugte sie sich über ihn, bekreuzte ihn, küßte ihn und ging mechanisch aus der Stube hinaus. Ihre Augen brannten, der Kopf war ihr schwindlig. Die qualvollen Empfindungen und die zwei fast schlaflosen Nächte hatten sie beinahe des Verstandes beraubt. Sie hatte das unklare Gefühl, daß ihre ganze Vergangenheit sich gewissermaßen von ihrem Herzen losriß und ein neues, finsteres, unheildrohendes Leben begann. Aber sie war noch nicht zehn Schritte gegangen, als Mosgljakow wie aus der Erde gewachsen vor ihr stand; er schien absichtlich an dieser Stelle auf sie gewartet zu haben.

»Sinaida Afanasjewna«, begann er flüstern; er schien sich vor etwas zu fürchten und blickte sich eilig nach allen Seiten um; denn es war noch ziemlich hell; »Sinaida Afanasjewna, ich bin allerdings ein Esel! Das heißt, eigentlich bin ich jetzt kein Esel mehr; denn, sehen Sie, ich habe mich doch anständig benommen. Aber doch bereue ich, daß ich ein Esel war... Ich bin, glaube ich, etwas verwirrt, Sinaida Afanasjewna; aber... Sie werden es entschuldigen; das hat verschiedene Gründe...«

Sinaida sah ihn an, fast ohne sich dessen bewußt zu sein, und setzte schweigend ihren Weg fort. Da auf dem hohen Holztrottoir zwei Personen nebeneinander nur knapp Platz hatten, Sinaida aber nicht aus der Mitte wegtrat, so sprang Pawel Alexandrowitsch vom Trottoir hinunter und lief unten neben ihr her, wobei er ihr fortwährend ins Gesicht blickte.

»Sinaida Afanasjewna«, fuhr er fort, »ich habe über die Sache nachgedacht, und wenn Sie selbst wollen, so möchte ich meinen Heiratsantrag erneuern. Ich bin sogar bereit, alles zu vergessen, Sinaida Afanasjewna, den ganzen schmählichen Vorgang zu vergessen und zu verzeihen, aber nur unter einer Bedingung: solange wir noch hier sind, muß alles geheim bleiben. Sie fahren von hier möglichst bald weg, und ich heimlich Ihnen nach; wir lassen uns irgendwo an einem abgelegenen Orte trauen, so daß kein Mensch etwas davon erfährt, und reisen dann sofort nach Petersburg, meinetwegen mit Relaispferden; Sie können also nur einen kleinen Koffer mitnehmen... was meinen Sie dazu? Sind Sie einverstanden, Sinaida Afanasjewna? Antworten Sie so schnell wie möglich! Ich kann nicht warten; man könnte uns zusammen sehen.«

Sinaida gab ihm keine Antwort und sah ihn nur an, aber mit einem solchen Blicke, daß er sogleich alles verstand, den Hut abnahm, sich verbeugte und bei der ersten Straßenkreuzung seitwärts abbog.

»Wie geht das zu?« dachte er. »Vorgestern abend war sie noch so gerührt und legte sich die Schuld an allem bei? Da sieht man, daß ein Tag nicht wie der andere ist!«

Unterdessen jagten in Mordassow die Ereignisse einander nur so. Es begab sich etwas recht Tragisches. Der Fürst, der von Mosgljakow in ein Gasthaus gebracht worden war, erkrankte noch in derselben Nacht, und zwar recht gefährlich. Die Einwohner von Mordassow erfuhren dies am nächsten Morgen. Kallist Stanislawitsch wich fast nicht vom Bette des Kranken. Am Abend wurde ein Konsilium aller Mordassower Ärzte veranstaltet. Die Einladungen dazu waren an sie in lateinischer Sprache ergangen. Aber trotz des Lateins verlor der Fürst schon ganz das Gedächtnis, phantasierte, bat Kallist Stanislawitsch, ihm ein gewisses Lied zu singen, und redete von irgendwelchen Perücken; manchmal schien er über etwas zu erschrecken und fing an zu schreien. Die Ärzte sprachen ihre Ansicht dahin aus, der Fürst habe von der Mordassower Gastfreundschaft eine Magenentzündung bekommen, die auf irgendeine Weise (wahrscheinlich so en passant) auch in den Kopf gelangt sei. Auch eine gewisse seelische Erschütterung stellten sie nicht in Abrede. Sie schlossen ihr Gutachten mit der Bemerkung, der Fürst sei schon seit längerer Zeit zum Sterben disponiert gewesen und werde daher unfehlbar sterben. In dem letzten Punkte hatten sie sich nicht geirrt; denn der arme alte Mann starb wirklich am folgenden Tage im Gasthause. Das versetzte die Einwohner von Mordassow in Aufregung. Niemand hatte erwartet, daß die Sache eine so ernste Wendung nehmen werde. Sie stürzten in Scharen nach dem Gasthofe hin, wo der noch nicht zurechtgemachte Leichnam lag, erörterten den Fall, disputierten miteinander, schüttelten die Köpfe und fällten schließlich ein scharfes Verdammungsurteil über ›die Mörderinnen des unglücklichen Fürsten«, worunter sie natürlich Marja Alexandrowna und ihre Tochter verstanden. Alle hatten die Empfindung, daß dieser Vorfall, schon allein wegen seines skandalösen Charakters, eine unangenehme Publizität gewinnen könne, vielleicht sogar in ferneren Gegenden bekannt werden würde, und was nicht sonst noch alles geredet und geschwatzt wurde. Während dieser ganzen Zeit war Mosgljakow in geschäftiger Tätigkeit, rannte hastig nach allen Seiten und wurde zuletzt ganz schwindlig. In diesem Seelenzustande hatte er sich befunden, als er mit Sinaida zusammentraf. In der Tat war seine Lage eine schwierige. Er selbst hatte den Fürsten in die Stadt gebracht; er selbst hatte ihn dann in das Gasthaus transportiert; aber jetzt wußte er nicht, was er mit der Leiche anfangen, wie und wo er sie begraben lassen und wem er Mitteilung machen sollte. Sollte er die Leiche nach Duchanowo schaffen? Überdies galt er als Neffe. Die Befürchtung, man könnte ihm die Schuld an dem Tode des verehrten alten Herrn beimessen, brachte ihn zum Zittern. »Am Ende wird die Geschichte gar noch in Petersburg bekannt, in den Kreisen der höchsten Gesellschaft!« dachte er, vor Schreck zusammenfahrend. Von den Mordassowern konnte er keinerlei Rat erhalten; alle hatten auf einmal vor irgend etwas Bange bekommen, zogen sich von der Leiche zurück und ließen Mosgljakow in trauriger Vereinsamung zurück. Aber auf einmal änderte sich die ganze Szene. Am nächsten Tage kam früh morgens ein Fremder in die Stadt gefahren. Von diesem Fremden sprach sofort ganz Mordassow, aber nur heimlich und flüsternd, und als er durch die Hauptstraße zum Gouverneur fuhr, da beobachtete man ihn durch alle Ritzen und Fenster. Sogar Pjotr Michailowitsch selbst schien es mit der Angst zu bekommen und nicht zu wissen, wie er sich dem Ankömmling gegenüber zu verhalten habe. Der Fremde war der ziemlich bekannte Fürst Schtschepetilow, ein Verwandter des Verstorbenen, fast noch ein junger Mensch, etwa fünfunddreißig Jahre alt, mit Oberstenepauletts und Achselschnüren. Alle Beamten ergriff eine ganz besondere Furcht vor diesen Achselschnüren. Der Polizeimeister zum Beispiel verlor vollständig die Fassung; er erschien zwar persönlich, um seine Aufwartung zu machen, aber mit sehr ängstlichem Gesichte. Es wurde sogleich bekannt, daß Fürst Schtschepetilow aus Petersburg kam und unterwegs nach Duchanowo herangefahren war. Da er in Duchanowo niemanden vorgefunden hatte, war er seinem Onkel nach Mordassow nachgefahren, wo er bei der Nachricht von dem Tode des alten Mannes und bei all den Gerüchten über die näheren Umstände seines Todes wie vom Donner gerührt war. Pjotr Michailowitsch war sogar einigermaßen verlegen, als er ihm die notwendigen Mitteilungen machte, und auch alle Leute in Mordassow machten gewissermaßen schuldbewußte Gesichter. Überdies hatte der Ankömmling eine recht strenge, unzufriedene Miene, obgleich man hätte meinen sollen, daß die Erbschaft keinen Grund zur Unzufriedenheit bot. Er nahm die Sache sofort selbst und persönlich in die Hand; Mosgljakow aber räumte unverzüglich in schmählicher Weise das Feld vor dem richtigen und sich nicht nur selbst so nennenden Neffen und verschwand, niemand wußte wohin. Der Ankömmling ordnete an, es solle die Leiche des Verstorbenen sofort nach dem Kloster geschafft und dort auch das Totenamt abgehalten werden. Alle seine Befehle gab er in kurzer, trockener, strenger, aber durchaus taktvoller, anständiger Form. Am folgenden Tage versammelte sich die ganze Einwohnerschaft der Stadt im Kloster, um dem Totenamte beizuwohnen. Unter den Damen hatte sich das sinnlose Gerücht verbreitet, Marja Alexandrowna werde persönlich in der Kirche erscheinen, vor dem Sarge niederknien und laut um Verzeihung bitten; all das müsse nach dem Gesetze so sein. Selbstverständlich stellte sich das alles als Unsinn heraus, und Marja Alexandrowna erschien nicht in der Kirche. Wir haben vergessen zu sagen, daß, gleich nachdem Sinaida nach Hause zurückgekehrt war, ihre Mama sich noch an demselben Abend entschlossen hatte, mit ihr nach dem Gute zu fahren, da sie es für unmöglich erachtete, länger in der Stadt zu bleiben. Dort horchte sie unruhig von ihrem abgelegenen Winkel aus auf die in der Stadt umlaufenden Gerüchte, schickte Leute aus, um über den Ankömmling Erkundigungen einzuziehen, und befand sich die ganze Zeit über in fieberhafter Aufregung. Der Weg von dem Kloster nach Duchanowo führte in einer Entfernung von weniger als einer Werst an Marja Alexandrownas ländlichem Hause vorbei, und daher konnte sie bequem die lange Prozession beobachten, die sich nach dem Totenamte vom Kloster nach Duchanowo hinbewegte. Der Sarg wurde auf einem hohen Leichenwagen gefahren; hinter ihm zog sich die lange Reihe der Equipagen hin, die dem Verstorbenen das Geleite bis dahin gaben, wo der Weg zur Stadt abbog. Und noch lange blieb auf dem weißbeschneiten Felde der schwarze, düstere Leichenwagen sichtbar, wie er sich langsam, mit geziemender Würde dahinbewegte. Aber Marja Alexandrowna mochte dieses Schauspiel nicht lange betrachten und trat vom Fenster zurück.

Eine Woche darauf siedelte sie mit ihrer Tochter und mit Afanassi Matwejewitsch nach Moskau über, und einen Monat später erfuhr man in Mordassow, daß Marja Alexandrownas bei der Stadt gelegenes Gut und ihr Stadthaus verkauft würden. So verlor Mordassow für alle Zeit eine Dame mit dem höchsten comme il faut! Auch bei dieser Gelegenheit ging es nicht ohne üble Nachrede ab. Zum Beispiel wurde behauptet, das Gut werde mitsamt Afanassi Matwejewitsch verkauft... Es verging ein Jahr und noch ein Jahr, und man vergaß Marja Alexandrowna fast vollständig. Leider geht es in der Welt immer so zu! Es wurde übrigens erzählt, sie habe sich ein anderes Gut gekauft und sei in eine andere Gouvernementsstadt gezogen, wo sie selbstverständlich auch schon alle unter ihre Herrschaft gebracht habe; Sinaida sei immer noch unverheiratet, und Afanassi Matwejewitsch... Aber es hat keinen Zweck, diese Gerüchte wiederzugeben; all das ist sehr unzuverlässig.

*

Drei Jahre sind vergangen, seit ich die letzte Zeile der ersten Abteilung der Mordassower Chronik niedergeschrieben habe, und wer hätte gedacht, daß ich noch einmal Anlaß haben würde, mein Manuskript wieder aufzuschlagen und zu meiner Erzählung noch eine Mitteilung hinzuzufügen. Aber zur Sache! Ich beginne mit Pawel Alexandrowitsch Mosgljakow. Nachdem er aus Mordassow verschwunden war, hatte er sich direkt nach Petersburg begeben, wo er denn auch glücklich das Amt erhielt, das man ihm schon lange versprochen hatte. Bald aber hatte er alle Mordassower Ereignisse vergessen, sich auf der Wassiljewski-Insel und am Galeerenhafen in den Strudel des lebemännischen Treibens gestürzt, dem Jeu gefrönt, geflirtet, war nicht ›hinter seiner Zeit zurückgeblieben‹, hatte einen Heiratsantrag gemacht, noch einmal eine abschlägige Antwort hinunterschlucken müssen und, noch ehe er sie recht verdaut hatte, infolge der Leichtfertigkeit seines Charakters und aus Langeweile sich um eine Stelle bei einer Expedition bemüht, die nach einem der fernsten Gebiete unseres weitausgedehnten Vaterlandes abgehen sollte, um dort eine Revision vorzunehmen, oder zu irgendwelchem andern Zwecke, genau weiß ich das nicht. Die Expedition durchquerte glücklich alle Wälder und Einöden und erschien endlich nach langer Reise in der Hauptstadt jenes fernen Gebietes bei dem Generalgouverneur. Dies war ein hochgewachsener, hagerer, ernstblickender General, ein alter, in Schlachten verwundeter Krieger, mit zwei Ordenssternen auf der Brust und mit einem weißen Ordenskreuze am Halse. Er empfing die Expedition zeremoniös und würdevoll und lud alle Mitglieder derselben zu sich zu einem Balle ein, der bei ihm gerade an diesem Abende anläßlich des Namenstages der Frau Generalgouverneur stattfand. Pawel Alexandrowitsch war darüber sehr erfreut. Angetan mit seinem eleganten Petersburger Kostüm, in dem er einen großen Effekt zu machen hoffte, trat er ungeniert in den großen Saal, wurde aber sogleich beim Anblicke der vielen dicken Epauletts und der ordengeschmückten Beamtenuniformen etwas bescheidener. Es war erforderlich, daß er der Frau Generalgouverneur, über die er schon gehört hatte, daß sie jung und sehr schön sei, seine Verbeugung machte. In stutzerhafter Manier trat er zu ihr hin und wurde plötzlich starr vor Staunen. Vor ihm stand Sinaida, in einem prachtvollen Ballkleide, mit Brillanten geschmückt, stolz und hochmütig. Sie erkannte Pawel Alexandrowitsch gar nicht. Ihr Blick glitt nachlässig über sein Gesicht hin und wandte sich sofort einem andern Herrn zu. Verblüfft trat Mosgljakow zur Seite und stieß in dem Schwarme auf einen schüchternen jungen Beamten, der zum erstenmal auf einen Ball beim Generalgouverneur geraten war und sich dort sehr unbehaglich fühlte. Pawel Alexandrowitsch machte sich unverzüglich daran, ihn auszufragen, und erfuhr von ihm höchst interessante Dinge. Er erfuhr, daß der Generalgouverneur schon vor zwei Jahren geheiratet habe, als er aus dem ›fernen Gebiete‹ nach Moskau gereist sei, und daß er ein sehr reiches Mädchen aus einem vornehmen Hause zur Frau genommen habe. Die Generalin sei sehr schön, ja man könne sagen eine Schönheit allerersten Ranges; aber sie benehme sich sehr stolz und tanze nur mit Generälen; auf diesem Balle seien im ganzen neun teils ortsangehörige, teils von auswärts zugereiste Generäle anwesend, mit Einschluß der Wirklichen Staatsräte; die Generalin habe auch eine Mutter, die mit ihr zusammen lebe; diese Mutter habe in Moskau vor ihrer Übersiedlung zu den höchsten Gesellschaftskreisen gehört und sei sehr klug; aber auch sie ordne sich bedingungslos dem Willen ihrer Tochter unter, und der Generalgouverneur selbst könne sich an seiner Gemahlin gar nicht satt sehen. Mosgljakow ließ ein Wort über Afanassi Matwejewitsch fallen; aber von dem hatte man in diesem ›fernen Gebiete‹ keinerlei Kenntnis. Nachdem Mosgljakow wieder etwas Mut gefaßt hatte, wanderte er durch die Zimmer und erblickte bald auch Marja Alexandrowna, welche, prächtig geputzt, sich mit einem teuren Fächer Luft zufächelte und mit einem hohen Beamten in lebhaftem Gespräche begriffen war. Um sie herum drängte sich eine Anzahl von Damen, die sich um ihre Gunst bemühten, und Marja Alexandrowna schien gegen alle äußerst liebenswürdig zu sein. Mosgljakow wagte es, sich vorzustellen. Marja Alexandrowna zuckte anscheinend ein wenig zusammen, faßte sich aber sofort wieder, fast in demselben Augenblicke. Sie geruhte in liebenswürdiger Weise, Pawel Alexandrowitsch wiederzuerkennen, fragte ihn, was er in Petersburg für Bekanntschaften gemacht habe, und warum er nicht im Auslande sei. Von Mordassow sagte sie keine Silbe, als ob dieser Ort überhaupt nicht auf der Welt wäre. Schließlich nannte sie noch den Namen eines hochangesehenen Petersburger Fürsten und erkundigte sich nach dessen Gesundheit, obgleich Mosgljakow von diesem Fürsten keine Ahnung hatte; dann aber wandte sie sich sachte zu einem herantretenden hohen Würdenträger mit parfümiertem grauem Haare und hatte einen Augenblick darauf den vor ihr stehenden Pawel Alexandrowitsch vollständig vergessen. Mit einem sarkastischem Lächeln und mit dem Hute in der Hand kehrte Mosgljakow in den großen Saal zurück. Da er sich aus irgendwelchem Grunde für gekränkt, ja für beleidigt hielt, so beschloß er nicht zu tanzen. Eine grimmige, zerstreute Miene und ein beißendes, mephistophelisches Lächeln wichen den ganzen Abend über nicht von seinem Gesichte. Er lehnte sich malerisch an eine Säule (eine besondere Fügung hatte es gewollt, daß der Saal mit Säulen ausgestattet war), stand während des ganzen Balles, mehrere Stunden lang, auf einem Fleck und verfolgte Sinaida mit seinen Blicken. Aber ach, alle seine Kunststücke, alle seine besonderen Posen, seine enttäuschte Miene und so weiter und so weiter, alles war vergeblich. Sinaida bemerkte ihn schlechterdings nicht. Rasend vor Ingrimm, mit schmerzenden Füßen vom langen Stehen und hungrig, da er in seiner Eigenschaft als Verliebter und Dulder nicht zum Souper bleiben konnte, kehrte er endlich in sein Logis zurück, ganz abgemattet und mit einem Gefühle, als hätte ihn jemand durchgeprügelt. Lange Zeit mochte er sich nicht schlafen legen, sondern dachte an längst vergessene Dinge. Am anderen Morgen bot sich für eines der Expeditionsmitglieder die Möglichkeit, sich mit einem besonderen Auftrage abkommandieren zu lassen, und Mosgljakow erbat sich mit großem Genusse diesen Auftrag. Er wurde seelisch wieder ordentlich frisch, als er aus der Stadt hinausfuhr. Auf der grenzenlosen, einsamen Fläche lag der Schnee wie ein blendend weißes Tuch. Nur ganz am äußersten Horizonte waren dunkle Wälder wahrnehmbar.

Die feurigen Pferde jagten dahin und warfen mit den Hufen den Schneestaub in die Höhe. Das Glöckchen klang hell. Pawel Alexandrowitsch wurde nachdenklich und versank dann in Träumereien; dann aber schlummerte er ein und schlief recht ruhig. Er erwachte erst auf der dritten Station, frisch und gesund und mit ganz anderen Gedanken.

HANDELNDE PERSONEN

Márja Alexándrowna Moskaljówa: erste Dame der Gesellschaft in Mordassow
Afanássi Matwéjewitsch Moskaljów: ihr Ehemann
Sinaída Afanásjewna Moskaljówa: ihre Tochter
Nastásja Petrówna Sjáblowa: entfernte Verwandte von Márja Alexándrowna Moskaljówa

Gäste im Hause Márja Alexándrownas:

Fürst K.: das »Onkelchen«
Páwel Alexándrowitsch Mosgljaków: Entfernter Verwandter des Fürsten K.
Fürst Schtschepetílow: Oberst, Verwandter des Fürsten K.
Natálja Dmítrijewna Paskúdina
Ánna Nikolájewna Antípowa: Frau des Staatsanwaltes
Sófja Petrówna Karpúchina
Luisa Kárlowna
Praskówja Iljínitschna
Felissáta Micháilowna
Pjotr Micháilowitsch: Polizist
Wassíli: Lehrer, früherer Freund Sinaídas
dessen Mutter
Sofrón: Kutscher
Gríschka: Diener von Afanássi Matwéjewitsch
Iwán Pachómytsch: Diener des Fürsten K.
Kállist Stanisláwitsch: Diener des Fürsten K.

Weitere namentlich erwähnte Personen:

Aglája Micháilowna: Tante von Páwel Alexándrowitsch Mosgljaków
Anjúta: Dienstmädchen von Ánna Nikolájewna Antípowa

Borodújew: Pate von Páwel Alexándrowitsch Mosgljaków
Dmítri: verstorbener jüngerer Bruder von Sinaída Afanásjewna, Schüler von Wassíli
Iwán Iwánowitsch: Steuerbeamter in Mordassow
Kúrotschkin: Kommissar
Máschka: Waise, zu Gast bei Natálja Dmítrijewna Paskúdina
Matrjóschka: Dienerin von Felissáta Micháilowna
Missaíl: Mönch
Nikíta: Koch bei Márja Alexándrowna Moskaljówa
Nikoláj Wassíljewitsch Antípow: Staatsanwalt
Gräfin Salichwátskaja
Sídor: Diener des Fürsten K.
Sónja: Tochter von Natálja Dmítrijewna Paskúdina
StepanídaMatwéjewna: Begleiterin des Fürsten K.
Suschílow

INHALT

DOSTOJEWSKI
ALPHABETISCHES VERZEICHNIS DER ROMANE UND ERZÄHLUNGEN

Fjodor Dostojewski
Sämtliche Romane und Erzählungen
Aus dem Russischen von Hermann Röhl
16 Bände in Kassette.
Jeder Band ist als Einzelausgabe erhältlich

Band 1: Arme Leute. Roman. it 961
Band 2: Der Doppelgänger. Netotschka Neswanowa. it 962
Band 3: Onkelchens Traum. Roman. it 963
Band 4: Das Gut Stepantschikowo und seine Bewohner. Roman. it 964
Band 5: Erniedrigte und Beleidigte. Roman. it 965
Band 6: Aufzeichnungen aus einem Totenhause. it 966
Band 7: Aus dem Dunkel der Großstadt. it 967
Band 8: Der Spieler. Roman. it 968
Band 9: Schuld und Sühne. Roman. it 969
Band 10: Der Idiot. Roman. it 970
Band 11: Der lebenslängliche Ehemann. Erzählung. it 971
Band 12: Die Teufel. Roman. it 972
Band 13: Werdejahre. it 973
Band 14: Die Brüder Karamasow. Roman in 2 Teilbänden. Aus dem Russischen von Karl Nötzel. it 974
Band 15: Der ehrliche Dieb und andere Erzählungen. it 975
Band 16: Der Traum eines lächerlichen Menschen und andere Erzählungen. it 976